講談社文庫

原因において自由な物語

五十嵐律人

講談社

目次

原因において自由な物語

プロローグ

彼女を殺すために、僕は廃病院の敷地《しきち》に足を踏み入れた。

自動ドアの隙間《すきま》に身体《からだ》を滑《すべ》り込《こ》ませて、玄関ホールの様子をうかがう。アクションカメラのライトが暗闇《くらやみ》に差し込み、輝きの中を埃《ほこり》が舞っている。

障害物の配置は記憶しているので、わずかな明かりを頼りに走り出した。

短距離走ではなく、肉体を駆使して飛び回るフリーランニング。脚力も跳躍力も体力も、すべての能力が自分と同一の追跡者を思い浮かべる。

ドッペルゲンガーとの追いかけっこだ。それでも、勝者と敗者は決まる。

完璧《かんぺき》なルートを走り続ければ、追い付かれることはない。

だが、一度でも選択を誤って速度を失えば、肩を摑《つか》まれて引きずり倒される。

ミスは許されない。重心を低くしてスピードを上げる。

蜘蛛《くも》の巣が幾層も張りついたエレベーターを横目に玄関ホールを抜け、受付カウンターに近づいていく。向かう先は、その奥にある小さな扉だ。

カウンターは奥行きが一メートル以上あり、そのまま飛び越えることはできない。さらに、見栄えを意識した障害物の突破が、フリーランニングでは求められる。

勢いを殺さないまま跳躍して、天板の手前側に両手を突く。跳び箱のように足を広げるのではなく、折り曲げた膝《ひざ》を胸元に近づけてつま先を伸ばす。

回転をかけて投げた石が水面を跳ねるように、天板を押して身体を前に飛ばした。たしか、キャッシュなんとかという技だったはずだ。漫画やゲームなら技名を叫びながら披露するのかもしれないが、フリーランニング中は舌を噛《か》んでしまいかねない。

扉の奥は薬品室へと続いている。反対側からも入ることができる構造で、こちらは職員が薬の受け渡しをする際に使っていた裏口だろう。

玄関ホールとは比べ物にならないくらい、薬品室は足場が悪い。いくつもの棚が横倒しになり、そこに入っていたと思われる瓶《びん》やビーカーの破片が床に散乱している。

一歩進むたびにガラスが割れる音がする。立ち止まりたくなるが、追跡者もカウンターを越える頃合いだ。追い付かれたくなければ、前に進むしかない。

片手だけ使って倒れた棚を飛び越えていく。最短距離のルート上に存在する障害物を突破しながら進むと、突き当たりにある壁が迫ってくる。視線を左右に振《ふ》って状況を把握した。右側が出入り口、左側は非常階段に続いている。

どちらに進むかは決まっているが、歩幅を大きくして一直線に進む。ぎりぎりまで引き付けたところで、一歩だけ右側にフェイントを入れる。そのまま左斜め前方に飛び、壁を蹴《け》り上げて身体を後方に跳ね返した。

天井に近い壁に、ひび割れが走っている。

上半身を反時計回りに捻《ひね》って、空中で一回転する。バランスを崩して手を突きそうになるが、何とか踏みとどまった。

曲げた膝をバネのように伸ばして、非常階段に向かって駆け出した。僕が左右のどちらに進むのか直前までわからなかった追跡者は、勢いを止められずに正面の壁に衝突するか、急ブレーキをかけて速度を落とす。

非常階段を一段飛ばしで上っていく。夜の空気が火照《ほて》った身体を冷やしてくれた。手すりや踊り場を利用した技も知っているが、無心で階段を駆け上がった。

フリーランニングが見栄えを重視する動作鍛錬であるとはいえ、魅せるだけの技を披露している間に追跡者に追い付かれたら元も子もない。

この廃病院は五階建てだ。三階を過ぎた辺りから、徐々に息が切れ始める。

目的地は屋上なので、途中で止まることは許されない。逃げ場がない場所に自ら向かっているのは、その先を見据えているからである。

体力が限界を迎える前に、屋上に辿《たど》り着《つ》いた。

コンクリートの塊《かたまり》のような室外機、小振りな倉庫くらいの大きさの貯水タンク。植物が植えられているわけでもなく、何の面白みもない殺風景な光景だ。

周囲には、夜の帳《とばり》が降りている。月が出ているので、足元まで確認できた。澄んだ空気を鼻腔《びこう》に感じながら、階段とは反対方向に進んだ。

室外機を飛び移り、貯水タンクから降りてくるりと受け身を取る。

この屋上には、本来あるべきものが設置されていない。転落を防止するためのフェンスや柵《さく》が見当たらないのだ。初めからなかったのか、廃業した際に撤去されたのか。

いずれにしても、落下を妨げる障害物は存在しない。

あと三歩踏み出せば落下する。あらかじめ決めていた位置で立ち止まった。

振り返り、闇《やみ》に紛《まぎ》れた追跡者と向かい合う。性別、背格好、顔立ち、息遣《いきづか》い。すべてが、あたかも目の前に実在しているように浮かび上がる。

出入り口を塞《ふさ》ぐ追跡者、孤立した屋上。

もう、どこにも逃げ場はない。

追跡者を見つめたまま、三歩分の距離を後ろに向かって飛ぶ。

もちろん、宙返りなんて派手な真似《まね》はしない。

これは、フリーランニングではなく、ありふれた投身自殺だから。

絶望した高校生が、廃病院の屋上から飛び降りる——。

一挙手一投足に神経を行き届かせる。
身体が、ふわりと宙に浮く。屋上のアスファルトは、そこにはない。
視界から追跡者の姿が消えたのを確認して、僕は微笑《ほほえ》んだ。
これで、彼女を殺せる。

第一章　ルックスコア

1

『公園でフリーランニング』
再生回数9802　高評価59　低評価880
マウスをスクロールしながら、コメントに目を通していった。
『公園って、こういうことをする場所じゃないだろ』
『縦横無尽に駆け回る俺カッケーって思いながら、この動画撮ってるんだろうな』
『このレベルでよく投稿する気になったな。俺でもできるわ』
『落ちろって百回くらい祈りました』
ウィンドウを閉じてから、ふっと息を吐《は》く。
それなりに盛り上がって――燃え上がっているようで。

コンセントから抜いたパソコンを机の端《はし》に寄せて、視線を上げた。

春の陽光が差し込む窓際。三十人は余裕で座れる広さの第二理科室。写真部に割り当てられた部室で、僕はただ一人、入り口を向いて無言で座っている。

校庭で始まった野球部の声出しが、薄い窓ガラスをすり抜けて聞こえてきた。

キタコー、ファイ、オー、ファイ、オー……。

延々とその繰り返しだ。略さずに言えば、私立北川《きたがわ》高等学校、ファイト、オーになるのだろうか。オーがOhで合っているのかは、よくわからないけれど。

野球部の掛け声が校庭から聞こえてくると、部活が始まる時間になったとわかる。今日は課外授業で三年生が不在だし、入学したばかりの一年生も部活への参加は認められていない。それなのに、この声量。さすがは天下の野球部といったところか。

一方、我らが写真部は？　清々《すがすが》しいほどの静寂。

二年生は僕を含めて三人。三年生を足しても七人しかいない。新入部員を確保できなければ、廃部の一途を辿ることになるだろう。

他《ほか》の二年生部員も来ていない。帰ってもよかったのだが、切なさの魔術師と呼ばれている作家の新作を読んで三十分だけ待つことにした。

離れ離れになった幼馴染《おさななじ》みが、困難を乗り越えた末に再会を果たす。

そんなシーンに差し掛かったところで、部室の扉が開いた。

「よかった。まだいた」

そこから顔を覗《のぞ》かせたのは、写真部二年の永誓沙耶《ながちかさや》だった。

「待ち人来る」

「はい？」沙耶は、怪訝《けげん》そうに首を傾《かし》げた。

肩にかかるくらいの黒髪と、着崩していない制服。清楚《せいそ》の二文字が斜めに傾く。

「こっちの話。今まで何してたんだ？」

「清掃当番だったから。まあ、掃除だよね」

「へえ。お疲れさま」

「佐渡《さわたり》くんこそ、何をしてたの？」

正面の席に沙耶は座った。頬杖《ほおづえ》をついて、僕の顔を覗き込んでくる。

「読書」手に持っていた本の背表紙を見せて答える。

「その前は？」

「え？」

「パソコンで何をしてたのかなって」

思わず、机の端に寄せたパソコンを見てしまった。コンセントからは抜かれているし、画面も閉じてある。使っていた痕跡《こんせき》は残っていないはずだ。

机上を指さした沙耶は、「USBケーブルが出しっ放し」と短く指摘した。

「ああ、本当だ」ケーブルを持って前後に揺らした。「前に撮った写真を取り込んでてさ。時間があるときに編集しようと思って」

「何の写真？」

「花見」

しかし、沙耶は頷《うなず》かない。

「意識してるわけじゃないと思うけど、佐渡くんって本を読んだり、何か作業するときは、いつも反対側に座ってる。写真部らしく、逆光を意識してるんだと思ってた」

「今日は天気が良かったから」

「眩《まぶ》しいっていうのは無理がある日差しじゃない？　むしろ、窓際に座ってる方が珍しくて、そのときはいつも同じことをしてる。モバイルルーターをUSB接続してネット巡り。

顧問が入ってきても画面を覗かれないで済むし、近づいてきたら閉じればいい。一応、備品のパソコンをネットに繋《つな》ぐのは禁止されてるからね」

それ以上の言い逃れはできそうになかった。両手を上げて降参の意思表明をする。

「校則に違反していました。ごめんなさい」

「ごまかそうとしたってことは、いかがわしいサイトでも見てたの？」

悪戯《いたずら》っぽく笑いながら、沙耶はパソコンに視線を向ける。

「違う違う。フリーランニングの動画を見てただけ」

「ああ……。研究熱心だね」

「百聞は一見に如かずってやつ」

「それ、動画も含めていいのかな」

「一時停止も低速再生もできるから、二百聞くらいの価値がある」

「現代人ですこと」

僕がフリーランニングにのめり込んでいることを知っているのは、写真部の二年生部員だけだ。そんな二人にも、動画を投稿している事実までは打ち明けていない。

「でもさ、実際怖くないの？」沙耶が訊《き》いた。

「なにが？」

「屋根の上とか山道とか……、足場が不安定で高いところを、飛び跳ねるわけじゃん。踏み外して落ちたらどうしようとか、考えないのかなって」

先ほど確認した動画のコメント欄でも、似たような質問があった。

むしろ、安全面の配慮が行き届いている公園は危険性が低い方で、屋根を飛び移ったり、高所から飛び降りる動画も投稿している。見る者の恐怖心を煽《あお》るフリーランニングの動画は、ネガティブなリアクションと結びつきやすいらしい。

「小さいときに、横断歩道の白い線だけ歩く遊びをしなかった？　黒い部分を踏むとサメが飛び出してくるから気を付けろみたいな」

「聞いたこともない」

「まあ想像してみてよ。別に難しいルールじゃないだろ？　白線が歪《いびつ》な形になって地面から離れたのが、屋根の上とか山道なんだよ」

「二つも仮定を重ねたら、もはや比較できないと思う」

「じゃあ、飛行機に乗ったことはある？」

「うん」

「飛行機って、富士山《ふじさん》の三倍くらいの高度を飛ぶんだってさ。そんな高さから墜落したら、まず無事じゃ済まないよね。致死率ほぼ百パーセント。危険な乗り物だってわかってるはずなのに、多くの人がメジャーな交通手段として利用している」

「墜落事故なんて、そう簡単に起きるものじゃないよ」

「僕にとってのフリーランニングも、同じレベルの話なんだよ。もしも落ちたらって沙耶は言うけど、起こり得ない危険に恐怖は感じない。ＩＦは、ＩＦでしかないんだ」

シミュレーションさえできていれば、フリーランニングで心臓が高鳴ることはない。

「ふうん。何となくわかった気がする」

「それならよかった」

「写真部員が参考にしてるって知ったら、動画を投稿した人も驚くだろうね」

目の前にいるのが投稿者だが、勘違いを指摘するわけにはいかない。

「今日はどうしようか。他の部活の写真でも撮りに行く？」

鞄《かばん》からカメラを取り出して、沙耶に訊いた。

「卒アル用のやつ？」

「うん。そろそろ動き出さないとまずい」

卒業アルバムに載せる部活の集合写真は、写真部に撮影が任されている。夏に引退する部活もあるので、この時期から撮影スケジュールを組み立てなければならない。

「それもやらなくちゃいけないけど、明日の準備が先かな」

「明日？」

「クラスの子に撮影を頼まれちゃって」

「……そういう時期か」

「セッティングだけ手伝ってもらってもいい？」

よかった。僕が提案する前に、沙耶の方から話を振ってくれた。

「うん。わかった」

想定外の事態が起きないよう祈りながら、カメラを持って立ち上がった。

2

第二理科室には、授業で使う用具が保管されている倉庫とは別に、写真部用に作られた小部屋が併設されている。かつては現像用の暗室だったと聞いているが、フィルムカメラを使う部員はいないので今は撮影スペースとして利用している。

沙耶が先に部屋に入り、僕が扉を閉める。

広さは四畳半ほどしかなく雑多な器具が置かれているので、大勢で入ることはできない。暗室ではおなじみの赤い光を発するセーフライトは部屋の隅《すみ》に追いやられ、白色蛍光灯が室内を明るく照らしている。

一方、これも暗室の名残《なごり》だと思うが、分厚いダークカーテンが窓に引かれている。安物のカーテンとは比べ物にならない遮光率で、照明を消すと室内は暗闇に包まれる。

外からは在室の有無がわからないことを利用して、密会を重ねたカップルがいたらしい。その場面を顧問が目撃してしまい、鍵《かぎ》の管理が徹底されるようになった。一本は職員室に、一本は三年生から引き継いだ僕の手元に。

三脚を置いた沙耶に、「バックスクリーンも使う?」と訊かれた。

「うん。本番と同じ状態にしよう」

十分もかからないうちに、撮影環境が整った。ミラーレス一眼のレンズを単焦点レンズに取り替えて三脚に固定する。

「じゃあ、適当に座って」

「撮るの？」沙耶は眉《まゆ》をひそめた。

「モデルがいないとリハーサルにならない。三脚の位置も調整しなくちゃいけないし。確認が終わったら、ちゃんと消すよ」

「……約束だからね」

不服そうに座った沙耶を、ファインダー越しに眺《なが》めた。

ズーム機能がない単焦点レンズでモデルの上半身を切り取るには、かなり近づく必要がある。手を伸ばせば届きそうな距離――。肉眼で見つめ合ったら視線を逸《そ》らしてしまうのに、ファインダーを通せば心地よい距離感に切り替わる。

「そのまま動かないで」

絞りを調節すると、沙耶の顔立ちが鮮明に浮かび上がる。どれほどレンズを近づけても、デジタル処理された電子ビューファインダーには一切の欠点が表示されない。

滑《なめ》らかな曲線の鼻筋、小振りな唇《くちびる》。アクセントとしての役割も果たしている大きな瞳《ひとみ》。一歩間違えればアンバランスになりかねないのに、相互に補完し合うことで繊細な顔立ちを築き上げている。

「ねえ」

静止していた沙耶が口を開く。

「なに？」ファインダーから視線を外して訊いた。

視線が衝突した途端、鼻がむず痒《がゆ》くなって沙耶の顔を直視できなくなる。これが、写真と肉眼の違いだ。部屋の隅に、視線の逃げ道を探した。

「もう撮ったんじゃないの？」

「いろんな表情を撮りたいなあと思って」

「一枚撮ったなら、もう終わり」

立ち上がった沙耶は、もといた部屋に戻ってしまった。機材を片付けて後を追う。

カメラを机の上に置いてデータを確認すると、先ほどの沙耶の写真と以前に撮った夜桜の写真が並んで表示されていた。

「人と風景って、どっちを撮る方が得意？」

少し考える素振りを見せてから、「うーん。風景かな」沙耶は答える。

「どうして？」

「余計な気を遣わないで済むから」

「だよね」結論だけでなく、理由もほとんど一緒だった。「じゃあ、ポートレートで文句を言われたことはある？」

人物をメインに写した写真をポートレートと呼ぶ。人物に始まり人物で終わると言われるくらいポートレートは奥深く、写真の中で確固たる地位を築いている。

「たとえば？」

「私はこんな顔じゃない。お前の撮り方が悪いんだ。みたいな」

「そこまで直接的な言われ方をしたことはないかな」沙耶は笑う。「でも、満足してないんだろうなっていうのはわかるよ、やっぱり」

「モデルが比べてるのは、鏡に映った自分の顔だと思うんだ」

「その人が一番見慣れてる顔だしね」

理解が早い沙耶に、クイズを出してみた。

「鏡と写真。二つの自分の顔に違いが生じるのは、どうしてでしょう」

「鏡に映った顔は、左右が反転してるから。ああ……、左右が反転してるわけじゃなくて、確か、前後が逆になってるんだよね」

休日に調べた知識を披露したのだが、沙耶の方が僕よりも詳しいようだ。引き下がらずに、追加の問題を出した。

「写真の自分より、前後が逆転した鏡の自分に好印象を持つ理由は？」

「さっきも言ったように、日常生活で見慣れているのは写真じゃなくて鏡の自分。そして、人は毎日見てる顔に愛着を持って、贔屓目《ひいきめ》にみてしまう傾向がある。ええっと、これを何て言うんだっけ？」

「……単純接触効果」半《なか》ば投げやりな口調で呟《つぶや》く。

「そうだった。物知りだね」

「全部説明されてから褒《ほ》められても、嬉《うれ》しくない」

「初対面のときって、ネガティブな印象を持ちやすいらしいよ。口元が歪《ゆが》んでるとか、目がギョロッとしてるとか。だけど、その人と何回も会っている間に、それがチャームポイントみたいに思えてくる。これも単純接触効果なんだろうね」

僕たち学生は、進学したりクラス替えがあるたびに、同級生の顔と名前を一致させる作業を繰り返す。単純接触効果の正しさは、これまでの学生生活で充分に裏付けられている。

「沙耶も、初対面だと欠点の方が気になるんだ」

「どちらかといえば」

「再会したときの僕の顔は、さぞ醜《みにく》く見えただろうね」

沈黙が降りた。

息を吸うと、鼻の奥で不快な音が鳴った。その音を聞いて、身体がビクッと反応した。

「肯定しても否定しても、一方的に傷つくんでしょ」

「ごめん。脱線した」

そこで沙耶は、自虐的な笑みを浮かべた。

「ついでに答えておくと、他人に対する単純接触効果は共感できるんだけど、自分については首を傾げたくなるんだよね」

「どういうこと？」

「鏡に映る顔も、写真に写る顔も、等しく嫌いだから」

謙遜《けんそん》や嫌味ではなく、本心から出た言葉。

沙耶が自分の顔を嫌う理由を知っている生徒は、おそらく僕だけだ。

「これが、さっき撮った写真」

カメラの小さなディスプレイを沙耶に見せる。

「自分の写真は残したくないの」

「理由は違うけど、僕も避け続けてきた」

画面をタップして拡大すると、沙耶は眉をひそめた。

「写真嫌いの二人が、写真部に入ってる。なんか笑っちゃうよね」

「沙耶の顔は、左右対称——シンメトリーなんだ。だから、鏡の顔と写真の顔がほぼ一緒に見える。単純接触効果が働かないのは、それが理由だよ」

僕の説明を聞いた沙耶は、何度か瞬《まばた》きをした。

「それ、褒められてるのかな」

「僕のさっきの質問にも答えてくれなかっただろ」

「じゃあ、聞き流すことにする」

沙耶はそう言って、撮影したデータを慣れた手付きで消していった。

返してもらったミラーレス一眼を、自分の鞄にしまう。

撮影を開始する前にデータの保存設定を変更しておいた。ＳＤカードと本体の双方に保存するように設定したのだ。沙耶が削除したのはＳＤに保存されたデータだけで、カメラ本体にはまだデータが残っている。

こうでもしなければ、沙耶の顔写真を手に入れることはできなかった。

「これで明日の撮影は大丈夫だと思う」

「ありがとう、佐渡くん」

机を挟んで向かい合う写真部員は、正反対の外見をしている。

永誓沙耶は、非の打ち所がない完璧な容姿。

僕――佐渡琢也《たくや》は、欠点ばかりが目に付く醜い容姿。

そんな僕たちの共通項を抽出すれば、きっと不幸が浮かび上がる。

3

僕の母は、『もしも』という言葉を嫌った。

もしもテストで百点を取ったら、遊園地に連れて行ってほしい。もしもレギュラーに選ばれたら、新しいシューズを買ってほしい。もしも父さんと仲直りしたら――、

そういった願望を口にするたびに、母は冷たい視線を向けてきた。

「仮定の話をする時間があるなら、結果を出す努力をしなさい」

当時は、その言葉の意味を理解できなかった。

そんな現実主義者の母が、カルト宗教にのめり込んで出て行ったと聞かされたときは、何かの冗談だと思った。けれど、どれだけ待っても母が戻ってくることはなかった。

僕がIFを忌《い》み嫌うのは、間違いなく母の影響だ。

十年後の自分に向けたメッセージを書けという宿題が出されたとき、一行目を書き出すのに苦労したのを覚えている。十年間で積み重ねるIFの数を考えたら、空想小説を書いているような気分になった。

しかし、母がカルト宗教に救いを求めたのと似ているのかもしれないが、僕も避け続けてきたIFに想《おも》いを馳《は》せてしまうことがある。

もしも、僕の鼻が醜くなかったら――。

この悩みをネットで相談したら、思春期のくだらない葛藤《かっとう》だと鼻で笑われるだけだろう。だけど、携帯やパソコンの画面を見て笑う人間の綺麗《きれい》な鼻と、僕の醜い鼻は、まるで違うものなんだ。別の生き物に付いている、見慣れない器官のように。

自分の外見について真剣に悩むようになったのは、中学二年生からだった。

足が速いと人気者になれる。そんな不可解な論理が、それまではまかり通っていた。そのまじないが切れたことで、隠していた外見の醜さが露《あらわ》になってしまった。

僕は、クラスメイトの誰よりも速く走ることができた。春のスポーツテストで注目され、夏の体育祭でアンカーを任される。最初の数ヵ月の間に目立つ機会を得られれば、スタートダッシュは確約されたようなものだ。

中学校では、熱烈に勧誘された陸上部ではなく、バスケットボール部に入部した。走る能力を極めるよりは、それを活《い》かせる団体競技に挑戦してみたかった。

入部当初は、小学校からバスケを始めていた経験者にまるで敵《かな》わなかった。それでも、いつか追い付けるだろうと楽観視していた。実際、二年生の夏にシューティングガードとしてレギュラーの座を勝ち取り、県大会ではベストエイトまで進んだ。

短距離にしてもバスケにしても、自分に特別な才能があると自惚《うぬぼ》れていたわけではない。ただ、どんな練習をすれば結果を出せるのかが、感覚的に理解できた。

そんな小賢《こざか》しい能力は、勉強の場面でも役立った。すべてを覚えるのではなく、テストに出そうな英単語や年号に絞って暗記する。普段の授業では、どこが重要視されているのかを見極めるために、ノートも取らずに先生の言葉に耳を傾けていた。

必死にトレーニングをしているわけでもない。図書館に残って勉強をしているわけでもない。それなのに、部活も勉強もある程度の結果を残す。省エネな振る舞いが、がんばりすぎることを嫌うクラスメイトに評価された。

順風満帆な学生生活に陰《かげ》りが見え始めたのは、中学二年の夏だった。

夏休みが中盤に差し掛かった頃、ルックスコアというアプリが突然世に現れたのだ。当時は、このアプリが僕の人生を変えるとは夢にも思っていなかった。

ルックスコアを使ってできることは、たった一つだ。

顔写真をアップロードすると、『顔面偏差値』が表示される。それ以外の付加的な機能は切り捨てられた、シンプルイズベストのアプリ。

顔写真の分析や採点を指向するアプリは、他にもリリースされていた。ユーザーと似ている芸能人を表示する、パーソナルカラーを診断する、出会い系サイトのサービスの一つとして提供する……、用途は多岐にわたった。

しかし、ルックスコア以外のアプリは、分析や採点の精度が低かった。

基準が不明瞭《ふめいりよう》なだけならまだしも、顔の角度を変えると結果が変動するのだから、そんなアプリが信用されるはずがない。昼休みの暇潰《ひまつぶ》しに使うことはあっても、ストアや雑誌の人気アプリに名を連ねることはなかった。

それにもかかわらず、ルックスコアは爆発的にヒットした。人工知能を利用することで、他のアプリとは比べものにならないほど高度な採点精度を実現したからだ。

ルックスコアをリリースしたのは、世界で第三位のユーザー数を誇るＳＮＳを運営している海外企業だった。当然、人気のＳＮＳには日々大量の画像が投稿される。

その中には、風景のみを写した画像もあるが、大多数を占めるのはポートレートだ。プロフィール用の個人写真、旅行先で撮った集合写真、恋人とのツーショット。顔立ちが整ったモデルの写真、容姿にコンプレックスを持つ者の写真。

そうやって集積した膨大なデータを、人工知能を用いて点数ごとに分類していく。どれが美人で、どれがブスか。どれがイケメンで、どれが不細工か——。

その判断を機械的に行うには、「美人」や「不細工」の概念を理論的に体系化する必要があるが、こういった評価を伴う作業を人工知能は苦手としてきた。

しかし、ルックスコアをリリースした企業は、莫大《ばくだい》な資金を投じてこの問題をクリアした。それは世界的な技術革新と呼べるものだったようで、日本のニュースでも大々的に採り上げられた。その技術を利用して作られたのが人の顔を採点するアプリだというのだから、天才の考えることは常人には理解できない。

何にせよ——、人の顔面偏差値を知ることができる時代が訪れた。

髪型や化粧を変えればスコアは若干変動するが、顔の角度を変えたくらいでは同じ結果が返ってくる。アップロードした顔写真のスコアが表示されるだけのアプリなのに、瞬《また》く間にインストール数が伸びていった。

僕が通っていた中学校でも、ほとんどの生徒がルックスコアを携帯にインストールしていたし、昼休みはスコアの話題で持ちきりになった。

男子が女子を隠し撮りして、無断でアップロードする。そんな光景を何度も目にした。おそらく、女子も似たようなことをしていただろう。気になる異性のスコアを確認するためならまだしも、相手をバカにするために盗撮する者も多くいた。

ただ調べるだけでは満足せず、スコアを書いた紙を本人の背中に貼って泣かせる悪趣味な遊びまで流行《はや》り出したところで、ようやく学校が動いた。

――校内における顔面偏差値アプリの使用を禁止する。

こういった校則が追加されたのは、僕の中学だけではなかったらしい。けれど、やるなと言われればやりたくなるのが子供だ。アンインストールした振りをして盗撮を続ける生徒を止める術《すべ》を、教師や教育委員会は持ち合わせていなかった。

修学旅行や体育祭で写真を撮られるのを拒否したり、風邪を引いているわけでもないのにマスクを外さない者まで現れるようになった。素顔を隠すか、カメラを避け続けるか……。一部の人間にとっては、顔面偏差値はそれくらい知られたくないものだった。

そして、同様の憂慮は、僕自身にも当てはまった。

母親がいないということもあって父親から携帯を持たされていたが、ルックスコアを積極的にインストールしようとは思わなかった。興味がなかったし、顔を採点する行為にある種の気味悪さを感じていたからだ。

かといって、友達に勧められて断り続ける意思の強さもなかった。今になって思えば、その友達は悪意をもって僕に使用を勧めたのだろう。

当時の僕は、自分の顔について、他の人より少し変わっている――、くらいの認識しか持っていなかった。周囲の反応から逆算した楽観的な自己評価である。

クラスメイトの中には、容姿でバカにされていじめられている人間がいた。僕はバカにされたことがない。だから大丈夫だ。そうやって、自分を肯定してきた。

当時の僕に、現実を受け入れろと伝えてやりたい。いじめられていた人間との違いは、容姿ではなく他の能力にあった。運動も勉強もできるクラスの中心人物だから、醜い容姿については触れないでおこう。きっと、彼らはそう考えていた。

ルックスコアに表示された数値を見たときの衝撃は、今でもはっきりと思い出せる。そんなはずない。違う写真を何枚もアップロードしたが、結果は変わらなかった。ネットで検索して、自分の顔面偏差値が最下層に位置することを知った。

思い当たる要因は、一つしかなかった。

我が物顔で顔の中心に居座っている、醜い鼻。

ルックスコアは総合評価で顔面偏差値を導き出すから、目や口も平均的な顔よりは劣《おと》っていたのだと思う。でも、明らかに足を引っ張っているのは、鉄アレイで殴られてへこんだまま固定したような、歪な形の鼻だった。

本来なら下を向いている二つの鼻孔が、正面からでもはっきりと観察できる。

上向きにへこんで固定した形と、相手から丸見えの鼻孔。

類《たぐ》い稀《まれ》なる豚鼻とでも呼ぶべき代物だ。

一度現実の点数を突き付けられてしまえば、そこから目を背けることはできない。カメラのシャッター音、クラスメイトや通行人の視線。素顔を晒《さら》して出歩くのが怖くなり、マスクをつけて俯《うつむ》きながら人目を避けた。

スコアを知られたら生きていけない——。本気でそう思った。

それでも、クラスでの立ち位置が大きく変わることはなかった。顔面偏差値が人間関係のステータスになる前に、ヒエラルキーが確立していたからだろう。

結局、中学を卒業するまでは、ルックスコアから逃げ切ることができた。だが、高校に入学して数ヵ月が経《た》った頃、恐れていた事態が現実になった。

授業中も休み時間も、僕はかたくなにマスクを外さなかった。「アレルギーが酷《ひど》くてさ」その言い訳に説得力があったとは思えない。ただ、ルックスコアを嫌ってマスクをつける生徒は僕以外にもいたから、追及はされなかった。

しかし、どうしても素顔を晒さなければならない瞬間はある。昼食の時間や証明写真の撮影時もそうだが、一番の問題は部活の練習中だった。低酸素運動を強《し》いられる状態でコートを駆け回っていたら、すぐに体力が尽きてしまう。

だから、バスケ部の部員には素顔を見られていた。初心者として入部した中学でも大丈夫だったんだ。プレイで信頼を勝ち取れば、バカにされることはない。

そう信じて、中学のときよりも熱心に練習に打ち込んだ。

強豪校ではないということもあって、一年の夏にスターティングメンバーとして試合に起用されるようになった。一年部員の中では僕だけ、先輩を差し置いて。

「――気持ち悪い顔してるくせに、調子に乗ってんなよ」

ロッカーで言われた先輩からの一言。周りから聞こえてくる押し殺した笑い声。

次の日から、僕にボールが回ってくることはなくなった。スリーポイントラインの近くでフリーで待っていても、速攻の際にゴール下まで走っても、絶対にパスを出してくれない。リバウンドやスティールでボールを奪うと、ディフェンスが道を譲る。

それは、チームプレイとは呼べないものだった。

コートの端でドリンクを飲んでいたら、カシャッという音が聞こえた。気付いていない振りをしたが、隠し撮りをされたとわかった。撮影した写真をルックスコアにアップロードして、表示されたスコアを他の部員やマネージャーに見せて笑う。

コーチや顧問は、見て見ぬ振りを決め込んでいた。

ある日、いつものようにディフェンスがいない状態で放ったシュートが、リングに弾《はじ》かれた。落ちたボールを拾う者はいない。自分でリバウンドを取ってゴールに向かうが、再びシュートはリングに嫌われる。

コートの外に転がっていったボールを見届けてから、僕は退部届を提出した。

高校は、狭い社会だ。僕がバスケ部を追われた事実は、瞬く間に広まっていき、クラスメイトの耳に入った。当然、退部の原因がどこにあったのかも含めて。

ピック。そう陰で呼ばれていることを知ったのは、退部した約一ヵ月後だった。

名前に含まれた「琢《たく》」という漢字、慢性的な鼻炎、歪な形の鼻。ピッグではなく、ピックなのは、教師に訊かれたときに愛称だとごまかすためだろう。

くすくす、くすくす。僕を見ると、みんなが笑った。

北高では、生徒全員が何らかの部活に所属していなければならない。その校則は退部した生徒にも適用され、入部届の提出が遅れると担任に呼び出される。

どこでもいいから入部しろ。途中から入ってもなじめない。生活指導の教師も、退部者も譲らなかった結果、幽霊部員を事実上許容する部活を学校側が準備した。

そんな行き場を失った生徒の駆け込み寺で、僕は沙耶や一癖《ひとくせ》ある同級生と出会った。

4

翌日の放課後。図書室に寄ってから部室の扉を開いた。

僕や沙耶と同じ二年生部員の朝比《あさひ》奈憂《なうれい》が、パソコンの画面を見つめている。

「お疲れ。今日も憂鬱《ゆううつ》か？」

「愚問だよ。うれいは、いつだって憂鬱なんだから」

気だるげに挨拶《あいさつ》を返してきた憂の正面に、僕は座った。

弧を描くように動くマウスを見て、「撮影データの修整でもしてた？」と訊く。

「ううん、現実逃避をしてただけ」

「ネットの世界で？」

「現実から逃げるのに、他に行く当てがあると思う？」

朝比奈憂は、女子高生らしくない女子高生だ。

それは、お洒落《しやれ》に無頓着《むとんちやく》だとか、幼《おさな》かったり逆に大人びているとか、そういう意味ではない。体型や地声の高さは標準的で、顔立ちはむしろ水準を上回っている。

男子と接しているような印象を時折受けるのは、耳が半分出るくらいのショートヘアや、大雑把な性格が関係しているのだと思う。一方で、一人称は「うれい」だし、甘えた口調で話し掛けてくることもある。

「シャットダウンする前に履歴消しとけよ」

「はーい」

「何を見てるわけ？」

「ねえ、サワくん。スマホを覗き込む男子って嫌われるんだよ」

「それ写真部のパソコンなんだけど」

「スマホのテザリングでネットに繋いでるから、半分はうれいのもの。電波が流れ込んで、どんどん浸食しているの」

憂と話していると、どうにも調子が狂う。彼女もまた、複雑な事情を抱《かか》えて写真部に転がり込んできた。入部時期は僕の方が三ヵ月ほど早かったが、顧問に紹介されたときの憂は、今とは比べものにならないくらい表情が暗かった。

「じゃあ、予想が当たったら教えて」

「解答権は一回だけね」

「――故意恋《こいこい》」

即答すると、憂は驚いた表情で窓がある方向を見た。

「窓に映り込んでるわけじゃないよ」

「エスパー？」

「更新の時期だから」

「ぴんぽんぽんぽん。大正解」

そう言った憂は、画面の向きを変えて見せてくれた。そこに表示されているのは、見慣れたユーザーインターフェースのサイトだった。

正式名称は――故意に恋する。

「盛り上がってるよ」マウスを動かしながら「また増えた」と憂は言った。

「登録者が？」

「四組の上川《かみかわ》すみれ。知ってるでしょ？」

「いや。別のクラスだし」

「クラスが違っても、名前と顔くらいは把握してるものじゃないかな」

「僕、知り合いすらほとんどいないから」

「自信満々に言われても困る。うれいは、北高生の恋愛事情を把握しなくちゃいけないの。つまりね、サワくんに構ってる時間はないってこと」

パソコンと睨《にら》めっこする憂を眺めながら、僕には無縁の色恋沙汰《ざた》に考えを巡らせる。

故意恋を一言で表現すれば、恋愛促進サービスになるだろう。

不特定多数のユーザーの仲介役を果たすことで、円滑な結びつきを促《うなが》すサービスである。その一面においては、出会い系サービスや婚活サービスと大きな違いはない。だが、それらのサービスと故意恋を同列で語ることは世間的な評価とそぐわない。

故意恋は、顔面偏差値を恋愛に落とし込んだ。

ルックスコアの機能は、アップロードした写真の顔面偏差値を表示することだけだ。採点の精度こそ革新的だったが、スコアを何に用いるかはユーザーに一任されていた。

そこに目を付けた企業が、新機軸のサービス『故意に恋する』を発表した。

故意恋に登録したユーザーは、ルックスコアの連携を許可して基本情報を設定する。ユーザーに求められる行為はそれだけだ。すると故意恋は、同じ偏差値帯の中から抽出した異性のユーザーを、理想（ideal）の相手――イデアル――として提示する。

『背伸びする必要もない、妥協する必要もない、そんな相手こそイデアルだ』

そのキャッチコピーを何度もテレビで目にした。

故意恋のカップル成就率は、他の類似サービスとは比べ物にならないほど高い。故意恋がイデアルとして提示するのは、外見が釣り合うことが確約された異性だ。駆け引きの省略は、恋愛におけるショートカットとして重大な意味を持つ。

自由な恋愛を選択しているつもりが、不自由な恋愛を強制されている。

自由恋愛の在り方をセンセーショナルに批判した故意恋は、人工知能を通じた出会いを保証した。その結果として提示されるのが、イデアルなのである。

軌道に乗りユーザー数が増えるに従って、イデアルを検索する範囲を絞り込めるようになった。北海道に住んでいるユーザーに対して、沖縄在住のイデアルを提示しても、カップル成就率は低い。極端な例え話をすれば、そういうことだと思う。

日本全体が対象だったのが、まず八地方区分になり、都道府県、市町村……と、エリアが細分化していった。

そして、特定の都市で試験的に提供が始まったのが、現在地情報を利用したイデアルの検索サービスだった。現在地から半径二百メートルの範囲にいるユーザーのみが候補者となるため偏差値帯の絞り込みは甘くなるが、その分気軽にコンタクトを取ることができる。

たとえば、この校舎で故意恋を起動すれば、北高生のイデアルが提示される。

そこで候補から外れる生徒は、二種類に分けられる。そもそも故意恋に登録する気がない生徒と、既に特定の恋人がいる生徒だ。

「この時期に登録し直す上級生は、破局したカップルってことだよな？」

あくびを噛《か》み殺《ころ》しながら、「気付くのが遅いよ」と憂は答えた。

連携しているルックスコアの顔写真は、半年に一度しか変更することができない。制限がなかったサービス開始当初は、少しでも高いスコアを目指してアップロードが繰り返されたせいでサーバーのダウンが頻発した。

「四月は、顔写真を更新できるだけじゃなく、新入生が入ってくる時期でもある。だから、恋人と別れて新しいイデアルと出会う。怖い話だよ」

「高校生にとっては、半年がちょうどいいサイクルなんだろうね」

パソコンの画面を見つめたまま、憂は言った。

「恋人にバレないで登録し直すのは無理なのか？」

「近くにいるユーザー名と顔写真が、一覧で表示されるんだよ。相手が気付かなくたって、誰かが言いふらすに決まってる」

イデアルは本人にしか明かされないが、基本情報はマイページで確認できる。

「そうやって監視してるのは憂だけじゃないってことか」

「監視って……、人聞きが悪いなあ」

憂に軽く睨まれる。視線を逸らすのは、いつだって僕が先だ。

「顔も知らない生徒の恋愛事情まで調べて楽しいのか？」

「女子高生にとって情報は命だから」

先ほどの恋愛のサイクルといい、冗談を言っているようには見えない。

「誰と誰が付き合ってるのかまで把握してる？」

「まあ、ある程度は」

「そんな情報通な憂に訊きたいんだけどさ——」

「気になってる子でも？」

「違う」今のは僕の訊き方が悪かった。「うちの高校のカップルって、どれくらいの割合でイデアル同士がくっついてるんだろうと思ってさ」

「うーん。半分以上は、イデアルと付き合ってるんじゃないかな」

「そんなに？」

「誰々くんが、うれいちゃんのこと可愛《かわい》いって言ってたよ。そう友達に教えられると、何とも思ってなかった男子が気になってくる。この現象を、乙女心と呼ぶのです」

「ああ、何となくわかる」

乙女だけじゃなく、大和《やまと》男児にだって当てはまるだろう。

「故意恋は、それをイデアルに置き換えてユーザーに伝えるの」

「どういうこと？」

「うれいのイデアルが、サワくんだったとして――」

「現実味がない例え話だ」

具体的な数値を聞いたことはないが、憂の顔面偏差値はかなり高いはずだ。

「そのとき、サワくんのイデアルにもうれいの名前が表示される。当たり前のことだけど、二人のイデアルは絶対にずれない。お前らの顔は釣り合ってるから、早く付き合っちゃえ。そう、思わせ振りに囁《ささや》きかけてくるわけ」

「芽生《めば》える予定がなかった恋心にまで、肥料を与えるようなもんか」

憂は無邪気に笑った。

「確かに、水じゃなくて肥料だね」

「だけど……、イデアルは、顔が釣り合うことを保証してるだけだろ？　恋愛って、そんなに単純なものかな。もっと大切なことがあるんじゃないのか」

「そんな恥ずかしいことを真顔で言っちゃう？」

深く考えての発言ではなかったが、顔が火照るのを感じた。

「大人の恋愛なら、いろんなことを考えるんだと思うよ。お金とか、地位とか……、家庭を任せられるかとか？　でも、高校生の恋愛なんて、今しか見てないわけでしょ。結婚を考えて付き合ってる高校生カップルが、どれくらいいると？」

「ほとんどいないだろうね」

「そうなると、やっぱり最初は顔なわけだよ」

「性格は？」

その質問も予期していたのか、憂はすぐに答えを口にした。

「顔が一定のラインを越えたあとに出てくるオプション……かな。性格が大事じゃないって言いたいんじゃないよ。先に採点されるのがどっちかって話。故意恋は、最初の問題に答えを与えてくれる。やたらと見合いを勧めてくる、親戚《しんせき》のおばさんみたいな存在」

その喩《たと》えが気に入ったのか、憂は一人で愉快そうに笑っている。

反論の言葉は浮かんだが、僕が言っても説得力がないと思って呑《の》み込《こ》んだ。

「それくらい大事なイデアルが、一枚の顔写真で決まると」

溜息《ためいき》を吐いた憂は、「憂鬱ここに極まれり」と言った。

イデアルはルックスコアの顔面偏差値で決まり、顔面偏差値は登録した顔写真で決まる。

理想の恋人に出会うためには、奇跡の一枚を手に入れる努力を怠ってはならない。

「カメラマンの腕って、やっぱり大事なのかな」

「そりゃあ、そうでしょうよ。機材とか編集の腕を含めての話だけど」

餅《もち》は餅屋に――、写真は写真部に――。

故意恋用の顔写真を撮ることが、いつの間にか写真部の活動内容に含まれていた。

「もう少しで、クラスの女子が来ると思う」

「五組の？」露骨に嫌そうな表情を憂は浮かべた。

「沙耶が撮影を引き受けたらしくてさ」

昨日のリハーサルは、その撮影のために行った。

「何で断らないかなあ」

「断れる性格じゃないだろ。じゃあ、そろそろ僕は帰るよ」

荷物を持って立ち上がると、憂の視線を感じた。

「用事があるの？」

「僕がいると空気が悪くなる」

訳《わけ》あり写真部の活動は、基本的にどれも自由参加と決めている。三年生の四人は、揃《そろ》って受験予備校に通い出したので、最近はほとんど部室に顔を見せていない。

「逃げてばかりじゃ解決しないいんだよ」

「正論だね」

「わかってるなら――」

「正論ってさ、正しさが通用する場所で使わないと無視されるんだ」

「正しさが通用しないクラスなわけ？」

「むしろ逆転してるよ」

「……好きにすればいいけど」憂は眉をひそめた。

掛け時計を見る。クラスメイトが来るのは、十分後くらいだろう。

「憂は、写真を撮ってほしいって友達に頼まれたりしないの？」

「モノクロの写真しか撮らないから」

「遺影ができあがるな」

確かに、憂はモノクロ写真に拘《こだわ》りを持っている。被写体によってカメラのレンズを替えるのではなく、本当にすべての写真をモノクロで撮るのだ。

「モノクロなら形を切り取れば済むけど、カラーだと、そこに色まで加わるでしょ。要素が増えるほど、写真に嘘《うそ》が混じりやすくなる」

「カメラは事実しか記録しないよ」

「それを扱ってるのは、嘘つきの人間だもん。視界だって、無意識のうちに嘘をついてる。都合のいい部分を、都合のいいように切り取って、都合のいいように映す」

「ややこしく考えすぎだろ」

「サワくんは、自分が見ている世界が正しいと信じてるの？」

沙耶と話した単純接触効果を思い出した。写真の自分より鏡の自分に愛着を持つのも、視界に混じる嘘の一つなのかもしれない。

「若干のフィルターがかかってることは認めるよ。だけど、普遍的な美しさっていうのは、存在すると思ってる。澄んだ星空とか……、美人の横顔とか」

「風景の美しさに普遍性があるのは、うれいも否定しない。でも、人の美しさは、時代とか国とか宗教観で、いくらでも変わるわけじゃん」

どんどん話が大きくなっている。

「さっき、高校生の恋愛は今しか見てないって言ったよね。美人の定義もそれでいいんじゃないのかな。歴史家や生物学者になろうとしてるわけじゃないんだから、他の国とか将来の価値観まで気にし始めたらきりがない」

「ルックスコアの数値が高ければ、美人なのかな」

「一つの基準にはなると思う。去年のミスコンだって、それで決めたわけだし」

十二月に行われた文化祭では、自薦他薦で集められた候補者がスコアを競い合うイベントが開かれ、沙耶も半強制的に参加させられていた。

「ふうん」細い顎《あご》を軽く上げて、憂は僕を見上げた。

「何か言いたそうな顔だ」

「うれいは、嘘つきになりたくないの。だから、モノクロの写真を撮り続けるし、サワくんの言葉にも頷いてあげない」

僕の反論は待たず、パソコンとの睨めっこを再開してしまった。

嘘つきになりたくない――。

その一言が、大嘘つきの僕の心に深く刺さった。

第二章　W-riter《ライター》

1

名前を知らない植物が、私の目の前にある。

巨大な換気扇の直下、ぽつんと忘れ去られたように。

表面に白化粧が施されたセメントポット。受け皿は、おそらくサビを防ぐためのアイアン製で、外径は十五センチ程度――、標準的な大きさだろう。興味深いのは、ポットの中から大胆に葉を広げている主役の植物だ。

シダ類なのは間違いない。でも、この特徴と合致するのは……、

葉の繊維が見えるほど近づき、徐々に離れて全体像を眺める。マットな質感の、くすんだグリーンの葉。ブラインドから差し込んだ日が当たった部分は、わずかに青白く輝いている。羽のような葉の広がり方は、どことなく涼しげでポットとの相性もいい。

繊維に沿って指でなぞりながら、土の色や香りを確認する。

自分の言葉だけで、この植物を再現しきれるだろうか。もう一度目にする機会があるとは限らないのだから、しっかりと記憶に留《とど》めて立ち去りたい。

これも一種の職業病なのだろう。

「お気に召しましたか？」

背後から声をかけられ、頰《ほお》にかかった髪を指先で払って振り返る。

「えっ？」

「ずっとご覧になっているので」

話しかけてきたのは、私と同じくらいの背丈《せたけ》の小柄《こがら》な男性だった。

無地のダークスーツにネイビーのネクタイ。観葉植物の購入を勧める店員には見えない。

そもそもここは、インテリアショップではなく市民会館の喫煙室だ。

「珍しい品種だと思って」

「何か発見はありましたか？」

「……………」

「それ一つだけでは、喫煙室の空気は洗浄しきれないでしょうね」

ハーフリムの銀縁眼鏡《めがね》。その奥の目を細めて、男は灰皿に視線を向けた。換気扇の音が、沈黙を埋める。喫煙者特有の連帯意識を口実に話しかけられるのは好きじゃない。

この男からは別の匂《にお》いがした。いや、煙草《たばこ》の臭《にお》いがしないのか。

「煙草、吸ってませんよね」

「副流煙専門です」

男が喫煙室に入ってきたのには気付いていた。視線を無視して植物と向き合っていたが、新たな煙草の臭いは嗅《か》ぎ取れなかった。少々、気味が悪い。

「私に何か用ですか？」

「フレボディウム・アウレウム・ブルースターというらしいですよ」呪文《じゆもん》を唱えるように、男は言った。「スマホのカメラで調べました」

精度が高い画像検索アプリがリリースされたと、つい最近聞いた覚えがある。どう反応すればいいのか。相手のペースに巻き込まれたくない。

「それを教えるために、わざわざ？」

「あとは、熱心に植物を見つめている女性が気になって」

「ご親切に、どうも」

ガラス張りの喫煙室なので、通路から私の姿が見えたのだろう。けれど、正直に答えたとは思えない。不快感を示そうとして、眉をひそめる。

「名前を思い出そうとしていたのでは？」

「違います。せっかく教えてもらったので、答え合わせはしますが」

「答え合わせ？」

「正しく観察できていれば正解です」

インターネットで検索すれば、特徴が記されたサイトに辿り着く。葉の色、質感、形状。それらを照らし合わせて、隔《へだ》たりがあれば修正する。

男は、納得したように頷いて微《かす》かに笑った。

「名前を知っても、特徴を理解したことにはならない。逆に、特徴さえ正しく理解すれば、必ずしも名前を知る必要はない。本質は特徴に宿るということですか？」

「……難しく考えるんですね」

「よく言われます」

「あの。私たち初対面ですよね？」

出会うすべての人にこのテンションで話し掛けていたら、市民会館を出るだけでも数時間かかりそうだ。かといって、私に接触してくる理由も思い当たらない。どちらかといえば、近寄りがたい雰囲気を漂わせていたはずだし。

「これは失礼。名乗り遅れました」

差し出された名刺には、『弁護士　椎崎透《しいざきとおる》』と書かれていた。

「あっ……」

疑問が半分ほど解消した。初対面であることに変わりはないが、私は椎崎の肩書と名前を知っている。むしろ、彼に会うために市民会館にやってきた。

けれど、椎崎は私を識別できないはず。

「ゆっくり話したかったのですが、もう時間みたいです。前置きが長くて本題に入れない。悪い癖《くせ》なんですよ。それでは、また後ほど」

そう言い残して、椎崎は喫煙室を出て行った。

結局、植物の名前を教えられただけで、まともな会話はできていない。この第一印象も、単純接触効果によって変わっていくのだろう。

2

「いじめの有無だけを議論するのは無意味です」

ざわめきが伝播《でんぱ》していく。その様子を、私は会議室の一番後ろの席で眺めていた。

十分ほど前に出会った椎崎透は、演台に手をついて続けた。

「……という話をしますと、多くの人が驚かれます。特に、みなさんのような、教師という職業に就かれている方を対象とした講演の場合は、その反応が顕著です。いじめの否定は、批判に直結する。そういった恐怖が刷り込まれているからでしょうね」

喫煙室での口調とほとんど変わらない。こういった舞台に慣れているのだろう。

「もちろん、私はいじめを否定したいわけではありません。今回の講演のテーマからして、それは明らかなことです」

『法律論から考えるいじめ対策』

冒頭で配布されたプリントの表紙に、講演のテーマが書かれている。

「重要なのは、いじめは行動ではなく評価だということです。事実の積み重ねによって導かれるのが評価である以上、最初に問題にするべきは、どういった事実が存在しているのかの見極めとなります。セクハラの有無を論じるのであれば、お酌を強要されたのかを先行して確認しなければならない。……不適切な喩えでしたね」

椎崎は頭を掻《か》いて言葉を濁《にご》した。前方にいる教師が顔をしかめたのかもしれない。

――紡季《つむぎ》さん。椎崎って弁護士の講演を聞いてみない？　きっと参考になるよ。

想護《そうご》に勧められて参加したが、退屈せずに聞き続けられそうだ。

「当然のことを言っているように聞こえるかもしれませんが、深刻な事態に陥《おちい》るほど、責任を問う方も問われる方も、どういうわけか評価に飛びつこうとします。事実認定を出発点に据える弁護士の立場からは、そこに違和感を覚えるわけです」

いじめ問題、学級崩壊、保護者対応といった事項について、定期的に専門家が講演を行っている。想護から受け取った案内文書には、そう書かれていた。

スクールカウンセラー、ソーシャルワーカー、児童精神科医……ときて、次に選ばれたのが学校問題を多く手掛けてきた椎崎弁護士だったらしい。

「とはいえ、闇雲《やみくも》に事実を列挙すればいいわけでもありません。あてもなく砂漠を歩き回るのは自殺行為ですよね。一方で、オアシスの場所がわかっていれば希望が出てきます。つまり、ゴールに旗を立てる必要があるわけですが、事実認定においてその役割を果たすのは定義に他なりません。いじめの定義を暗記している方はいらっしゃいますか？」

手を挙げる者がいないことを確認してから、椎崎は続けた。

「児童等に対して、当該児童等が在籍する学校に在籍している等当該児童等と一定の人的関係にある他の児童等が行う心理的又は物理的な影響を与える行為であって、当該行為の対象となった児童等が心身の苦痛を感じているもの——」

原稿を棒読みするような口調だった。

「何回『児童等』と言ったか。正確に数えられた方には賞金を差し上げます」

言葉を切った椎崎は頬を緩《ゆる》めた。

「冗談はさておき、非常にわかりにくい定義ですよね。詳細な説明は後にしますが、ここで把握していただきたいのは、いじめと認定される行動は幅広いということです。誤解を恐れずに申し上げれば、本人が苦痛に感じた行為がイコールいじめとなると言っても過言ではありません。なぜなら……、セクハラと一緒で、受け手の認識が重要な意味を持つからです。これで、先ほどのセクハラ発言は正当化できたでしょうか？」

適度に混ぜられた冗談、かみ砕《くだ》いた説明、気取らない喋《しゃべ》り方。喫煙室で話した際は若干の苛立《いらだ》ちを覚えたが、講演として聞く分には心地いい。

年齢は、私や想護と同じくらいで、三十歳前後だろう。

「いじめ問題に関する講演の依頼は、年々増えています。残念ながら、私や事務所の知名度が上がった実感はないので、社会の興味が高まっているということなのでしょう。職業柄《がら》、依頼を受けた際には、まず求められているニーズを想像します。心理学や道徳教育の在り方について私が語るのは、明らかな越権行為です。教師の前で教育を語るのは、恐れ知らずの愚行でしょう」

ペットボトルの水を口に含んでから、椎崎は続けた。

「当然、弁護士に求められるのは法律論です。いじめ問題を生徒の前で語る講演の場合は、法的な制裁を仄《ほの》めかす脅迫依頼だと私は理解しています」

脅迫依頼。その言葉が意味するところがイメージできなかった。

「財布を取り上げれば、十年以下の懲役の恐喝罪。首吊《くび》り自殺に追い込めば、七年以下の懲役の自殺教唆罪。加害生徒に数千万円の損害賠償を命じた裁判例の存在――。刑事と民事が混ざっていますが、いじめに起因する責任を掲げて脅すことは簡単です。早く寝ないと鬼が来る。そういったしつけと通じるものがありますね」

そこで、先頭に座る男性が手を挙げた。

「どうされましたか？」

「法的な責任と空想上の生き物とでは、説得力に違いがあると思いますが……」

「的確なご指摘、ありがとうございます。ですが、十数年の人生しか歩んでいない少年や、お小遣いしか収入がない少女が、懲役刑や損害賠償の責任を正しく想像できるでしょうか？何より、事後的な責任の問い方は、バレなければ大丈夫という逃げ道を与えかねないのではないでしょうか？」

立て続けに出された問いに、手を挙げた男性は答えを返すことができなかった。

「話は飛びますが、いじめを減らす即効性がある方法を私は知っています」

身を乗り出した教師が何人かいた。

「教室や部室……、校舎の可能な限り多くの場所に監視カメラを設置する。それだけです。コンビニ、駅のホーム、ゲームセンター。抑止力が統計学的に認められているので、犯罪が多発する場所ほど多くのカメラが見張っています。客観的な証拠が手に入れば、責任の所在も明らかになる。それなのに、カメラを設置している学校の話は、なかなか耳にしません。その理由について、どなたかご説明いただけないでしょうか」

先ほどとは別の男性が手を挙げて発言した。

「プライバシーの問題もありますし、生徒が萎縮《いしゅく》しますから」

「なるほど。しかし、萎縮と予防は、同じ結果を別の側面から評価しているにすぎません。

見られたら困る行為だとわかっているから、萎縮するのではありませんか？」

「その判別を生徒に求めるのは酷ですし、成長の機会を奪うことになりかねません」

「まあ、そうですよね」椎崎は、あっさりと引き下がった。「付け加えるのであれば、教育は明確な答えが存在しない働きかけなので、その光景を記録することに危機感を覚える方もいると思います。ただ、可視化への反対が根強かった警察や検察の取り調べも、積極的に映像を残す方向に議論が傾きました。登校する子供にＩＣレコーダーを持たせる親御さんもいるといいますし、きっかけがあれば風向きは変わるでしょう」

カメラを設置すれば、心理的な抑制になるだけではなく、いじめの予兆や残り香も感知しやすくなる。映像に残すことができたら、あとは評価の問題だ。説教、謝罪、停学、退学、告訴――。処分のバリエーションは幅広く準備されている。

大人になったあとは、監視された社会で生きなければならない。その予行演習だと思えば、カメラを意識して優等生を演じることにも意味がある。

「話を戻しますと、学校は、教育という主題にも、あるいは生徒や教員という構成員にも、他の社会とは異なる特殊性があります。法律は一般的な社会におけるルールなので、いじめ問題に踏み込む際には、その相違に気を配る必要があるわけです」

そこから三十分ほど講演が続き、質疑応答に移った。

講演の内容を確認するだけの当たり障《さわ》りのない質問に対して、数十分前に聞いたばかりの説明がリピート再生のように返される。双方合意の時間潰《つぶ》しが行われているみたいだ。

プリントを鞄に入れて、会議室を抜け出そうとした。

「一番後ろの女性はいかがですか？」

鞄の中に視線を向けていたので、反応が遅れた。

「灰色のパーカーの女性です」

顔を上げると、椎崎と視線が合った。また不意打ちを喰《く》らわされた。

「……私ですか？」

「パーカーを着ているのは、あなただけです」

確かに、こんなにラフな服装で講演に来る者は他にいないだろう。

「ええっと――」立ち上がりながら、質問を頭の中でまとめる。「いじめられる方にも問題がある。そういった論調について、どのように思われますか？」

前方の女性が、怪訝そうな表情で振り返った。どうしてそんな面倒な質問をするのかと、疑問に思ったのかもしれない。強いて理由を挙げれば、椎崎を困らせたかったから。

「主張自体失当でしょう」

椎崎の返答は短かったが、漢字に変換するのに時間がかかった。

「どういう意味ですか？」

「法律的にナンセンスな主張ということです」

「私を高校生だと思って説明してください」

「非がある者は、攻撃されても仕方ない。この主張を法的に組み立てるならば、正当防衛や過失相殺を根拠にするしかありません。殴られそうだったから、先に突き飛ばした。貸したゲームを返してくれなかったから、別のゲームを取り上げた。いずれにしても、相手の非は攻撃の時点で差し迫っている必要があります。協調性がない、なれなれしい、性格に問題がある。そういった問題は、関《かか》わることを拒《こば》む理由にはなりますが、積極的に攻撃する理由にはなり得ません。ですから、事実の有無を検討するまでもなく、主張自体失当です」

淀《よど》みなく語られる説明を聞いて、思い付きで反論するのは無謀だと理解した。

「ありがとうございます」

「陰ながら応援していますよ。市川《いちかわ》紡季先生」

どうやら、すっかりお見通しらしい。想護が、余計なことまで伝えたのだろう。

「その文脈ですと、市川ではなく二階堂《にかいどう》紡季の方が正しいですね」

返答を待たず、鞄を持って会議室を出た。

3

「二階堂先生。本日は、よろしくお願いします」

双啓社《そうけい》の応接室。取材を受けるのは、デビュー当時から一貫して苦手だった。

名前と連絡先だけが書いてある名刺をライターに渡して、「こちらこそ、お願いします」と挨拶してから座った。担当編集者の柊木努が、そのやり取りを隣で眺めている。

「若手女性作家の特集を、来月号で組む予定でして――」

取材の概要は事前に柊木《ひいらぎ》から聞いていたので、無言で頷いた。

「ミステリー作家は二階堂先生しかいないと、一番乗りでオファーが決まりました」

受け取った名刺には、『栗林拓人《くりばやしたくと》』と書かれていた。初めて取材を受けるライターだ。

年齢は三十代後半くらい。大仰な身振りや口調から受ける印象は、苦手な部類に属する。

今日は、新たな出会いの運勢が不調らしい。

「顔は出していませんが、年齢と性別は公開しています。二十八歳が若手の範疇《はんちゅう》に含まれるのかは、ご判断にお任せします。ミステリー作家を名乗れるかは、定義次第でしょうね。本格ミステリは、デビュー作以来書いていないので」

録音されていることを意識して、ゆっくり話した。

「そういう分析をしてる時点で、二階堂さんはミステリー作家ですよ」

苦笑を浮かべながら柊木が指摘したが、栗林は構わずに前置きを続けた。

「大学在学中、狭義の推理小説を対象とした新人賞を、『不完全実在VOCALIST』で受賞。同作はデビュー作でありながら、その年のミステリーランキングを席捲《せっけん》し話題を集めました。その後も、コンスタントに作品を発表し、五作目の『IFの神様』、シリーズ続編の『TRUEの死神』が大ヒット。映像化も成功を収めています」

「切り取り方がお上手ですね。低迷していた期間の方が長かったので、輝かしい経歴のように紹介するのは避けていただきたいです」

「またまた……、ご謙遜を。苦難の時期があったからこそ、現在の作品の厚みがあるのだと私は思っていますよ」

顔の前で手を振った栗林に微笑を返した。

ここ数年の売り上げやメディアの取り上げ方をみれば、二階堂紡季は売れっ子作家ということになるのだろう。栗林が挙げた『神シリーズ』は、重版を重ね、文学賞の候補になった後に映像化も実現して、代表作と言われるようになった。

「『IFの神様』は、大胆な展開と緻密《ちみつ》にちりばめられた伏線が魅力の作品だと思っています。人物描写が評価されていたそれまでの二階堂作品との趣向の違いは、どのようなきっかけで生まれたのでしょうか？」

「方向転換を意識したわけではありませんが、プロットの作り方は変えました」

「プロットというのは、ストーリーの構想のことですよね。どのように変えたのか、教えていただくことはできますか？」

コーヒーを飲んでから、「企業秘密です」と言った。

「作家は企業じゃありませんよ」柊木が笑う。

「じゃあ、個人事業主秘密」

「絶望的な語呂《ごろ》だ」

あらかじめ準備していたリストがあるのか、栗林は次の質問に移った。

「二階堂先生にとって、作家という職業の魅力は何ですか？」

「過去を物語に換えられること……かな」

「錬金術みたいですね」

うまい喩えだと思って、栗林に対する評価が少し上がった。

「黒歴史って、よく言うじゃないですか。過去の失敗とか、失恋とか。振り返ったときに、忘れたいって思う記憶です。だけど作家は、その黒歴史をキャラクターに背負わせて小説を深めることができる。恥ずかしい経験は共感に結びつきますから」

「記事では、黒歴史の供養と表現してもいいですか？」

「ええ、どうぞ」

このインタビュー記事も、黒歴史の仲間入りをするかもしれない。

「実体験が色濃く反映されているのは、どの作品でしょう」

「それも個人事業主秘密です」

「はは。わかりました」

緊張が解け始め、取材もスムーズに進んでいった。

女性作家の特集ということもあって、普段とは異なる質問が多かった。仲が良い作家は誰か、キャラクター造形の拘り、作業環境や時間の作り方。私生活に踏み込まれているように感じたが、そういう需要もあるのだろうと割り切って答えることにした。

「二階堂先生は、専業作家ですよね」

「はい」

作家の多くは、執筆業とは別に何らかの副業——もしくは本業——に従事している。

「専業であるが故《ゆえ》の不安というのはありますか？」

「物語を生み出せなくなる恐怖とは、常に向き合っています」

「アイディアが枯渇したら……、という恐怖ですか？」

「私は、切り取った過去を物語に錬金していますが、その作業には限界があります」

重要なフレーズだと受け取られたのか、ペンを走らせる音が聞こえた。

「——消費する人生は有限だと」

「デビューしたときは、二十年以上のストックがありました。強烈なキャラクターや緻密な描写を武器にしている作家なら、節約しながら物語を書けるのだと思います。私は不器用なので、後先考えずに消費しました。今は、完全に自転車操業です」

栗林は、興味深そうに頷いた。

「他人の人生を使って物語を錬金する。そんな作家もいますよね」

「もちろん、取材をしたり資料を読み込めば、知識を蓄《たくわ》えることはできます。ですが、知識だけでは物語を書けません。プラスアルファで何を混ぜるのかが作家の個性で、私の場合は過去の断片を添えている……。まあ、スランプに陥ることを見越しての言い訳です」

話しすぎたと思い、自嘲《じちょう》気味に笑ってごまかそうとした。

「編集者の柊木さんから見て、二階堂先生はどのような作家ですか？」

「そうですね」話を振られた柊木は、私の顔を見てから答えた。

「弊社は、二階堂さんのデビュー版元でもあります。最初に担当していたのは別の編集者で、引き継いだのが私です。ですのでデビューの経緯は把握していませんが、現役女子大生が書いた本格ミステリというインパクトはあったと思います」

「デビュー当時は、女性の本格ミステリ作家は少なかったはずです。『和製クリスティ』と帯に書かれているのを見て、興奮したのを覚えています」

「とてつもないプレッシャーだったはずです」

荷が重すぎるキャッチコピーは、話題作りと売り上げに貢献したが、多くの批判も生んだ。口は挟まず、二人のやり取りを眺めることにした。

「本格路線で書き続けるのかと思いましたが、二作目の『夏色鮮血ブラウス』では青春要素が強くなりました。その辺りの狙《ねら》いは、当時の担当者から聞いていますか？」

「詳しい説明は受けていません。ですが、ジャンルに囚われない方が読者層を広げられると考えたのかもしれません」

――それは違う。戦略ではなく、消極的な選択にすぎなかった。

求められていた本格ミステリのプロットは、すべてボツ。二作目を出すためには、他のジャンルに手を出して過去を消費する必要があった。

「『IFの神様』は、柊木さんが担当を引き継いだあとの作品ですか？」

「はい。私が関わった一作目です」

「凄《すご》いですね。大手柄《てがら》だ」

柊木は、大きく首を左右に振った。

「いえいえ。私は完成した原稿を受け取っただけです。プロットの作り方を変えたと先ほど二階堂さんは言っていましたが、存在すら知らなかったので驚きました」

「二階堂先生。今の話は本当ですか？」

「ええ。プロットは自分用のメモとして作っているので、編集者には原稿を渡しています。それでダメだと言われたら一から書き直す。最近は、ずっとそのやり方ですね」

プロットという設計図の段階なら、線を書き換えるだけで間取りを変更できる。基礎工事を終えて、骨組みを作って、屋根や壁が形になる。そうやって建築の工程が進むほど修正は困難になり、場合によっては取り壊す必要まで出てくる。

効率が悪いことは自覚していながらも、他には選択肢がなかった。

『IFの神様』は、初稿からとてつもない完成度でした。二階堂紡季の新境地だと確信して、販促活動にも力を入れました。売れるべくして売れた作品だと思っています。当初の質問に答えると……、二階堂さんは変幻自在の作家です」

柊木は、熱意がある編集者だ。私よりも若いのに、読書量や知識では勝てる気がしない。小説に対する愛情が、普段のメールでのやり取りにも表れている。

「『TRUEの死神』が続編として刊行されているところですが、さらなるシリーズ化は予定していないのでしょうか？」

「それは、私としても訊いておきたいですね」

二人の視線が同時に向けられる。どう答えるべきか。

「IFとTRUEで完結していますから。今のところは未定です」

「条件式絡みなら、FALSEやELSEもありますよ。期待していますので」

そう言って微笑んだ栗林に、私は曖昧《あいまい》な頷きを返した。

続編を書きたいという気持ちは持っている。けれど、それを決めるのは私ではない。

「最後に、次作の構想についてお聞かせください」

「書き始めたばかりですし、形になるのかもわかりませんが……」

「テーマだけでも結構です」

柊木をちらりと見たが、止める素振りはなかった。

「学園物ですかね」

4

取材が終わったあと、編集部で柊木と打ち合わせをすることになった。

「私は、大変遺憾に驚いているのですよ。二階堂さん」

「日本語が破綻《はたん》してるけど、大丈夫？」

遺憾に驚くとは、どんな心理状態なのか。

「まず、プロットのことです。せっかく書いてるなら見せてください」

「ほとんどメモなんだって。柊木くんに見せると、文書の体裁とか表現を整えないといけないでしょ。そこに時間を使うなら、とっとと書き進めたいの」

「仰《おっしゃ》りたいことはわかりますけど……」

「プロットでも原稿でも、ボツになったら書き直すだけだよ。そのリスクを負うのは私で、柊木くんには迷惑を掛けてない。違う？」

渋々《しぶしぶ》といった様子で、柊木は頷いた。

「メモのままでいいので、気が向いたら見せてください」

「気が向いたらね」

長編小説の初稿の場合、十五万字前後を数ヵ月かけて書くことが多い。それほどの労力を掛けた原稿が日の目を見るかお蔵入りするかは、編集者の判断で決まる。そういうものだと私は割り切っているし、容赦なくボツを告げられたこともある。

けれど、新人編集者の柊木は、その一言に必要以上の責任と恐怖を感じているのだろう。

それでも私は、柊木にプロットを見せるつもりはない。

「次作が学園物っていうのも驚きました。いつ決めたんですか？」

段ボール箱や宣材パネルが雑然と並ぶ部屋の中で、壁掛けのカレンダーを見つける。

「先週くらい」

「それはまた急ですね」

詳しい説明を欲している表情だったが、気付いていない振りをした。

「柊木くん。故意恋って知ってる？」

「故意恋……？　ええ、知らない人の方が珍しいと思います」

「私は、先週まで知らなかったよ」

「まじですか」柊木は人差し指で頬をかいた。「二階堂さん、SNSも興味ないって言ってましたよね」

「悪口で溢《あふ》れてるんでしょ。地雷を踏みにいくようなものじゃない」

「そんなことないですって」

柊木が言うには、自分の名前や作品のタイトルをSNSで検索する作家は多いらしい。強靱《きょうじん》なメンタルだと感心する一方で、そこから何を得られるのだろうと疑問に思う。賞賛で自尊心を満たしたいのか、批判で反骨精神を養っているのか。

「故意恋も、若者に人気があるの？」

「若者って……。二階堂さんの読者、二十代が一番多いんですよ」

「だから勉強してるわけ」

「そうですね。高校生か大学生が、一番インストールしてると思います。社会人になると、まだマッチングアプリを使ってる人の方が多いんじゃないかな」

故意恋は、顔面偏差値のみを基準に理想の相手――イデアル――を決定する。収入や性格が考慮されないという点では、確かに学生の恋愛の方が親和性は高そうだ。

「ふうん。ルックスコアの結果は、信頼できるものなの？」

「リリース直後は批判的な記事も多く出ていましたね。開発された技術が明らかになって、専門家がコメントを出したくらいから、流れが変わりました。ああ……、だけど、爆発的にヒットしたのは、ネット番組がきっかけです」

「ネット番組？」

「一般人の男女を十人ずつ集めて、出演者が顔面偏差値を予想して順位決めしていったんです。最初は、ルックスコアを使わないで。そのあとに実際の数値を比べてみたら、順位に大きなズレはなかった。主観と客観が一致したわけです」

「悪趣味な番組だなあ」

事前に説明していたとしても、最下位になった人物は気分を害しただろう。

「この番組は、リアリティショーとして続きました。全員のスコアを伝えた上で、定期的にイベントを開催しながら動向を観察したんです。どうなったと思います？」

「同じ偏差値帯でくっついた男女がいた」

「大正解です」

顔面偏差値の客観性と実用性をアピールできる、うまい演出だ。

「故意恋も、基本的には同じ発想だよね」

「番組が盛り上がっているのを知って、開発者は着想を得たらしいです。それで、どうして二階堂さんは、故意恋に興味津々なんですか？」

「恋人探しをしようと思って」

柊木は一瞬だけ真顔になったが、すぐに頰を緩めた。

「いやいや、素敵な恋人がいるじゃないですか」

「柊木くんに会わせたことあるっけ？」

「打ち合わせの前に一緒にいるところを見かけて問い詰めました。弁護士さんですよね」

「別れたのかもしれないよ？」

「原稿を読んでいる限り、失恋の気配は感じ取れません」

本気か冗談か判別できず、言葉に詰まってしまった。照れたと勘違いされたなら心外だ。

けれど……、想護と別れたら、私の小説は大きな影響を受ける。

「次作で、故意恋をギミックに使うつもり」

「存在を知ったばかりなのに？」

「思い付いた謎《なぞ》に適した設定を考えていたら、故意恋に辿り着いた」

「二階堂さんの感性は信用してます。顔面偏差値の恋愛が、どんな謎に結びつくのか。原稿を受け取るまで、僕もイメージを膨《ふく》らませておきますね。一応、ぱっと思い付いた懸念点を伝えてもいいですか？」

「もちろん」

「世代によっては故意恋になじみがない人もいるので、基本的なシステムの説明は作中でもしてほしいです。くどくない程度に。それと……、故意恋を扱った作品は他にもあるので、ギミックとしての目新しさはないかもしれません」

こういった第三者視点での分析は、非常に参考になる。

「その作品、タイトルは覚えてる？」

「ええっと……、確か……」

柊木が口にしたタイトルを携帯に打ち込んだ。あとで読んでおこう。

「故意恋は、いまだに批判的な意見が根強いみたいです。まあ、だからこそ書く意味があるとも言えるわけですけど」

「へえ。ルックスコアの結果は受け入れられたのに？」

「顔で恋人を選ぶことへの嫌悪感でしょうね」

「強制してるわけじゃないんだし、嫌なら登録しなければいいだけでしょ」

柊木は、細い眉を寄せながら言った。

「僕も、同じ意見です。だけど、自分と異なる価値観を許せない人は一定数いるんです。新しい考え方や価値観が提唱された場合は、特に」

「うーん。わかるようなわからないような」

とはいえ、出版社としては少数派の意見も無視できないのだろう。

「内容によっては相談するかもしれませんが、二階堂さんが思ったとおりに書いてください。当たり障りのない小説になってもつまらないので」

「別に、現代の恋愛に警鐘を鳴らす気はないよ」思わず笑ってしまった。

ポケットから携帯を取り出した柊木が、私に訊く。

「故意恋のユーザー登録はしたんですか？」

「ううん。まだ」

机の上に置かれた携帯の画面には、白を基調としたデザインのサイトが表示されていた。『故意に恋する』と書かれたアイコンが目に留まる。

「柊木くん、ユーザーなんだ」

「追及はなしです」

マイページには、柊木の自己紹介が載っている。文章を扱う仕事をしているだけあって、趣味や性格が過不足なく綺麗にまとまっていた。

イデアルを決定する核となる顔写真も、紅葉を背景にしたポートレートで、本人の魅力をうまく切り取れている。必要以上に爽《さわ》やかさが前面に出ている気もするけれど。

「二階堂さん。見すぎです」

「いろいろ勉強になるなあと思って」

「……そこの虫眼鏡《むしめがね》のアイコンを押してください」

画面が切り替わり、女性の顔写真と名前が大量に並んだ。上部には、『現在地：双啓社』と表示されている。検索範囲は、確か半径二百メートル。

「双啓社と近くのオフィスにいるユーザー？」

「そうですね。通行人とかも含まれてると思いますけど」

検索結果には百五十三件とある。想像していたよりも、ずっと多い。

「彼女たちのスコアは調べられないんだよね？」

「はい。画像に特殊な処理が施されているみたいで、ルックスコアにアップロードしてもエラーになります」

経験者のような口調だったが、追及しないという約束を守ろう。

「メッセージを送ることはできるの？」

「相手の設定次第ですね。イデアル以外のコンタクトは弾《はじ》くこともできます」

試しに、目に留まった『玉城《たまき》ゆかり』のページに飛んでみた。明らかに目の大きさを加工している顔写真と、メルヘンチックな自己紹介。

「ここまでだと、普通のマッチングアプリと変わらない気がする」

現在地情報を利用しているのも、最近のサービスでは珍しくないだろう。

「じゃあ、イデアルを表示しますか」

最初のページに戻って、柊木が携帯を操作した。どうやら、イデアルを表示するには指紋か顔の生体認証が求められるらしい。それほど機微な情報だということか。

すぐに画面が切り替わる。先ほどの検索結果とは異なり、今回はただ一人の女性の名前と顔写真が導き出された。

イデアル――。名前は、『桜井《さくらい》香澄《かすみ》』。

「可愛い子じゃん」お似合いかと訊かれれば、素直に頷くだろう。

「知ってますよ」

「何だ。知り合いなの？」

頷く代わりに、柊木は画面を指さした。

「だって、僕の元カノですもん」

双啓社営業部と書かれた桜井香澄のプロフィールを、私は二度見した。

5

火のない煙草をくわえてから、五分が経った。

唾液《だえき》の一日の分泌量は、一・五リットル。一時間で六十二ミリリットルだから……。五分だと、五・二ミリリットル？ どうりで、フィルターが湿っているわけだ。

仕事部屋での喫煙を解禁しないのは、私なりの意地。というか、それを許したら、ここは小説を書く空間ではなくなる。煙は好きだけど、臭いは大嫌いだから。

諦《あきら》めて、煙草を机の上に転がす。口紅の色が移ったフィルター。そういえば、まだ化粧を落としていなかった。シャワーを浴びて、気持ちをリセットしたい。

そんなことを考えながら、私の文章と、想護のプロットを見比べていく。

『プロローグ（五枚くらい）

季節は春。時刻は夜。場所は市街にある廃病院。

アクションカメラを装着して廃病院をフリーランニングで駆け抜ける男子高校生（視点人物で主人公）。玄関ホールがスタートで、五階の屋上がゴール（見取り図参照）。そこまでのルートは紡季さんが好きに決めていいよ。想像上の追跡者（ドッペルゲンガー的な？）が背後から迫っていて、高校生はフリーランニングの技を披露して逃げながら進む。

屋上に着いたら、フェンスが設置されていないことを確認して、バツ印（端から三歩分手前）で立ち止まる。実体化する追跡者。高校生の目的は、【彼女】を殺すこと。

逃げられないことを悟り、屋上から飛び降りる。

フリーランニングではなく、投身自殺。微笑みながら落下する高校生。

ラストの一文。これで、彼女を殺せる──』

まあ……、こんなものか。

肩をもんで、ぬるくなったコーヒーを喉《のど》に流し込む。二つのキーを同時に押して、不穏なプロローグを印刷した。

転がった煙草をくわえて、プリンターから吐き出された紙を指先で摘む。

「プロローグ、置いとくから」リビングで一声かけると、ソファで何かが動く気配がした。

音声認識で動くＡＩみたいだと思って苦笑する。

ハロー、想護。

ベランダに出ると、心地良い夜の風が吹き込んできた。作中の設定と同じく、現実世界の季節も春の真っただ中。そろそろ、桜が咲き乱れるはずだ。

ポケットを探り、ライターを忘れたことに気付く。

「ハロー、想護。火をちょうだい」

ちゃんと認識したみたいで、足音が聞こえてくる。振り返って、あごを上げた。

パチン。鳴らした指が、煙草の先端に当たる。

「ついた?」

「……つくわけないでしょ」

スライムみたいな色合いの使い捨てライターが差し出される。先端には、オレンジの炎。

想護もベランダに出てきて、自分の煙草に火をつけた。

「あの観葉植物、買ったの?」

「フレボディウム・アウレウム・ブルースター。知ってる?」

双啓社の近くにある観葉植物専門店を覗いたら、市民会館の喫煙室で見たものとよく似た形と色合いの葉を見つけた。そして、半ば衝動的に購入してしまったのだった。

「かっこいい名前だ。でも、ちゃんと面倒見ないと枯れるからね」

「それくらいわかってるよ」

「炊飯器で七色のカビを見つけたし、トイレにスマホを二回も水没させた。二回目なんか、気付かずに流してトイレを詰まらせたよね。それに、締め切りが近付くと食事も忘れるしさ。紡季さん、生活能力皆無だって自覚してる？」

「生き物には優しく接するのが信条」

「じゃあ、僕にも優しくしないと」

「AI寄りだから」と言ったら、きょとんと見つめられた。

「とにかく、定期的に水やりをすること」

リビングの机に置いたプロローグを、想護は左手で持っていた。

「一章もほぼ書けてるけど、もうちょっと待って」

進捗《しんちょく》状況を伝えると、想護は目を細めた。

「相変わらず書くのが早いね」

「フリーランニングの設定がなければ、半分の時間で書けたよ」

想護にプロットを渡されたときは、その競技の存在すら知らなかった。

「どうやって調べたの？」

「動画付きで解説してるサイトがあったから、それっぽいのを選んだ。頻繁に描写する必要があるなら、ちゃんと取材するけど」

「いや……、技を披露するのは、あと一回の予定」

吐き出される、濁った煙。

「屋上から飛び降りて終わるわけじゃん。それにしては、元気に走り回りすぎじゃない？」

「プロローグだし、派手な方がいいかなって」

「これ、自殺なの？」

「中盤くらいでわかるから、それまで内緒」

悪戯っぽく笑った想護に煙を吐こうとしたら、原稿で顔を隠された。

一枚目の冒頭には、『原因において自由な物語』というタイトルと、『二階堂紡季』という筆名が記されている。

「原因において自由な物語って、どういう意味？」

「仮タイトルだけど、気に入らない？」想護は首を傾けた。

「響きは好きだよ」

「略すと、ゲンジ物語になる」

源氏物語ではなく、原自物語か。面白いと思ったけれど、顔には出さない。

「意味を訊いてるの」

「刑法の有名な理論に、『原因において自由な行為』っていうのがあるんだ」

「洒落《しゃれ》た名前だね」

原自行為——、と想護は呟いた。

「かっこいい名前の理論に外れはない。そういう法則があってさ」

「じゃあ、フレボディウム・アウレウム・ブルースターも当たりの植物だ」

想護は笑い、二本目の煙草に火をつけた。

「担当編集の柊木さんを殺そう。そう、紡季さんが決意したとして」

「動機は？」

「創作性の違い」

バンドの解散理由みたいだ。

「……それで？」

「打ち合わせのたびにナイフを持っていくんだけど、作家としての未来とか刑務所での生活を想像すると手が震えちゃって、なかなか実行に移せなかった」

「そんなんじゃ、打ち合わせも上の空だろうね」

「悩んだ末に、お酒の力を借りようと思い至った」

「安易だ」思わず苦笑する。「それに私、アルコールは受け付けない体質だよ」

初めてビールを口にしたのは、サークルの暑気払いだった。

加減を知らずに飲み続けて酔いつぶれ、おしぼりや枝豆を手あたり次第に投げつけ、後輩に羽交《はが》い締《じ》めにされたあげく、自宅まで送り届けられるという醜態を晒した。

「だからこそ、正気を失って凶行に踏み切れると思った」

「なるほど。我ながら計算高い」

「打ち合わせが終わってから食事に誘って、ワインをがぶ飲みして記憶を失った。気付いたときには病院のベッドの上で、着ていた服は真っ赤に染まっていた」

「酔っ払いの市川紡季に、殺人の罪を問えるか。そういうこと？」

「まともな判断ができないくらい泥酔すると、場合によっては責任能力がない状態にあったと認められるんだ。心神喪失っていうんだけど、その状態で罪を犯しても、責任能力がないわけだから……、罰を科されることもない」

法律について語っているときの想護は、妙に生き生きとしている。

「今回の私も、無罪になるってこと？」

「さて、どうでしょう」

「最初から殺すつもりだったっていうのが重要なんでしょ」

「さすがミステリー作家。責任能力は、実行行為の時点で存在しなくちゃいけないのが原則なんだ。今回の場合だと、柊木さんをナイフで刺した時点のこと。この原則に従えば、泥酔状態の紡季さんに責任能力は認められない……。つまり、無罪にせざるを得ない」

原則と前置きしたからには、例外が続くのだろう。

「だけど、ワインを飲み始めた時点で既に紡季さんは殺意を抱いていて、想定したとおりの結果が生じている。言い換えれば、ワインをがぶ飲みした原因行為のときの自由な意思決定が、殺人という結果行為として実現したことになる。こういった経過を辿っている場合は、結果行為の時点で責任無能力の状態にあっても完全な責任を問える。この法律構成のことを『原因において自由な行為』と呼んでいるんだよ」

淀みなく法律論を語っていく想護の横顔が、いじめられる方にも責任があるなんて考え方はナンセンスだと言い切った椎崎弁護士の姿と重なった。

「常識的に考えればそうだよね」

「感覚から導かれた常識を論理で説明するのが、学問の役割なんだと思う」

想護の説明自体は、すんなりと頭に入ってきた。

「クイズは終わり。その小難しい理論が、どう物語と繫がるの？」

煙草を灰皿に入れてから、想護は微笑んだ。

「それは、書いてからのお楽しみ」

6

私と想護の関係性は、健全とは言いがたい。

恋人としても、あるいは、仕事のパートナーとしても。

前者は些末《さまつ》な問題だ。健全な恋人関係なんてものが存在するのかも怪しいし、私たちの間に時折流れる不穏な気配は、創作活動を巡って生じることがほとんどなのだから。

――遊佐《ゆさ》想護が生み出したストーリーを、市川紡季が物語に紡ぎあげる。

二階堂紡季の代表作と評されている『IFの神様』から、このスタイルで執筆してきた。『TRUEの死神』も、そのあとに出した作品も、私が一人で完成させたものはない。

つまり、ここ数年で発表した二階堂紡季名義の作品は、すべて私と想護の共作ということになる。物語の骨格を創造している想護の存在は、読者だけではなく各版元の担当編集者にも明かしていない。

プロットを見せてほしいと柊木に頼まれたとき、私は頷くことができなかった。

私が想護からプロットを受け取るのは、書き始める直前だ。それも、作品の概要がわかる説明書ではなく、細切れの文章のみが渡される。組み立て方がわからないまま、私は全体像を想像してブロックを繋ぎ合わせていく。

最後のブロックを受け取ったとき、ようやく物語が形を成す。

想像していたとおりの結末だったこともあるし、読み違えていたこともある。いずれにしても、大きな矛盾が生じていない限り原稿は書き直さない。作者自身が騙《だま》されていた方が、ミスリードは成功しやすい。『IFの神様』のレビューを見て、その事実に気付いた。

――びっくり！　大どんでん返し！　騙された！

かといって、考えることを放棄するわけにはいかない。行き当たりばったりで書いた結果、支離滅裂な駄作ができあがったこともある。どちらかが手を抜けば、物語は破綻する。今の二階堂紡季は、ぎりぎりの綱渡りで成立している作家だ。

三年前は……、成功するなんて思っていなかった。

作家としての限界を悟り、挫折《ざせつ》した振りをして楽になろうとした。

書くのが怖くなって、何も思い浮かばなくて、真っ白なパソコンの画面を見続けていた。キーボードに添えた十本の指は、接着剤で固定されているように動かなかった。

締め切りが近づいても、物語の結末が見えてこない。

あの日、想護がノートを渡してくれた。そこに書き留めてあったアイディアを読んだら、物語が浮かび上がってきた。すっかり感覚が鈍《にぶ》っていたし、文章のリズムも崩壊していた。それでも書けたことが嬉しくて、次の展開を教えてもらうためにノートを返した。

その物語に、私は『IFの神様』というタイトルを付けた。

すぐに重版が掛かって、書評が寄せられて、次作の執筆を依頼された。

今日の取材は、どう記事にまとめられるのだろうか。録音したデータをそのまま反訳してもらえれば、一人くらいには真意が伝わるかもしれない。だけど、ライターは解釈することも仕事なわけで、悠々自適な女性作家の仮面を被《かぶ》せられる可能性の方が高い。

——作家の魅力は、過去を物語に換えられることです。

最初は、本気でそう思っていた。

消し去りたい過去を使い切って、大切にしなくちゃいけない過去にも手を出した。

——作家の恐怖は、物語を生み出せなくなることです。

インプットより、アウトプットのペースの方が、ずっと速かった。

気付いたときには、スカスカで虫食いだらけの過去しか残っていなかった。

ベランダの手摺《てす》りを摑んで夜風に当たりながら、そんなことを考えていた。灰皿から吸い殻の毒々しい臭いが漂ってくる。煙が出ていないことを確認して、室内に戻った。

半年前に、このマンションに引っ越してきた。執筆用の仕事部屋を作るために、２ＬＤＫの広めの物件を選んだ。携帯の通知音、秒針の音、家電製品の稼働音……。小説を書いているときだけは、一切の雑音が許せなくなる。だから、デジタルの置き時計、静音性に特化したエアコン、ファンレスのノートパソコン、デスクとリクライニングチェア。それくらいしか仕事部屋には置いていない。

カーテンの傍《そば》に置いた新参者の観葉植物は、まだリビングになじんでいない。置く場所が悪いのか、周りのインテリアとの相性がいまいちなのか。

ソファで仰向けに寝転がりながら、想護が原稿を読んでいた。疲れそうな体勢なのに、時間をたっぷり掛けて、一文字一文字を追いかけるように視線だけを動かしている。

「座ったら？」

起き上がった想護は、原稿ではなく私を見つめていた。

「そういえば……、椎崎さんの講演に行ってきたよ」

隣に座って、今さらながら報告した。

「どうだった？」

「わかりやすかったし、参考になった。でも──」

喫煙室でのやり取りを想護に伝えると、「そういう人なんだよ」と苦笑を返された。

「私が行くこと、椎崎さんに話したでしょ」

「明らかに教師じゃない聴客を見ても驚かないように、情報共有はしておいた」

パーカーを着ているラフな格好を見て、誰かわかったということか。

「あんなに堅苦しい雰囲気だと思わなかったから」

「うちの事務所が学校問題に力を入れてることは知ってるよね」

「うん。想護が説明してくれれば、今日の講演を聞きに行く必要もなかったのに」

「僕はまだまだ勉強中だから」

法律の話はよく聞かされるのに、想護が仕事について語ることはほとんどない。

学校で生じる法律問題を専門的に扱う法律事務所で働き、カレンダー通りに休んでいる。

身に着けている時計やスーツを見る限り、金銭的な余裕はあるらしい。

私が知っているのは、それくらいだ。事務所の名前も忘れてしまった。問い詰めれば、ある程度は答えてくれるかもしれないが、そういう踏み込み方はしたくなかった。

やっぱり、健全じゃない。そう思って唇を噛んだ。

「ねえ、想護」

「なに？」

「そろそろ、自分で書けば？」

肩がぶつかる距離。想護の白い手が、ぴくりと動く。

「……どうして？」

「書きたいのかなって」

「そんな話、一度もしてないよね？」

棘《とげ》がある口調ではない。純粋に疑問に思っているのだろう。

「一章のプロット、今までのと違ったから」

「ああ……。紡季さん、怒ってる？」

「書くのが楽になったし、読み違いのリスクも減るから、願ったり叶《かな》ったりだよ」

嘘だ。一章のプロットを読んで、バランスが崩れかけていることを悟った。このままだと綱渡りは近いうちに失敗すると思った。

「今までは、紡季さんに負担を掛けすぎてた」

プロローグのプロットは、いつも通りの雑な切り取り方だった。だが一章に入った途端、登場人物の性格、展開、場面設定、会話の内容、思考の流れに至るまで――、補足の必要性がほとんどないくらい細かく指示されていた。

文章の体裁を整えていくだけで、すぐに二章が書き上がった。それは、創作活動と呼べるものではなく、ある種の校正作業にすぎなかった。

できあがった原稿に目を通して、渡す前に話し合うべきだと思った。

「大丈夫。想護なら一人でも書き切れるよ。二階堂紡季は、元の売れない作家に戻るだけ。それが一番自然な形だと思う」

「僕の文章は酷いって、紡季さん言ってたじゃん」

「癖が強いから、最初は違和感があった。主語とか目的語を省略しないのって、法律文書の特徴なんでしょ？」

椎崎が語ったいじめの定義を聞いて、想護が書く文章みたいだと思った。

「疑義が生じないようにする必要があるからね」

「文章の密度を意識すれば、すぐに小説の書き方に――」

「ちょっと待って。僕は、作家になりたいなんて思ってないよ」

私の提案を遮《さえぎ》って、想護は首を横に振った。

「本当に？」

「原自物語のプロットを書き込んでるのは、序盤に大量の伏線を張る必要があるから。最後まで書けばわかると思うけど、かなり入り組んだストーリーなんだ。ちょっとした発言とか描写も伏線になってる。それを隠すために、細かく指示してるだけ」

「……ふうん」

「信じてください、二階堂先生」

両手を合わせて頭を下げられた。口元が緩んでいるのが丸見えだ。

「じゃあ、少なくとも前半は書き込みが多いってことだよね」

「うん。その分ラストで驚かせる」

珍しく強気だ。それだけ自信があるということか。

想護の頭の中には、どんなプロットが組み上がっているのだろう。大胆で、緻密で……、予想がつかない。物語を生み出す才能が、間違いなく彼にはある。

「謎の提示が終わるのは、どの辺り？」

「多分……、半分くらいかな」

想護に見捨てられたわけではないとわかって、安堵《あんど》している自分がいた。

内心を見透かされないように、視線を逸らして話題を変えた。

「そういえば、廃病院は五階建てのままでいいの？」

「どういうこと？」

「前に調べたことがあるんだけど、確実に命を奪うなら心許《こころもと》ない高さかなって」

「ああ。でも、下はコンクリートの駐車場だから」

「その設定、プロットに書いてない」不満を漏らして、想護が机に置いた原稿に書き込む。

「コンクリートなら、まず助からないか」

「紡季さんのパソコンの検索履歴、物騒《ぶっそう》な単語で埋め尽くされてそう」

「人を殺す職業として必要な知識でしょ。それに、生と死は表裏一体だから命を救う知識も豊富だよ。屋上から転落したとき、生き延びるベストな対応は何だと思う？」

少し黙考してから想護は答えた。

「足から落ちるか、腕を前でクロスさせて頭を守るか？」

「着地の衝撃を分散するのが重要なんだって。だから、身体を一直線にして、まずはつま先から着地する。そのまま身体を丸めて、すね、お尻《しり》、背中、肩……の順で地面に転がって、着地の衝撃を全身で分散させる。五点着地っていうらしい」

「へえ……。言われてみると、確かに合理的な気がする」

「だけど、五階からの落下だと……、着地まで二秒くらい？　順番を思い出している間に、地面に激突してるかな」

「コンマ数秒の世界の柔道でも、達人は完璧に受け身を取る。きっと、訓練次第だよ」

転落死対策が、柔道のように反復練習に向いているとは思えない。よじ登った木から飛び降りる想護の姿を想像して笑いそうになった。

そこで、ふと思い付いた。

「さっきの続きだけど、ゲームで勝敗を決めよう」

「……ゲーム？」

「原自物語の話。前半を書き終わった時点で、私は結末を予想する。正解なら、私の勝ち。間違っていたら、想護の勝ち。ね？　単純なルールでしょ」

「僕が有利すぎる気もするけど。勝ち負けを決めてどうするの？」

「想護が勝ったら、プロットの作り方に文句は言わない。つまり、現状維持」

向こうから訊いてくるのを、私は待った。

「紡季さんが勝ったら？」

「次の作品は、最初からすべてのプロットを渡してもらう。だって、結末を見抜けちゃうんだったら、勿体《もったい》ぶって隠しても意味がないよね」

「煽るのがうまいなあ」想護は笑う。

「いいよ。僕が犯人で……、紡季さんが探偵だね」

想護が帰ったあと、プロローグと一章の原稿を読み直した。

二階堂紡季は、広義のミステリー作家だ。物語の中心に据えられた謎を、探偵役の人物が解き明かしていく。その枠組みは、原自物語でも維持されているはず。

男子高校生が飛び降りるシーンから、この物語は始まる。

プロローグの時点で謎は提示されている。「僕」と「彼女」の正体。飛び降りによって、どうして「彼女」を殺せるのか。「僕」の生死と動機。廃病院の意味——。

私は、物語の探偵役を担うつもりはない。登場人物の視点で謎を解き明かしていくより、骨組みを創造している想護の思考を読み切る方が、ずっと近道だろう。

手元にあるプロットが、その手掛かりになる。

たとえば、プロローグの「僕」と視点人物の「佐渡琢也」が同一人物なのかは、読み進めないと本来はわからない。どちらもフリーランニングに精通している設定だが、そこを逆手《さかて》に取って同じチームの別人だったというのは、ありがちなミスリードだ。

だけど私は、プロローグの「僕」が、「佐渡琢也」であることを確信している。推理したわけではなく、『廃病院をフリーランニングで駆け抜ける男子高校生（視点人物で主人公）』と書かれたプロットを読んで知っただけだ。

このプロローグの物語上の位置付けは、二つのパターンが考えられる。

一つは、見せ場のシーンを切り取って冒頭に移したパターン。この場合は、一章で過去に戻って、投身自殺に至る経緯を描写していくことになる。

もう一つは、時系列に従って書いていくパターン。この場合は、佐渡琢也が死亡していると物語が成立しないので、五階から飛び降りたのに彼は無事だったことになる。

どちらのパターンもあり得るし、一章のプロットだけでは判別できない。

想護が好きな展開は、どっちだろう。こんな考え方をする探偵なんて聞いたことがない。中心に据えられた謎は、「彼女」の正体とその殺し方だと私は読んでいる。

永誓沙耶と朝比奈憂――。今のところ、物語に関わりそうな女性は、この二人しかいない。あとは……、家を出て行ったという佐渡琢也の母親か。もちろんまだ一章なので、これから本命が登場する可能性も大いにある。

佐渡琢也の目的は、「彼女」を殺すこと。それが生物学的な死なのか、社会的な死なのかはわからないが、いずれにしても強い恨みを抱いていることは間違いない。

いじめが、原因なのだろうか。

具体的な描写はされていないものの、佐渡琢也がクラスで酷い仕打ちを受けていることやヒエラルキーの最下層に位置していることは、既に仄めかされている。

この後の展開を想像して、憂鬱な気分になる。

殺人は、究極の行動だ。他人の命を問答無用で奪うという結果においても、犯人に科せられる罰と問われる責任の重さにおいても。

登場人物を殺人に踏み切らせるためには、それに値する動機を描写しなければならない。その意識を疎《おろそ》かにすると、非現実的で薄っぺらい物語になってしまう。

傘を盗まれたから、犯人を殺しました――。こんな動機では、読者は納得しないだろう。どれほどの事情があったとしても、動機だけで殺人が正当化されることはない。それでも、納得は得られる。特に、現実世界に影響を及ぼさないフィクションの殺人ならば。

「僕は、いじめを受けている」

佐渡琢也にそう独白させれば、読者は納得してくれるか？

残念ながら、答えは否。椎崎弁護士の言葉を借りると、「いじめ」とは、行動ではなく、評価にすぎないから。「あいつは天才だ！」と登場人物が連呼しても、頭の良さをうかがわせる描写が伴わなければ説得力を帯びないのと似ている。

事実を積み重ねて、評価を導く。その作業の重要性は、創作活動にも通じる。

だから、凶行に至るほどの悲惨な「いじめ」を描写するためには、佐渡琢也が受けている仕打ちを列挙していかなければならない。読者が納得するまで追い詰めていくのだ。

――憂鬱ここに極まれり。

そう言った朝比奈憂も何らかの事情を抱えて写真部にやってきたようだ。そこを掘り下げるストーリーが展開されれば、彼女が謎の真相に関わっている可能性も高くなる。

永誓沙耶は、どうだろう。

佐渡琢也の理解者。彼女がヒロインだと思って、私はプロットを読み進めた。顔のパーツが左右対称に配置された美人女子高校生。それなのに、自分の顔にコンプレックスを抱えている。そんな沙耶の顔写真を、カメラの設定を変更することで琢也は手に入れた。

歪んだ恋愛感情？　顔面偏差値を調べるため？

そう……。顔面偏差値。おそらく、ルックスコアと故意恋が、重要なギミックとして作中で用いられている。柊木に質問したのも、今後の展開を見越してのことだった。

顔面偏差値による恋愛を、今の高校生は価値観として受け入れている。私が高校生だった頃は、マッチングアプリで恋人を作るなんて考えたこともなかった。

若い世代ほど、新しい価値観を柔軟に受け入れる傾向がある。彼らは、変化に対応することができるからだろう。考え方が硬直している人間は、時代に取り残されることに怯《おび》えて、価値観の変容を頭ごなしに否定しようとする。

故意恋の仕組みを知ったとき、合理的だと思うと同時に違和感を覚えた。選択肢が広がったことを歓迎する一方で、芽生えるはずだった自由な恋愛が失われることを懸念した。

選ぶのは、人間だ。けれど、その選択肢は人工知能が作り出している。

コーヒーカップに口を付けて、原稿をテーブルの上に置いた。

マスクの売り上げが好調らしいと柊木が教えてくれた。五年以上前に新型のウイルスが流行したときは、命を守るためにマスクの着用が求められた。今回は、隠し撮りの防衛策として、名誉を守るためにマスクが利用されている。

SNS上に溢れている顔写真は、ルックスコアを弾く画像処理を施してから投稿されているらしい。そこまでして共有したい執念が理解できない私は、考え方が古いのだろう。

どれだけ気を配っても、隠し撮りによって顔面偏差値は流出する。

その先に待っているのは、主観的な評価ではなく無慈悲な測定結果だ。客観的なスコアは攻撃を正当化する根拠に利用される。

顔面偏差値を偏重する社会では、それまで以上に生きづらさを感じてしまう人間がいる。たとえば、容姿の醜さに苦しんでいる、主人公の佐渡琢也のように。

溜息を吐く。カップの中は、空になっていた。

ネガティブな物語は、読者の心にも暗い影を落とす。読み終わったときに、負の感情だけが残る。そんな小説は書くべきではないと、私は思う。ハッピーエンドである必要はない。登場人物の成長でも、新鮮な驚きでも……、プラスの余韻が、最後に残ればいい。

どんな余韻が、物語の結末で待ち構えているのだろう。

私は、想護の創造力を信用している。これまでも、プロットを通じて私一人では辿りつけない光景を見せてくれた。でも、そこから物語を組み立てるのは私の役割だ。想護が描いた道筋を追いかけるだけなら、私が書く意味はない。

『二階堂紡季』で居続けるためにも、私は想護との勝負に勝たなくてはいけない。

第三章　イデアル

憂《ゆう》と名付けられた瞬間から、私は呪いに掛かっていたのかもしれない。

世界が、憂鬱な色に染まって見える――そんな呪い。

私の目は、赤色を認識することができない。

ううん……。その言い方は語弊がある。私にとっての赤色の概念は、ぼんやりと存在している。でもそれが、普通の人の視界に映る赤色とは一致しない。

熟したトマトと青っぽいトマトが、ぱっと見ただけだと同じものに見える。

ソメイヨシノと八重桜の花弁が、よく似たセピア色に見える。

肉の焼き加減も刺身の鮮度も、時間を掛けないと見極められない。

だけど、同じ視界で生きてきたお父さんが、私に世界の見方を教えてくれた。

色だけで判断できないなら、他の要素も加味すればいい。

桜の違いは、花びらとか葉っぱの形で判別できる。

賞味期限を過ぎた食べ物なら、臭いで危険を察知できる。

それに、色を識別できない人に対する配慮は、日常の中にも溶け込んでいる。信号が赤だとわからなくても、マークを見れば止まらなくちゃいけないと判断できる。絵の具や色鉛筆は、色の名称が明記されている。

生きていく中で、大きな不自由さは感じていなかった。

でも、私の周りには、そんな生き方を許してくれない人が多くいた。

きっかけは、北高に入学して一ヵ月も経たない時期の美術の授業だった。

絵を描くのは好きで、美術部に入ろうかなって迷ったこともある。

だけど、色の問題があったから、挑戦する前に諦めちゃった。有名な画家の中には、私と同じように色を識別できない人がいることも知ってたけど、そこまでの才能が自分にあるとも思えなかった。

だから、美術の授業は楽しみにしていた。校庭の風景を自由に描きなさい。それが、そのときの課題。いろいろ悩みながら校庭を歩き回って、花壇の一角を占めている小さなチューリップ畑を描こうと決めた。

チューリップには、色とりどりの品種がある。だけど、この花壇に植えられているのは、すべて真っ赤なチューリップ。そうクラスの子が話しているのを聞いたことがあった。

輪郭線《りんかく》を描いてから、花びらを赤く染めようとした。

カーマインのチューブを絞ったけど、絵の具が固まっていて出てこなかった。前に使ったときに蓋《ふた》を閉め忘れたせいで、中身が乾燥しちゃったんだ。

近くには誰もいなくて、絵の具を借りる相手は見つからなかった。

校庭を歩いて友達を探すか、手持ちの絵の具で描ける題材に変更するべきだった。それなのに私は、目の前の風景を自分の色で表現しようと思い立ってしまった。

花壇に広がっていたのは、春の陽気を感じさせる鮮やかな光景だったはず。だけど私には、植えられたチューリップの一本一本が、色褪《いろあ》せた情景の一部に見えた。

花弁の色に近いと思った山吹色の絵の具をパレットに絞って、筆で水に溶いた。

私の視界の中では、複数の赤系の色が同一色にみなされる。でも特定の色に限っては、普通の人なら気付かない微妙な差異も見分けられた。

日の差し方や、隣り合う葉の重なりによって生じる影。葉の斑模様《まだら》。茎の繊維の方向。

私の目に映る葉っぱや茎の在り方を、複数の色を使い分けることで表現した。完成したのは、華やかであるはずの花びらは単色でのっぺりとしているのに、葉っぱや茎は複雑に描き込まれている、アンバランスなチューリップ畑だった。

コンクールじゃなくて授業の課題だから、この程度のクオリティでも許してもらえる。そう考えて、描き上げた風景を提出した。

だけど、なぜか先生は、私が描いた絵を絶賛した。

多くの者が拘る花弁は抽象化して潔く切り捨て、見落とされがちな葉や茎のリアリティを徹底的に追求している。この絵が表現しようとしているのは……、うんぬんかんぬん。

先生には申し訳ないけど、それは私の思惑とは掛け離れた形での評価だった。だって私は、見えたものをそのまま描いただけだから。

講評の時間で先生が採り上げたのは、私が描いた作品だけだった。熱を帯びた口調で、チャイムが鳴るまで表現方法を的外れに褒めちぎった。

隣の席から冷たい視線を向けられているのには気付いていた。

その子は、同じクラスで美術部員の翠《みどり》ちゃん。彼女は、砂場の近くに咲くパンジーを、校庭の風景として切り取った。拘りのポイントは花びらの描き分けだったらしい。

「凄いね。私なんか一言も触れてもらえなかった」

授業が終わったあと、翠ちゃんは頬を引きつらせながら話し掛けてきた。

「素人だから、評価が甘かったんだよ」

フォローしようとしたけど、笑ってくれなかった。

翠ちゃんは、クラスで一番仲が良い子だった。誤解を解かなくちゃ――。そう思って、私が見ている世界を、初めて家族以外に打ち明けた。

赤い色が、正しく識別できないの。チューリップの花びらは、特殊な表現で目立とうとしたんじゃなくて、本当にああいう色に見えてるの。

そんな説明を必死にした。入学直後でまだ友達も少なかったから、翠ちゃんとの関係を繋ぎ止めておきたかった。そういう打算的な考えもあったことは否定できない。

美術の授業では、月替わりで新たな課題に取り組むことになっていた。翌月の課題は、色付きのデッサンに決まった。美術部員の提案を採用したという先生の説明を聞いたときに、不穏な気配に気付くべきだった。

色付きのデッサンは、対象を写実的に再現して着彩しなくちゃいけない。

先生が教室の中央に置いたのは、バスケットに入った果物の盛り合わせだった。それを見て、私はほっとした。どんな色かイメージできない果物はなかったから。

林檎《りんご》や桃とかの赤系の果物もあったけど、お父さんから正しい色みを教えられていた。新しく買ってもらったカーマインの絵の具をパレットに絞って、鉛筆で描いたデッサンに色を加えていった。前回の反省を踏まえて、当たり障りのない絵を意識した。

でも、完成した作品は再び先生の目に留まった。

「これは、やりすぎじゃないかな」

指摘の意味がわからず、私は目をぱちくりとさせた。

「君は、デッサンの意味を理解してる？」

視覚的な特徴を掴んで、そのとおりに表現する。だから、一般的な林檎や桃のイメージを思い浮かべて描いた。もしかして、珍しい色の品種の果物を選んできたのかな。

あれこれ考えて返答に窮していると、隣の席から声が聞こえてきた。

「先生！　朝比奈さんは、赤い色がわからないんです」

立ち上がったのは、翠ちゃんだった。彼女は、私の秘密を大声で叫んだ。

クラスメイトはざわつき、先生は気まずそうに頰を搔いた。

授業が終わったあと、教室に残って先生に説明を求めた。すると、バスケットに入っていたのは普通の果物だとわかった。狂っていたのは、やっぱり私の作品の色調だった。

カーマインを使って塗った部分が、くすんだ茶系の色になっていたらしい。

私がカーマインだと思っていた絵の具を先生に見せると、それは山吹色だと教えられた。

色を正しく識別できる人だったら、パレットに出した瞬間に気付いたはずだ。だけど私は、チューブの表示に頼るしかない。

翠ちゃんが中身を入れ替えたんだと、すぐにわかった。先生やクラスメイトの前で私に恥をかかせて、プライドを取り戻そうとした。嫌がらせの動機は、嫉妬《しっと》だった。

一つは、デッサンの評価。もう一つは、イデアル。

入学式が行われた登校初日の昼休み。私を含めたほとんどの子が、自分の席で故意恋を見ていた。その一週間くらい前に美容室に行って、ばっちりメイクをしてから、渾身《こんしん》の一枚を故意恋に登録しておいた。学校の中で検索すれば、北高生のイデアルが表示される。

記念すべき最初のイデアルは、隣のクラスの男子に決まった。

自己紹介の文章と顔写真に目を通しながら、心の中でガッツポーズをとった。アタリを引いた。そう思って、話したこともないのに心臓が高鳴るのを感じた。

嬉しかった。心が揺れ動いた。だけど……、

「清澄《きよずみ》くんって、いい感じだよね」

翠ちゃんが体育の合同授業で見つめていたのは、私のイデアルだった。

「……そうだね」

一週間近く、いろんなことを考えた。メッセージを作成して、送信する前に削除する。そんなことを繰り返してから、清澄くんのことは諦めようと決めた。

クラスでの立ち位置が定まっていない、高校一年の春。この時点で優先するべきなのは、恋人作りよりも友人関係の安定だと判断した。

何より、独《ひと》りぼっちでの三年間に耐えきる自信がなかった。

相手からアプローチしてくることもなく、イデアルはイデアルのまま終わった。これで良かったんだと、無理やり自分を納得させようとした。

それなのに、私は翠ちゃんに嫉妬された。

イデアルに選ばれたこと自体が、そもそも許せなかったのかもしれない。私はイデアルを誰にも教えていないから、清澄くんが軽い気持ちで話しちゃったんだと思う。

運悪く、二つの嫉妬が重なった。

翠ちゃんは、根も葉もない噂《うわさ》を流した。私には反論の機会も与えられなかった。どうすれ

ばいいのかわからず、自分が悪者になっていく過程を、教室の隅に座って眺めていた。ひそひそ話や好奇心に満ちた視線が、一方的に向けられ続けた。

そして私は、クラスに取り憑《つ》く幽霊になった。

憂、うれい、ゆうれい。

目を合わせると呪われる。色を奪われる。男を奪われる――。遊び半分で作ったはずの設定が言霊《ことだま》になり、私の席の近くには誰も近づかないようになった。

最初は言葉や態度での攻撃だったのが、だんだん直接的なものに切り替わっていった。除霊だって笑いながら、花瓶《かびん》に入った水を掛けられたこともある。

朝になるのが恐《こわ》かった。学校に行くのが恐かった。眠るのが恐かった。

唯一の居場所だったバドミントン部にも噂が広まって、退部するしかなくなった。

たった数ヵ月で、私は極限まで追い詰められた。

ある日の美術の授業中に、髪の毛に赤色の絵の具を塗られた。犯人は、翠ちゃんだった。手が滑《すべ》っちゃったと言ってから、赤色は見えないから大丈夫だよねと彼女は笑った。

意味がわからなかった。言葉の意味も、笑える感性も。

髪に指を通すと、私にはくすんだ茶色に見える絵の具が指先に付いた。

授業終了後の昼休み。校庭の水飲み場で、髪に付いた絵の具を落とそうとした。アクリル絵の具は水溶性だから、冷たさを我慢すれば洗い流すことは難しくない。

ヘアゴムで束《たば》ねた髪をほどいていると、背後に気配を感じた。

「朝比奈、何してるの？」

髪を摑んだまま振り返ると、ユウくんが立っていた。

ユウくんは、不思議な大人だった。砕《くだ》けた口調で頻繁に話し掛けてきて、冷たい反応を返しても、めげる様子もなく私の前に現れ続けた。

「放っておいてください」

「今回のは……、かなり悪質だな」

答えられずにいると、ユウくんは言葉を続けた。

「後ろ髪だから見えてないんだろうけど、かなり広がってるよ。ちまちま洗い流してたら、昼休みは終わるし、制服は濡《ぬ》れるしで、ろくなことにならない」

シトラスに似た匂いを、ユウくんは身にまとっていた。彼のことを詳しく知らなかったこのときは、生徒に媚《こ》びているような外見や喋り方に嫌悪感を抱いていた。

「先生には関係ないですよね」

「それを決めるのは朝比奈じゃないよ」

大人は、みんな敵だと思ってた。相談しても無視されるだけだと。

「……ふざけてたら付いちゃっただけです」

「そう言わせるために、洗い流せる絵の具を使ったんだろうね」

「何が言いたいんですか」

早く追い払わないと、髪を乾かす時間がなくなる。

「それ、洗い流さない方がいいんじゃない？」

「えっ？」

「簡単には取れない顔料だって思い込むんだよ。髪に付いた絵の具を洗い落とした経験がある人はまずいないから、簡単に騙せる」

「騙す？　誰を？」

「髪の毛にガムがくっつくと、取るのが至難の業なんだ。小さいときに、兄さんにやられたことがあってさ。知ってた？」

「意味がわかりません」本心から出た言葉だった。

するとユウくんは、急に真顔になった。

「なかったことにしようとするから、加害者は反省しないんだ」

「このまま生活しろっていうんですか？」

見えないから大丈夫だよね。そう言ってきた翠ちゃんの顔が脳裏に浮かんだ。

「いや、もっと効果的なやり方がある」

「効果的？」

「朝比奈。このままでいいと思ってる？　我慢してれば状況が改善するって思ってるなら、それは間違いだよ。自分から動かないと事態は悪化していく」

私は、ユウくんの顔を強く睨んだ。

「偉そうなことばかり言って。何もしてくれないくせに……」

「これは、朝比奈の問題だから。僕にはサポートすることしかできない」

感情的にさせるのが、ユウくんの狙いだったのかもしれない。

「いじめられてる原因だって、わかってないんですよ」

「そんな分析はいらない。正論を振りかざしても、被害者の声はかき消される」

謝ってほしいなんて思っていなかった。危害を加えてこなければ、それでよかった。

私はただ、普通の学生生活を送りたいだけなのに。

「じゃあ、どうやって説得すれば……」

「正論が通じないのは、ルールが歪んでるから。傍観者を動揺させれば、朝比奈の声が届くようになる。まずは、そこから始めよう」

淀みなく答えが返ってくる。迷いや白々《しらじら》しさがなかった。

「いじめをなくせるって、本気で思ってるんですか？」

「朝比奈が手を伸ばしてくれるなら」

「失敗したら、これからの高校生活は最悪なものになります」

「今が最悪じゃないみたいな言い方だね」

そうだ。現状が既に最悪なんだから、抗《あらが》うことを躊躇《ためら》う意味はない。

「どうすればいいのか……、教えてください」

「声を届けるには、罪悪感を植え付ける必要がある」

「罪悪感？　無理ですよ。そんなの」

首を左右に振ったユウくんは、校舎を見ながら語った。

「さっき、ガムを髪に付けられたって話をしたよね。母親が取ろうとしても、絡まる一方で取れる気配がなくてさ。どうしようもなくなって、床屋に連れていかれた。今ならネットで検索すれば答えが見つかるんだろうけど、当時はそういう発想はなかった。理容師の専門は散髪で、絡まったガムを取ることじゃない。結局、根元近くからばっさり切られて、坊主《ぼうず》に近い髪型になった。半べそで家に帰ったら、僕の髪を見た兄さんが泣きながら謝ってきた。それくらい、坊主が似合ってなかったんだろうね」

「それが……、罪悪感ってやつですか？」

「兄さんは悪ガキで、そんなふうに謝る姿を見たのは初めてだった」

「私も髪を切れと？」

ガムを絵の具に変えれば、置かれている状況は一致する。

「ロングがショートになれば、どんなに鈍感な奴《やつ》でも絵の具が原因だと思い当たる。わざわざ言葉で説明する必要もない」

「洗い流せば、切らずに済むんですよ」

当時の私の髪の長さは、鎖骨にかかるくらいだった。強い拘りがあったわけではない。それでも、ばっさりと切ることに抵抗はあった。

「だからこそ、罪悪感を植え付けられる」

綺麗事ばかりを言ってくる大人だったら、私はユウくんを信頼しなかっただろう。

「先生が言ってることはわかります。でも……」

「恐い？」

「いや、それだけでいいのかなって」

そこで、もう一度優しい笑顔を見せられた。

「朝比奈は強い人間だよ」

まっすぐな瞳で見つめられ、目を逸らすことができなくなった。

そしてユウくんは、具体的な計画を明らかにした。その計画を実行に移すには、学校を早退して美容院に行く必要がある。

「お願いがあります」小さく息を吸って、私は覚悟を決めた。

「私の髪を、切ってもらえませんか？」

ユウくんの表情に、初めて動揺の色が浮かんだ。

「……僕が？」

「上手さは求めてません。むしろ、下手な方がいい」

うろたえている姿を見て、自分の頬が緩んでいることに気付いた。

「だからこそ、罪悪感を植え付けられる……、でしたっけ？」

「なるほど、そうくるわけか」

少し待ってろと言い残して、ユウくんは水飲み場を離れて行った。

十分くらい経ってから戻ってきたユウくんの右手には、小さなハサミが握られていた。髪を切るために作られたものではない、ただの文房具。

ジャキッ、ジャキッ――。

金属の刃が擦れる音が、耳のすぐ側《そば》で聞こえてきた。十センチくらいの髪の束が、足元に溜《た》まっていく。目の前に鏡がないから、とても不思議な感覚だった。

ハサミを握るユウくんの手が、震えているように感じた。彼は、自分が切っている髪の重みを正しく理解できる人だ。つらい役割を押し付けて、申し訳ないと思った。

「できたよ」

スマホのインカメラを起動して、恐る恐る仕上がりを確認した。

ショートになった自分が、そこには映っていた。

「……びっくりした」まずは、そう呟いた。

「気に入らなかった？」

不安そうな表情で、ユウくんは訊いてきた。

「想像していたより何倍もよかった。ありがとう、先生」

どんな仕上がりでも、そう答えるつもりだった。だけど、実際に私は、ショートの自分を気に入った。だから、自然な口調でお礼を言えたと思う。

清掃の時間が終わるまで髪を弄《いじ》って、五時間目が始まる直前に教室に戻った。

みんなが、私に注目した。そして、何かを囁き合い始めた。口を開いたまま固まっている翠ちゃんを見て、少しだけ気分がよくなった。昼休みの前後で別人のように変わった髪型。美容院に行く時間はなかった。切らざるを得なかった理由は、すぐに思い至ったと思う。

私は無言で席に着き、教壇を見つめた。

ほどなくして、ユウくんと担任が入ってきた。五時間目は、現代文の授業の予定だった。担当の先生に事情を説明して時間をもらうと、ユウくんは言っていた。

「早く席について」

さっきまでとは別人のように冷たい声だった。

教室が静寂に包まれたのを確認して、ユウくんは口を開いた。

「うるさかったのは、何かあったから？」

そう訊かれた男子は、別にと答えた。

「さっき、校庭でこんなのを見つけたんだけどさ――」

教壇の上に、絵の具が付いた髪の毛がばさりと置かれる。誰かが、小さな悲鳴をあげた。

「なに？　これ」

ユウくんの質問に答えようとする子はいなかった。台風が通り過ぎるのを待つように、全員が天板を見つめた。私は、黒板の前に立つ二人の大人を見比べていた。置物みたいに固まっている担任は、俯きがちに私の顔から視線を逸らした。

「誰の髪かはわかってる。だから、事実関係を一から確認するなんて無駄なことはしない。大事なのは、どうやって問題を解決するかだよ」

ちらちらと翠ちゃんを見る子はいたけど、口を開こうとする気配はない。

「自分とは違う視界で生きてる人間が、そんなに許せない？」

問題の本質を理解していることを明らかにしてから、ユウくんは白紙のプリントを全員に配った。そして、全部で十枚の紙を黒板に並べていった。

黒板の紙には、インクの染《し》みのようなものが描かれていた。よく見ると、十枚の染みの形はすべて左右対称。白黒のものと色が付いているものが、それぞれ五枚ずつある。

「この十個の染みを見て何を想像したか、順番に書いていって」

説明は、それだけだった。困惑した表情で振り返った女子が注意された。

「相談することは認めない」

「これ……、何の授業なんですか？」

俯いていた翠ちゃんが、声を震わせながら訊く。

「質問も認めない」

それ以上、不満を口にする者はいなかった。

もしも私が髪に絵の具を付けたまま教室に入っていたら、この展開にはならなかったかもしれない。水で洗い流せば済む話なのに、悲劇のヒロインを気取って大人に庇《かば》ってもらおうとしている……。非情な彼らは、きっとそう考える。

だけど私は、髪を切り落とした。

やりすぎだ——。そんな空気が、教室を支配していた。

「全員、書き終わったね」

しばらく経ってから、ユウくんは再び教壇の前に立った。

インクの染みは、特定の生き物や植物を連想するものが多かった。何らかの心理テストだと思ったけど、具体的な目的まではわからなかった。

「一番左にある染みは何に見えた?」

指名された男子は、コウモリと答えた。次の女子は、ちょうちょと答えた。そうやって訊いていくと、出揃った答えはばらばらだった。

次にユウくんは、黒板の紙を別のものに替えた。

「朝比奈。黒板の紙が何色か、端から答えていって」

「すべて……、くすんだ茶色に見えます」

不正解だとわかっていたけど、正直に答えるしかなかった。

「高梨《たかなし》は？」

「赤、オレンジ、ピンク――」

読み上げられていく答えを聞いても、私の視界に映る色とは一致しない。

再び、黒板の紙が取り替えられる。

「日比野《ひびの》。この紙の色は？」

「えっと……。全部、緑じゃないんですか」

「朝比奈にはどう見えてる？」

「三番と五番は、同じ緑だと思います。でも、それと比べると、一番は青み掛かっていて、二番はくすんでいて……、四番はグラデーションっぽくなってます」

「わかった、ありがとう」

黒板の紙を外したユウくんは、教壇に手を突いた。

「見えてる世界は、みんな違って当たり前なんだ。インクの染みがコウモリに見えた男子がいた。同じ染みが蝶《ちょう》に見えた女子がいた。すべての色が満遍なく見える人間がいる。赤色は見えないけど、緑色なら細かく識別できる人間がいる。多数派だとか、少数派だとか……、個性を否定して自分の普通を押し付けることに、何の意味がある？　他人が見ている世界を受け入れろとまでは言わない。でも、自分と違うって理由だけで否定することは許さない。今回の件で僕が言いたいのは、それだけだよ」

つまらなそうな表情で座る男子。むすっとした表情で座る女子。

泣き出しそうな表情で座る翠ちゃん。

教室は、授業が再開されるまで静まり返っていた。

先生が出て行ったあとも、私に話しかけてくる子はいなかった。

すぐに解決するような問題ではないことは、ユウくんもわかっていたはずだ。

でも、その日をきっかけに、少しずつ流れが変わっていった。マイナスがゼロに戻っただけだとしても、私にとっては大きな変化だった。

なかなか動き出せない弱虫な私に、ユウくんは根気強く付き合ってくれた。

スクールカウンセラーの先生を紹介されて、相談室に通いながら立ち直る方法を一緒に考えた。短期目標と長期目標を手帳に書き留めて、達成したら消していく。

そうやって、一歩を踏み出すための勇気を蓄えていった。

挨拶ができた。授業のペアワークで嫌な顔をされなかった。お昼ご飯を一緒に食べた。写真部の活動に参加するようになった。同じ学年の部員と仲良くなった。

一つずつ段階を踏んで、気付いたときには両足で立つことができていた。

ユウくんが声をかけてくれなかったら、私は地面に這《は》いつくばったままだったと思う。それどころか、生きていくことも諦めていたかもしれない。

同じ苦しみは、もう味わいたくない。ユウくんにも、心配を掛けたくない。

そのために、私は三つのルールを自分に課した。

一つ。幽霊でいたときの記憶を忘れない。

だから、うれいを名乗ることにした。うれいは、幽霊でいたことの証《あかし》。

名前が言霊になるのなら、自分から名乗ることで、その呪縛《じゅばく》から逃れてみせる。

一つ。自分の視界に嘘はつかない。

だから、写真を撮るときはモノクロカメラしか使わない。

感性は人それぞれだ。うれいは、自分が見ている世界を他人に押し付けない。

一つ。自分の想いに嘘はつかない。

だから、ユウくんが与えてくれたショートカットを大切にしている。

鏡を見るたびに、水飲み場でのやり取りを思い出して、髪の毛にそっと指を通す。

ユウくんは、困ってる人が目の前にいたら手を差《さ》し伸《の》べる。それが当然のことだと思っているから、拒絶されても諦めようとしない。

助けが必要なのに、勇気を振り絞れない人がいる。

たとえば――サワくん。きっと彼は、当時のうれいよりも苦しんでいる。

サワくんのために、うれいができることは何だろう。

＊

午後五時十五分。帰路につく生徒の談笑が、廊下から聞こえてくる。

第二理科室に残っているのは、僕だけだ。組んだ両手を伸ばして、左頰を机に載せる。窓から差し込んだ光を吸収した黒い天板が、わずかに熱を帯びていた。しまわずに放置されたビーカーとフラスコが視界に入る。どこかのクラスが実験で使ったのだろう。

化学の授業。教師の指示に従って準備を進める。面倒くさがりながら、ふざけながら、楽しみながら――。そんな光景が、ガラス器具に浮かび上がる。

くだらなくて、妬《ねた》ましくて、羨《うらや》ましくて。

天板に額を軽くぶつけてから、日常の残り香を振り払うように顔を上げた。

窓際の席。机の隅に置いた携帯が点灯していた。

『ひめが、あなたを招待しました』

ステータスバーをスワイプしてアイコンをタップすると、メッセージアプリが起動した。招待されたトークルームには、未読のメッセージが大量に溜まっていた。

〈今日の課題〉

その下に、体操着姿の僕の写真。体育の授業中に撮られたのだろう。

〈最低スコアを目指して、はりきっていきましょう！〉

数分後。あらかじめ準備していたとしか思えない速さで、別の写真が投稿されていた。

〈拘りのポイントは、魅力的すぎる鼻。でも、結果は測定不能。無念……〉

雑にトリミングされた鼻が、画面全体を覆《おお》っている。

〈測定できるわけねーだろ〉

〈もはや鼻しかない〉

連打されたスタンプが、合間を埋めていた。

〈次は俺のターン。吐き気を我慢しながら作った。偉いだろ。スコア、三十六。反省点は、素材の良さを活かしきれなかったことかな〉

遺影のフレームに、目や口まで編集で歪められた顔……。

〈完璧っす〉

〈葬式の参列者ゼロ〉

〈それにしてもキモすぎる〉

ホーム画面に戻って、携帯を裏返した。このトークルームは、明日の朝には削除されているはずだ。そして、新しい写真が手に入ったら、次のゲームが始まる。

暇つぶしの玩具《おもちゃ》。参加者は、クラスメイトほぼ全員。

窓を見ると醜い顔が映っていた。あんな下手くそな加工をしなくても、充分醜悪だ。自分の顔だと信じたくなくて、指先で鼻に触れる。

確かで残酷な感覚。カーテンを閉めても、僕の存在は消えない。

パソコンの天板を開いて作業を再開する。専門家も使っている画像編集ソフトが入っているので、家で作業するより大幅に時間を短縮できる。

画面には、クラスメイトの顔写真がずらりと並んでいる。作り物めいた笑顔の白々しさに嫌悪感を覚える。まとめて削除すれば、少しはすっきりするのだろうか。

けれど、自主的に引き受けた仕事を放棄するわけにはいかない。

沙耶が撮影したデータを僕が編集することになった。フォルダの中には、編集の要望が書かれたテキストも保存されている。撮影時に沙耶が聴き取ってまとめたものだ。

肌を白くして、顎のラインを細くして、奥二重を二重に変えて——。

長所を伸ばすのではなく、短所を補おうとする要望ばかりだ。どこにコンプレックスを抱いているのかが、これを読めばすぐにわかる。

先週の放課後撮影会は、故意恋に登録する顔写真を更新するために開かれた。写真部に求められているのは、ありのままの顔立ちを切り取る再現力より、少しでも高い顔面偏差値を叩《たた》き出《だ》すデータに加工する編集力だ。

顔面偏差値を計算している人工知能は、人間と違って容易に騙せる相手ではない。過剰な編集は結果的にスコアを下げることに繋がる。コンプレックスをごまかす加工は、異性を欺《あざむ》けるかは別として、イデアルの決定にはほとんど影響しない。

それでも僕は、きちんと要望に応《こた》えるつもりだ。

フォトレタッチと呼ばれる修整作業から取り掛かっていく。ホワイトバランスの調整、シャープネスの適用、色調の補整。ファンデーションを塗って下地を整えていくような作業だと、憂が以前に言っていた。

深く考えずに、淡々とマウスを動かして作業を進める。

今、画面に表示しているのは、須藤妃花《すどうひめか》のデータだ。愛称が『ひめ』の彼女が、先ほどのトークルームを作って僕を招待した。切れ長の瞳で、笑みを浮かべても威圧的な目力が強く印象に残る。編集の要望は、柔らかい雰囲気にして――。無茶な要求をしてくれる。

口元を拡大して、マウスのカーソルを合わせた。

真っ赤なグロスが塗られた薄い唇。

「ピック」画面の中の須藤が、僕の蔑称《べっしょう》を口にする。

目を閉じて考える。……いつの記憶だろう。

「聞いてんの？　ピック」

彼女と会話が成立していたのは、かなり前のことだ。

去年の十月。このときも故意恋の更新時期が迫っていた。だが、今回の撮影会とは違ってカメラを構えているのは僕だった。蔑《さげす》まれながら、それでも存在が認識されていた。

シャッターの電子音が鳴った直後、須藤の作り笑いが消えた。

「その写真、変なことに使うなよ」

無視して撮影を続けようとすると、須藤がおもむろに立ち上がった。

何となく、その華奢《きゃしゃ》な上半身も一枚撮っておいた。

「どこ撮ってんだよ」

「……頼まれたから撮ってるんだけど」

「は？　私は沙耶に頼んだの」

そうだ。この日、沙耶は風邪を引いて学校を休んだ。だから、僕が代理でクラスメイトを撮影してデータを編集することになった。

余計な気を回さず、逃げておけばよかったのに。

「撮影を続けさせてもらえる？」

「前みたいに、マスクつけてきなよ。よく、平気な顔で晒せるよね」

「須藤さんに迷惑は掛けてないと思うけど」

「視界に入るだけで不快なんだって」

「どうしようもないんだ。ごめん」

不服そうに座った須藤の顔が、再びファインダーに収まる。

カシャッ。シャッターを切るたびに心がすり減っていくような気がした。

「あんた、東中出身なんでしょ？」

ようやく撮影が終わったタイミングで、須藤が訊いてきた。

「そうだけど」

「人気者だったらしいじゃん。見世物になってたのかと思ったら、運動も勉強もできる器用キャラって――、ははっ。面白すぎでしょ。ってか、落ちぶれすぎ」

蔑むように右頬を歪めてから、須藤は続けた。

「ルックスコアが、あんたの化けの皮を剝《は》いだ。おめでとう、ピック」

容姿をバカにされることも、ピックと呼ばれることも、このときにはもう諦めていた。

「気が済んだなら、出て行ってくれる？」

「チャンスをあげようか」

「……何の話？」

「豚から人間に戻るチャンスだよ。私が、みんなを説得してあげる」

須藤は、クラスでそれなりの影響力を持っていた。派手な外見といい、目立ちたがり屋な性格といい、本人にその気があれば、女王様のポジションを勝ち取っていただろう。

「僕を追い詰めるのが、須藤さんの楽しみなんだと思ってた」

「なに自惚れちゃってんの？　ゴキブリを見て鳥肌が立つ。あんたに対して抱いてるのは、そういう生理的な拒否反応。追い詰めるとか……、ありえないんだけど」

「それなのに、人間に戻るチャンスをくれるわけ？」

「ゴキブリが嫌われるのは、有害でしかないから。見た目が気持ち悪くても、役に立つなら私は我慢する。だからさ、ピック。利用価値を示してよ」

須藤は、僕が持っているカメラを指さした。

「顔面偏差値とイデアル。あんたにできるのは、それしかない」


もう充分だ。

あの日、僕は須藤の申し出を断ることができなかった。イデアルを理想に近づける——。編集の方向性すら見えていなかったのに、細すぎる糸にしがみついてしまった。

基本的な編集知識があるだけの高校生が、顔面偏差値を自由自在に操れるわけがない。それでも、わずかな可能性にかけて、思いつく限りの方法を試した。

目、鼻、口、眉、髪、肌。

それぞれを加工して、結果が変わるか検証した。あのときの僕は、須藤の要望に応えることに躍起になっていた。だが、定められた期限の前日になってようやく気付いた。

加工するべきは、他の生徒のデータだったと。

更新用の顔写真を求めて、多くの生徒が部室を訪ねてきた。

撮影したデータは、すべて写真部のパソコンで管理していた。五十枚近くに及ぶ顔写真。須藤以外の顔面偏差値が下がったら、何が起きるか。

他のユーザーが自滅すれば、相対的にイデアルは繰り上がる。

顔面偏差値を下げるのは、難しい作業ではない。上げられないのに下げられる――。最初は不思議に思ったが、故意に下げようとするユーザーの存在を想定するのは困難だし、それを運営側が防ぐ必要もないと気付いて納得した。

骨格を歪ませる、肌質を低下させる、瞳を小さくする。

マイナスに働く要素は、他にも多く挙げられる。とはいえ、そんなあからさまな加工はすぐに見抜かれてしまう。他人の顔なら見落とす可能性があっても、自分の顔の変化は敏感に察知する。自意識過剰な女子高生が相手の場合はなおさらだ。

相手に知られずに顔面偏差値を下げるとなると、難易度は一気に跳ね上がる。もちろん、そんな悪趣味な編集技術を解説したサイトは見つからなかった。

十月の更新時期は、ここでタイムアップとなった。

結局、須藤を満足させることはできず、僕は有害認定を下された。

わずかに残っていた教室の居場所を失って、この部室以外では存在を認められなくなった。二年生に進級してもクラスは替わらず、状況は悪化する一方だった。

あまりに大きな代償。それと引き換えに得たのは……、パソコンから吐き出されるファンの音が、早く作業を終えるよう急《せ》かしてくる。

納得してもらえるかはわからないが、須藤の要望を反映したフォトレタッチは終了した。

これが最後の一枚。だが、データを保存してソフトを閉じるのは早い。

顔面偏差値を下げるための仕上げが、まだ残っている。

半年間、僕はその方法を模索し続けた。他の生徒の顔面偏差値を下げて、須藤のイデアルを繰り上げる。次の更新時期で須藤を満足させれば、失った居場所を取り戻すことができる。そう信じていた。

時間が経ち、現実を理解するにつれて、希望は色を失っていった。

仮に成功したとしても、須藤は僕の手柄とは認めない。化粧がうまくなったとか、髪型を変えたとか、他の理由をこじつけるだろう。それに対して僕は反論する術を持たない。他の生徒の顔面偏差値を下げたと明かせば、今度は全員を敵に回すことになる。

定着した潮流は、そう簡単には変わらない。

マイナスが膨らんでいくのを、息を殺して眺めていた。

それでも編集の方法を考え続けたのは、クラスメイトが許せなかったからだ。居場所を取り戻すことは諦めて、顔面偏差値を下げること自体を目的にした。

辿り着いたのは、顔の左右対称性を崩すという荒業だった。

ルックスコアは、沙耶のようなシンメトリーの顔立ちを高く評価する。裏を返せば、顔立ちが左右非対称になるほど、顔面偏差値は下がることになる。

この方法の最大の利点は、加工の事実を見抜かれにくい点にあった。

普段見ている鏡には、前後が逆転した自分の顔が映し出されている。左右対称性が逆転した写真の顔は見慣れていないので、違和感は覚えづらい。それに、一つ一つのパーツには拘りを持っていても、左右のバランスまで気を配れている者は少ない。

方向性が見えたことで、やるべき作業はシンプルになった。

左右対称性を崩した顔写真のデータを準備すれば、顔面偏差値を故意に下げることができる。データを受け取ったクラスメイトは、何も疑わず故意恋に登録するだろう。

そして、本来よりもワンランク下の異性がイデアルに選ばれる。

歪みが連鎖して……、なし崩し的に不釣り合いなカップルが成立していく。その事実を認識できるのは、画像を編集した僕だけだ。

下準備を進めて、攻撃に耐えながら、今回の更新時期を心待ちにしていた。

クラスメイトへの復讐《ふくしゅう》か、ストレスの発散か――。

三十分ほど編集作業を続けてから、パソコンの電源を切った。掛け時計を見ると、午後五時五十分。完全下校時刻までに、残っていた作業を終わらせることができた。

第二理科室を出て鍵を閉める。

廊下は静まり返っていて、僕以外の足音は聞こえてこない。二年五組の教室に着くまで、誰ともすれ違わなかった。人気《ひとけ》が無いことを確認して、自分のクラスのドアを開いた。

太陽が沈みはじめているので、蛍光灯がついていない教室は薄暗い。

敵意が込められた視線、低い声で囁かれる誹謗《ひぼう》中傷、全体を支配する冷たい空気。無人の教室では、それらが消《き》え失《う》せている。結局のところ、僕を苦しめているのは人為的に作り出された悪意にすぎない。その事実を改めて思い知らされた。

やるせなさを感じて、首を左右に振る。

すると、残存していた悪意が視界の端に映り込んだ。

窓際にある僕の机の周りに、さまざまな物が散乱していた。文房具、教科書、体操着、プリント。空き巣に荒らされたように、机とロッカーの中身がぶちまけられている。

驚きはない。犯人捜しをする意味もない。

これは、クラスメイトの総意だ。定期的に行うことで、排除する対象が変わっていない事実を相互に確認する。結束を深めるための儀式だと思えばいい。

教師に見つかる心配はないと彼らは考えている。明日の朝、誰よりも早く登校した僕が、机の周りを黙々と片付ける。その無責任な信頼を、これまで一度も裏切らなかった。

机を蹴り飛ばす。

プリントと一緒に滑り、前の椅子にぶつかって止まった。

金属と板が軋《きし》む音。静寂が、不安定に途切れる。

背負っていた鞄を机の上に置き、中から二本のスプレー缶を取り出した。マットレッドとグロスブルーが一本ずつ。ホームセンターで目に付いたものを買っただけなので、色の組み合わせに拘りはない。

右手に持ったスプレー缶を振ると、小気味いい音が鳴った。

カラカラ、カラカラ。リズムをとりながら薄暗い教室を見渡した。

偽善で、歪で——、嘘にまみれている。

浮かび上がるだろうか？　鉛筆でこする、フロッタージュのように。

隣の机の天板に噴射口を向けて、腕を左右に振った。勢いよく飛び出した塗料が、机を赤く染め上げていく。焦げ茶《こ　ちゃ》色の天板なので、綺麗な発色にはならない。

でも……、それでいい。

絵を描いているわけではなく、汚しているだけなのだから。

どれくらい中身があるのかもわからず、半分程度塗ったら次の机に移動した。無駄遣いはできない。加害者にも、傍観者にも、平等に色を与えるために。

解釈の逃げ道を完全に排除するのは不可能だ。

そこからどんな主張を読み取るかは、彼らが自由に決めればいい。

あわよくば、反省などせず、疑心暗鬼に陥りますように。

左手にもスプレー缶を持って、両手を動かしながら教室を歩き回った。

カラカラ、カラカラ……。虚《むな》しく、転がる。

赤色と青色と――天板の焦げ茶色が混ざって、濁った紫色になる。

廊下側の机まで塗り切ったところで、ちょうどスプレー缶も空になった。

スプレー缶を投げ捨てたあと、一度廊下に出て、クラスメイトのロッカーからプリントや教科書を取り出した。それを持てるだけ持って、教室に戻った。

両手を、頭上めがけて思い切り振り上げる。

ドンッ――。バサバサ、バサバサ。

放り投げた教科書が落下して、その上にプリントが覆《おお》い被《かぶ》さる。裏返った紙の表面には、乾き切っていない塗料が付着しただろう。

ばら撒《ま》かれた教科書、判別不能になったプリント、汚された机。

これで、ようやく均整が取れた。

明日の朝、教室に入ってきたクラスメイトは何を思うか。荒れ果てた光景を目の当たりにして、誰が犯人だと考えるか。いつまで経っても姿を現さない容疑者の机を見て、何を想像するか。担任に告げられる事実を耳にして、どんな反応を示すか。

そして、死の原因をどこに求めるか。

言語化したメッセージは不要だ。想像するしかないからこそ、不安が掻き立てられる。悩めばいい、苦しめばいい。誤解を解いてやる道理はない。

制服のポケットから携帯を出して、フラッシュを光らせながら撮影する。データを確認して、ゴミは放置したまま教室を後にした。

東階段まで戻り、昇降口がある一階ではなく、四階の屋上に向かう。

イレギュラーは発生していない。すべて予定通りだ。

階段を上り切った先にある扉を開くと、吹き込んできた風が頬を撫《な》でた。

この風が、喉笛《のどぶえ》を切り裂いてくれればいいのに。

理由もわからず、鮮血がほとばしる。呼吸ができなくなり、意識が混濁する。

僕には……、それくらい無様《ぶざま》な死に方が相応《ふさわ》しい。

戯言《たわごと》だと思われても、それが本心なんだ。

ずっと、死にたいと願っていた。

負の気持ちが、どのタイミングで芽生えたのかはわからない。気付いたときには、思考を蝕《むしば》む死の一文字が、除去できない大きさに成長していた。

フリーランニングも、死を叶える願望の延長線上に存在しているのかもしれない。

足を踏み外して落ちるのが恐くないのか。そう沙耶に訊かれたとき、起こり得ない危険に恐怖は感じないと僕は答えた。だが、その答えは本当に正しかったのだろうか。

落下して死んだって構わないと思ってる。だから、恐くないんだ。

あのとき、僕はそう答えるべきだった。

そうしたら沙耶は、「どうして、死ぬのが平気なの？」と訊き返してきただろう。

結局、そこで言葉に詰まってしまう。

明確なきっかけがあって、死を望むようになったわけではないから。

最下層に位置する顔面偏差値。クラスメイトの視線、言葉、嫌がらせ。居場所を見いだせない教室。現状から抜け出せない無力さ。沙耶や憂に対する憧《あこが》れと、自分の醜さ。

一つ一つは小石にすぎなかったのかもしれない。でも、それらに躓《つまず》き続けているうちに、立ち上がる力が湧《わ》かなくなって、生きている理由すらわからなくなった。転んだまま地面に這いつくばっていたいと望むようになった。

生に対する消極的な執着が、死に対する積極的な願いに繋がったのだろう。

この屋上にも、何度も足を運んだ。フェンスを両手で摑んで、校庭を見下ろした。高さは足りているか、地面の硬さは充分か。そんなことを頭の片隅《かたすみ》で考えながら。

それでも、実際に飛び降りることはなかった。

大きな障害があったわけではない。二メートル程の高さのフェンスをよじ登って、前方に向かって飛ぶ。あとは、衝撃の瞬間が訪れるのを待つだけだ。

フリーランニングと比べれば、難しいテクニックは求められない。

頭を打ちつけて、発見までの時間を稼げれば、無事に死ねるかもしれない。

それなのに、フェンスに足を掛けることはなかった。

「死にたいという願いと、自殺を選択する決断との間には、大きな隔たりがあります」

女性の精神科医が、コメンテーターとして出演した番組で持論を述べた。

「思春期の真っただ中にいる若者の多くは、死を意識しながら生きています。ファッションの一部として死をまとおうとする者、決断の一歩手前まで思い悩む者。さまざまな患者が、私の病院を日々訪れてきます。死にたいと願うことに、必ずしも直接的な契機が求められるわけではないんです。彼らは、治療ではなく理解を欲し、薬ではなく共感を求めています。その一方で、自殺を決断する患者は限られています。死を望む者は、死の存在に自覚的だから、正しく死を恐れることができるのではないでしょうか」

女医が「矛盾しているように聞こえますか？」と尋《たず》ねると、司会の男性は頷いた。

「死にたいという相談は、助けを求めるSOSと受け取るべきなんです。カッターナイフを手首に当てたり、柱に括《くく》り付《つ》けたロープを両手で握れば、死が現実に近づく。その瞬間に、それでは助からないと気付くそうです。死ねば、すべてが終わってしまうから」

出演者は、ぽかんとした表情で女医を見ていた。少ししてから、弁護士のコメンテーターが「それなら、どうして今回のような自殺者は後を絶たないのですか？」と訊いた。

その番組が採り上げていたのは、二十歳の女子大生が生後二ヵ月の赤子の首を絞めて殺害した後、首を吊《つ》って命を絶ったという事件だった。望まぬ妊娠、望まぬ子育て。想像するのは簡単だが、凶行に走った理由を本人から訊き出すことはできない。

弁護士の質問に対して、女医はすぐに答えた。

「死にたいではなく、死ぬしかないと考えるようになれば、人は死を決断できるのかもしれません。この女子大生は、先に赤子の首を絞めて殺害しました。ここで自殺に失敗すれば、子供殺しの責任を問われる。積極的な殺人が、消極的な自殺を導いたのだと思います」

納得していない様子の出演者に対して、女医は言葉を付け足した。

「子供を殺したから、彼女は首を吊ることができたんです」

番組終了後、女医に対する猛烈なバッシングが巻き起こった。そのコメントが、自殺だけではなく、殺人すらも容認するものとして受け止められてしまったからだ。一連の騒動は、番組のホームページに謝罪文が載せられるほど大きくなった。

だが、番組を無断転載した動画には、女医を擁護《ようご》するコメントも見受けられた。

どちらの言い分が正しかったのかは、僕にはわからない。共感できれば擁護するし、共感できなければ批判する。案外、それだけのことなのかもしれない。

そうだとすれば、女医を擁護したのは、死を現実に意識したことがある人間だろう。

自殺を決行するのが難しいことを、身をもって理解しているはずだから。

そして、僕も女医の言葉に共感した人間の一人だった。

　こうやって屋上に足を運ぶたびに、僕はあの番組を思い出す。

　死にたいという気持ちに嘘はない。ここから飛び降りれば、願いを叶えられることもわかっている。それなのに、フェンスをよじ登ろうとすると急に足が震え出す。心臓が高鳴り、その場から一歩も動けなくなる。

　フリーランニングをしているときも一緒だ。

　バランスを崩して落ちそうになると、なりふり構わず近くにある物にしがみついて助かろうとする。崩落しそうな岩場を避け、安全なルートを探している。

　死にたいと願いながら……、
　心の奥底では、死にたくないと願っている。

　首を吊った女子大生と僕の違いがどこにあるのかも、女医は教えてくれた。

　女子大生が死ぬしかないと結論づけたのは、自らの手で赤子の命を奪ったからだ。

　彼女は、一人きりで死んだのではない。

　産み落とした赤子を巻き込み、その命をきっかけにして首を吊った。

　弱い人間が自殺を決行するには、他者の命にすがるしかない。

　集団自殺ならば、と考えてみたこともある。

　だが、駄目だった。見ず知らずの人間が集まって死の結果を共有する。それは、想像しただけで吐き気を催すくらいグロテスクな光景だった。

いつ裏切られるかもわからない、彼らのイデオロギーに利用されるかもしれない。そんな相手を、どうやって信用しろというのだろう。

一人きりの人間は、最後まで死ぬことはできない。

あれこれと理由をつけて、ずるずる未練がましく生き続けるしかないんだ。

そんなふうに考えて、これから続く長い人生に絶望した。

だが、一通のメッセージが希望を届けてくれた。

最初は、取り乱して、怒りに打ち震えた。

けれど――、
送信者の正体を知ったとき、嬉しくて涙が出そうになった。

彼女と一緒なら、僕は死を決断できる。

命が、見つかった。

だから、彼女を殺すことにした。

＊

月が近くて、地面が遠い。

廃病院の屋上に再び立ったときに抱いたのは、そんな感想だった。

地上五階という高さに加えて、周囲の暗さが影響しているのだろう。この建物には電気が通っていない。道路も閑散としていて、数本の街灯が見受けられるだけだ。

病院の閉鎖と共に、時間まで止まってしまったように。

廃業したのは、十年ほど前のことらしい。全国紙の一面を飾るくらいの医療過誤事件が、この病院で起きた。患者の命が奪われ、事実の隠蔽《いんぺい》を企てたことが露見し、経営陣の責任を問う訴訟が提起されて、病院側が完全敗訴した。

経営を立て直せないまま負債が膨《ふく》れ上がり、患者も従業員も機材も、すべてを投げ出して閉鎖するに至った。夜逃げのようなものだ。散乱したガラスの破片や錆《さ》び付いた非常階段が、十年という歳月が無為に過ぎ去ったことを物語っている。

だからこそ……、か。

屋上に通じる扉と、斜めに傾いたパラボラアンテナを結んだ延長線上。

フェンスや手摺りが設置されていないため、足元のアスファルトは、夜の空気と一続きになっている。

僕は、間違ったことをしたのだろう。

大切な人を巻き込み、偽って傷つけようとしている。許されようなどとは思っていない。その行為の意味を理解していながら、他の道が見つからなかった。

何を差し置いても、優先すべきことがあった。

彼も、きっとそうだった。

正しさは、主観によって定まる。僕にとっての善は、他の人から見れば悪かもしれない。一義的なルールが存在しないのであれば、天秤《てんびん》を使って判断する必要がある。分銅の重さを決めるのも、釣り合いが取れているのかを見極めるのも、その天秤の所持者だ。

あのときの後悔が、僕を突き動かしている。

責任を問われることはなかった。見て見ぬ振りをする者が大多数で、目を閉じていることに気付いていない者もいた。声高に主張した際の反応。向けられた白い目。事実上の通告。いずれも、現状を受け入れろというメッセージに繋がっていた。

流れに飲み込まれそうになった。必死に抗い続けて、ようやく一つの方法に辿り着いた。僕にしかできないことだった。必要な条件をすべて満たしていた。

大きく息を吸う。一歩、前に出る。

風が強い。地上を覗き見て、安堵の息を吐く。

月が遠ざかる。

僕は、彼女たちを救えなかった。

第四章　ＩＦの神様

1

パソコンの画面には、『ＩＦの神様』の原稿データが表示されている。

文庫化の話が進んでいて、三年前に書いた原稿に手を加えている最中だった。これくらい時間が経ってから読み直すと、当時は見落としていた表現の拙《つたな》さ、不足している心理描写や伏線の補い方といった改善点に気付くことができる。

それと同時に、執筆していたときの情景や感情も蘇《よみがえ》るので、感傷に浸ってマウスが止まらないように注意しなくてはいけない。音楽をシャッフル再生していたら、失恋した帰り道に聴いた曲が突然流れ出した。そういった経験と通じるものがある。

ＩＦを積み重ねて、一つの真相に辿り着くストーリー。

アイディアを出したのは想護だが、作家としての私の苦悩も随所に表れている。

インタビューでは、メディア化や文学賞の候補といった実績が採り上げられる。けれど、振り返ったときに思い出すのは、長く続いた低迷期のやり取りばかりだ。

デビュー作の『不完全実在VOCALIST』は、電子空間における密室殺人という特殊設定と、その状況下だからこそ成立するロジックが評価された。

私が一人で書き上げた原稿なのに、今読み返しても違和感がある。荒削りなのではなく、できすぎているのだ。何を考えながら書いたのか、おぼろげながら覚えている。

整合性の検討は後回しにして、選考委員の目を引く展開を最優先――。

それでも物語が破綻しなかったのは、歯車が予期せぬ形で嚙み合ったからにほかならない。行間を埋めるために加えた一文や何気ない登場人物の会話が伏線になり、インパクトを重視した特殊設定がトリックに直結した。

謙遜ではなく、運が良かった。私はそれを実力だと過信した。

実力が伴わなければ、いずれボロが出る。自分の才能を客観視することができていたら、別の道が開けていただろうか。それも結局、仮定の話にすぎないのだけれど。

デビュー作がヒットしたことで、多くの執筆依頼が舞い込んだ。すべて引き受けたら手が回らなくなるのは目に見えていたし、複数の原稿を同時に進められるほど器用な書き手ではないと自覚していた。

読者の信頼を得るまでは、時間を掛けて一冊一冊と向き合おう。当時の担当編集者と方針を決めて、次作に向けて動き出した。

求められていたのは、デビュー作を越える本格ミステリの原稿。だが、どれだけ時間を掛けても、満足のいくプロットがひねり出せなかった。

数えきれないほどのボツを告げられて、トリックを考えるのに疲れてしまい、青春要素を強くしたプロットを担当編集者に渡したら、「とりあえず、これを原稿にしましょう」と言われた。本当に面白いと思っていますか？　妥協してゴーサインを出したのではないですか？　自信を失っていた私は、発言の真意を確認できなかった。

作者ですら手応えを感じていない原稿が、読者に響くはずがない。

デビュー作のヒットはまやかしだと嘲笑《あざわら》うかのように、二作目以降が清々しいほど売れなくて、綺麗な放物線を描いて発行部数と売上が落ちていった。

三作目、四作目……。作風や題材を模索しながら、手探りで原稿を書き進める。成長しているはずなのに、一歩も前に進んでいないような気がして、むしろ後退しているような気がして――、何を書きたいのかもわからなくなった。

一言でまとめればスランプと表現できるのかもしれないが、当時の私は迷い込んだ暗闇から抜け出せる未来がまったく見えなかった。

現役女子大生作家の肩書を失い、デビュー作で得た評価も既に色あせていた。

執筆依頼を受けていた出版社からの連絡が途絶え始め、デビュー前から叱咤激励してくれていた担当編集者からも、「次の作品の結果も振るわなければ、新作の依頼は難しくなるかもしれません」と通告された。

そこでようやく、私は崖っぷちに立っていることを理解した。

小説が書けなくなる——。それだけは耐えられなかった。商業出版に拘らなくていいとか、別の新人賞で再デビューしようとか、いろんな言い訳を考えて首を振り続けた。

ここでダメなら、もう立ち直れない。結果を出すしかないんだ。

そう意気込むほど、アイディアは思い浮かばなくなった。書きたくて苦しんでいるのに、書くのが怖くて仕方ない。時間だけが過ぎて、書店から私の本が消えていく。

そんな中で書き上げたのが、『IFの神様』だった。

あのとき、想護が差し出したノートを受け取らずに、一人で向き合い続けていたら……。きっと、忘れ去られていた。想護が、私と物語を繋ぎ止めてくれた。

二階堂紡季は、作家として輝きを取り戻した。代わりに失ったものは何だろう。


結局……、思い出ツアーを始めている。

原稿は数ページしか読めていない。思い入れが強すぎるというのもいささか問題らしい。

気持ちを切り替えるために、煙草を咥《くわ》えて席を立った。

ライターを持って仕事部屋を出ようとすると、机の上で携帯が小刻みに振動した。発信者を確認して、ベランダに向かいながら緑色の応答ボタンをタップした。

「もしもーし」

「双啓社の柊木です。二階堂さんですか？」

「うん。二階堂こと市川紡季」

外に出ても体感温度はほとんど変わらない。心地いい季節はあっという間に過ぎ去って、不足気味のやる気をさらにそぎ取られる夏を迎えてしまう。

「今、大丈夫ですか？」

「もちろん」

咥え直した煙草に火をつける。

「送っていただいた原稿についてなんですが……」

「もう読んでくれたんだ。ありがとう」

昨夜、私は柊木にメールを送信した。次回作についての相談と切り出して、佐渡琢也が、学校の屋上で死の恐怖と向き合うシーンまで書いた原稿を添付した。

仮タイトルは、『原因において自由な物語』。学園物のミステリーで、故意恋といじめの問題を絡めたシリアスな内容にする予定……。

私自身も今後の展開を把握していないため、曖昧な説明に留めるしかなかった。

「前回の打ち合わせで話していた学園物が、今回の原稿ですよね？」

「うん。長いタイトルだから、原自物語って略してる」

略称まではメールで伝えていなかったが、漢字の表記は頭に浮かんだだろうか。

「感想を伝える前に、いくつか確認させてください。えっと……、読ませていただいたのは序盤の原稿ということでしたが、これ以降の展開は決まっているんですか？」

「漠然とした展開は頭の中にあるけど、プロットは作ってない」

「彼女の正体と、僕の殺害計画については？」

中心になり得る二つの謎を、的確に指摘された。

「暫定的な答えは思い浮かんでる。でも、もっと良くできる気がしていて……。柊木くんの感想を聞いて、もう一度考え直すつもり」

想護との勝負に勝つために、柊木まで巻き込んでしまった。

柊木は、私よりずっと小説を見る目がある。展開についてアドバイスを求めれば、想護が考えている物語の結末が見えてくるのではないか。そう期待しての行動だった。

「もう一点、確認したいんですけど」

「もしかして、微妙だった？」

「いや……、そういうわけではなくて」

先ほどから妙に歯切れが悪い。自信があったわけではないが、ばっさり切られる内容でもないと思っていた。それに、まだ序盤なので修正の余地はあるはずだ。

しばしの沈黙のあと、柊木は言葉を継いだ。

「今回の原稿は、フィクションとして書いているんですよね？」

「え？　どういう意味？」

再び沈黙。嫌な胸騒ぎがした。

気持ちを落ち着かせようと煙を吸い込んだら、咳《せ》き込んでしまった。

「大丈夫ですか？」

「――平気。続けて」

「主人公の高校生が廃病院の屋上から飛び降りて、そこから生じた謎を解き明かしていく。この物語は、そういった構成になっていると僕は受け取りました」

「うん。それで？」

正しい分析だが、珍しい構成というわけではない。フィクションか否かを問われた理由がわからなかった。この会話は、どこに向かっているんだろう。

「それでって……、いや、確かに、三億円事件とか、少年Ａとか……、そういう有名な事件を題材にした小説は多くあります。でも――」

「ちょっと待ってよ。どうして急に、そんな話になるの」

「具体例を出した方がイメージしやすいかと思って」

柊木が考えていることが、ようやく見えてきた。誤解を解かなければならない。

「具体例も何も、原自物語で書いてるのは架空の事件だよ」

「じゃあ、偶然なんですか？」

煙草の灰が落ちかけていることに気付いて、慌てて灰皿に指を伸ばす。

「話が嚙み合ってない気がする。柊木くんは……、今回の原稿は実在する事件を題材にして書いたものだって考えてるわけ？」

「……はい」

「理由を教えて」

「メールを確認して、昨日のうちに読み始めました。緊迫感のあるプロローグで、どんどんページを捲《めく》っていったんですけど、第一章の冒頭で違和感を覚えて……」

「そんなに早く？」

どんなシーンだったかを思い出しながら訊いた。

「プロローグから、引っ掛かりはありました。公園でのフリーランニングの動画を確認するシーンを読みながら、やっぱり既視感が拭い切れなくて、廃病院で起きたフリーランニングの事故についてネットで調べました」

煙草を灰皿に投げ入れて仕事部屋に戻った。その間、柊木は検索結果を話していた。

内容がほとんど頭に入ってこないくらい、私は動揺していた。

「――二階堂さん、聞こえてますか？」

「ごめん。お客さんが来ちゃって。またかけ直すから」

返答を待たず通話を切った。明らかに不自然な切り方だったが、これ以上追及されたら、すべてを見抜かれてしまう気がした。

柊木が言ったことは事実なのか。それを自分の目で確認するべきだ。

『高校生　フリーランニング　廃病院』

その組み合わせで、検索結果を絞り込むことができた。ネット記事やまとめサイトらしきものがいくつか表示されたが、最上段に並んだ動画のタイトルが目に留まった。

『廃病院でフリーランニング』

第一章で書いた『公園でフリーランニング』という何の工夫もないタイトルは、プロットの段階で既に想護が指定していたものだ。私が決めたわけではない。

マウスを操作して、動画のサムネイルをクリックした。

息を呑んでページが切り替わるのを待つ。

それは主観視点で撮影されたフリーランニングの動画だった。首か頭にアクションカメラを固定しているようで、視線と映像の動きが連動している。

建物を見上げるシーンから、動画は始まった。

朽ち果てているとまではいえない。けれど、変色した外壁や割れた窓を見る限り、現在も使われているようには見えない。そして、その建物は五階建てだった。

廃病院――。

マウスに添えた手が震えて、画面上にカーソルが現れた。

入り口らしき自動ドアにピントが合い、映像が激しく動き出す。撮影者が走り出したのだと遅れて理解した。わずかに開いた隙間から中に入ると、玄関ホールが広がっていた。視線を左右に振ることもなく、最短距離を駆け抜けていく。

その先に受付カウンターが見えてきて、認めざるを得なくなった。

私がプロローグで書いたのは、この廃病院だ。

想護から受け取った見取り図を使って進むルートを選択した。カウンターの奥にある扉は薬品室へと続いている。突き当たりの壁を左に曲がれば非常階段に通じていて、五階まで駆け上がれば屋上に出ることができる。

実写化した映像を見ているような気分になったが、逆だと気付く。

この動画を、私がノベライズしたんだ。想護が書いたプロットに導かれて――。

ときおりフリーランニングの技を披露しながら、私がプロローグで選んだのと同じルートを通って撮影者は屋上に辿り着いた。

時刻は夜。フェンスは設置されていない。すべてプロットと一致している。

ならば、このあとに起きることも予想できる。

ガサゴソと音がして、映像の画角が大きく変わった。固定していたカメラを取り外して、アスファルトの上に置いたらしい。

ウインドブレーカーを着た人物の後ろ姿が映り込む。

そして、再び駆け出した。カメラは動かないので、だんだん遠ざかっていく。

端の数歩手前で立ち止まり、ゆっくりと振り返った。

深く被ったフードの陰に隠れて、顔立ちは見て取れない。

無意識に、鼻の形を確認しようとしていた。

カメラがある方を向いたまま、その人物は後ろに向かって飛んだ。

身体が暗闇の中に消える。

私は、しばらく動くことができなかった。

2

何度かけても、想護は電話に出なかった。

『おかけになった番号は、現在電源が入っていないか――』

聞き飽きたメッセージを途中で止めて、携帯を机の上に置く。柊木に連絡をするべきなのはわかっていたが、原自物語についての言い訳が思い浮かばない。

煙草を吸いすぎて、喉に不快な痛みが貼《は》りついている。

動画を再生してから、一時間近く経った。ネットで調べられる情報は、大方目を通した。情報が増えるほど、思考は泥沼に嵌《は》まっていった。

ただ一つ確かなことは……、

想護から受け取ったプロットは、現実の出来事を基にして書かれたものだった。

一致していたのは、廃病院でのフリーランニングだけではない。

動画のコメント欄には、『ご冥福《めいふく》をお祈りします』という投稿が多く寄せられていた。最後のシーンを見て、投身自殺の動画だと思った視聴者が書き込んだのだろうか。スクロールしていくと、『死ぬなら人知れず死ね』と書かれたコメントがあり、それに同調する返信と批判する返信の応酬が続いていた。

再生回数は、六万回を超えている。概要欄に動画の説明は書かれていなかった。

投稿者のチャンネルに飛び、他の動画を投稿していないか確認した。

海辺でフリーランニング。山道でフリーランニング。十個ほど投稿された動画の中に、『公園でフリーランニング』を見つけてしまった。

——公園って、こういうことをする場所じゃないだろ。

——縦横無尽に駆け回る俺カッケーって思いながら、この動画撮ってるんだろうな。

——このレベルでよく投稿する気になったな。俺でもできるわ。

——落ちろって百回くらい祈りました。

原稿を読み返すまでもなかった。コメント欄には、原自物語に私が書いたのと同じ文言が並んでいた。大きく違うのは再生回数で、約二万回……。想護がプロットで指定した数値の倍以上に伸びている。

投稿者のプロフィールは、どこにも書かれていない。アップロード済みの動画を追加日順に並べ替えると、最後の投稿は一年前の廃病院の動画だとわかった。

動画から情報を得るのは諦めて、当初の検索結果に表示されていた記事を開いた。

廃病院の屋上から転落か　男子高校生死亡

4月23日午前9時30分頃、上條市中央区霜月《かみじょうしちゅうおうくしもつき》の廃病院南側駐車場で、「人が倒れている」と通行人から通報があった。県警署員らが駆け付け、高校2年の男子生徒（16）が倒れているのを発見。全身を強く打っており、その場で死亡が確認された。

同署によると、5階建ての廃病院の屋上から転落したものとみて、事故と自殺の両面で捜査を進めている。現時点で、遺書は見つかっていないという。

一分もあれば読み終わる短い記事。だが、見逃せない単語がいくつもあった。

上條市中央区霜月という地名。ここから車で二十分も掛からずに行くことができる場所だ。そんなところに廃病院があったなんて、まるで知らなかった。

五階建ての廃病院、高校二年の男子生徒、転落死。

解釈の余地が狭まっていく。そして、一人の高校生の名前が浮かび上がる。

投稿日時によれば、この記事は去年の四月に書かれたものらしい。つまり、男子高校生は一年前に死亡したことになる。気になったのは……、二十三日という日付だった。

履歴を開いて、廃病院のフリーランニング動画に再びアクセスする。

やはり、見間違いではなかった。この動画は、去年の四月十日に投稿されている。

廃病院の駐車場で死体が発見されたのは、動画投稿の二週間後。

これは、どういうことだろう。動画のコメント、五階建ての廃病院、日時の近接性――。

動画と記事の男子高校生は、同一人物の可能性が極めて高い。

だが、そう考えると奇妙な結論に至ってしまう。

動画が投稿されたのが投身自殺の直後であったとしても、死体の発見までに二週間も掛かっていることになるからだ。人が寄り付かない廃病院で起きた悲劇でも、失踪《しっそう》した高校生が十日以上も放置されるなんてことがあり得るのだろうか。

何かが引っ掛かる。その違和感の正体がわからず、苛立ちが募《つの》っていく。

そもそも、動画を投稿したのは誰なのか。

アクションカメラで撮影しているのだから、他に撮影者はいなかったとみるのが妥当だ。

屋上に辿り着いた高校生は、カメラをアスファルトの上に置いて飛び降りた。

死者自身が、最期を公開することはできない。

ならば、映像を回収した何者かが動画を投稿したのだろうか。一体、誰が、何のために？

男子高校生に頼まれていたとしたら……、ダメだ。目的が見えてこない。

死に至るフリーランニング。撮影者と投稿者の関係性。発見までのタイムラグ。

わからないことばかりだ――。糸口となる情報も不足している。

ブラウザを閉じてから、息を吐く。私が知りたいのは、男子高校生の死の真相ではない。

第一に考えるべきは、実在する事件をプロットに組み込んだ想護の思惑。

原自物語を紡ぐことに、何の意味があったのか。

私がＳＮＳだけではなく、ニュースや新聞も見ないことを想護は知っていた。柊木にメールで相談していなかったら、疑いも持たず原稿を書き進めていただろう。書き終える前に相談したのは気まぐれのようなもので、記事に辿り着いたのは一種のアクシデント。

柊木が具体例として挙げた事件なら、社会派小説の題材となり得る。だが、ネットの検索結果を見る限り、一年前の転落死事件は大々的に報道されたわけではなさそうだ。小説にすることで、大衆の注目を集められるとも思えない。

――それを覆すほどの手応《てごた》えを、想護が感じていたのだとしたら？

答えは、原自物語の中にあるのかもしれない。

柊木に送った原稿のデータを開いて、情報だけを追いながら読み進めていった。ようやく辿るべき道筋が見えてきたような気がした。

詳細に書き込まれたプロットを見たとき、想護に見捨てられるのではないかと不安になった。でも、違った。実在する事件を題材にしたことで、生まれた制約だったんだ。

どこまでが現実で、どこからが物語なのだろう。

自分の顔に強いコンプレックスを抱き、クラスメイトからの迫害に苦しむ佐渡琢也。琢也の理解者であると同時に、複雑な事情を抱えている永誓沙耶と朝比奈憂。

原自物語の登場人物は実在していたのか。

スコアを故意に下げることで、琢也はクラスメイトへの復讐を果たそうとした。それは、顔面偏差値による恋愛が受け入れられていることが前提の復讐だった。

そんなことが、現実の高校で起きていたのか。

廃病院をフリーランニングで駆け回り、屋上から飛び降りた人物の動画が投稿されている。上條市の廃病院で起きた、男子高校生の転落死を報道した記事がある。

これらの動画や記事は、佐渡琢也の死を意味しているのか。

絶望しながらも死にきれなかった琢也は、かけがえのない命を自らの手で奪って、最後のきっかけを作り出そうと決意する。

【彼女】の殺害計画は、最終的に実現したのか。

原因において自由な物語。そのタイトルにすら、不穏な気配を感じてしまう。

現実と物語の境目。

私が向き合っているのは、どちら側の世界なのか。

その境界線に立っているのは、どうして、連絡が取れないのだろう。返信を求めて送信したメッセージには、既読のマークも付かない。

『遊佐想護』

トークルームに表示された名前を眺める。

もう一度、電話をかけてみよう。

そう思ってホームボタンをタップした直後――、
着信画面に切り替わる。私が発信したのではなく、誰かがかけてきたのだ。相手の名前は表示されていないが、最初の三桁《けた》を見る限り携帯電話からの着信らしい。

編集者が、急用を思い出して私用の携帯からかけてきたのだろうか。

仕事の話をする気分ではなかった。本当に編集者だったら、適当に理由を告げて切ろう。

そんなことを考えながら、通話に応じた。

「はい。市川です」

「あっ……、弁護士の椎崎透です。突然電話して申し訳ありません」

意外な相手だったので驚いた。どうして私の電話番号を知っているのだろう。

「どうされたんですか?」

すっかり夜も更けている。昼夜の概念が希薄になりがちなフリーランスでも、この時間帯に電話を受けることは珍しい。弁護士なら、社会的な常識は持ち合わせているはずだ。

「遊佐のことなんですが――」

「……想護？　何かあったんですか？」声が上擦る。

なかなか返答がなかった。携帯を強く握って、声が聞こえてくるのを待つ。

「ご存じないようですね」

「……何度も電話をかけてるのに、繋がらなくて」

あらゆる生活音を排除した仕事部屋。

その静寂が、耐えきれないほどの恐怖を生んでいる。

「今さっき事務所から電話があって――」そして、椎崎は続けた。

「遊佐が、病院の屋上から転落したそうです」

3

廃病院で弁護士が転落　意識不明の重体

4月10日午後9時頃、上條市中央区霜月の廃病院南側駐車場で、遊佐想護さん（27）が倒れているのを通行人が発見して、通報。県警署員らが駆け付け、上條市内の病院に搬送されたが、全身を強く打っており意識不明の重体。

同署によると、遊佐さんは、5階建ての廃病院の屋上から転落したものとみられている。転落した原因は現時点では判明していない。

同廃病院南側駐車場では、昨年の4月にも男子高校生（当時16）の転落死事故が起きている。遊佐さんは、同高校生が通っていた私立北川高等学校にスクールロイヤー（学校内弁護士）として勤務しており、当時の事故の調査も行っていたという。

一年前の記事と何度も見比べた。

地名も、建物の特徴も、落下地点も、ほとんどが一致している。読み返すたびに、どこにも「死亡」と書かれていないことを確認した。そこに希望を求めるしかなかった。

意識不明の重体。想護は生死の境を彷徨《さまよ》っている。

数日中に息を引き取るかもしれません。このまま目を覚まさないかもしれません。重度の後遺症が残るかもしれません。奇跡的に回復するかもしれません……。

担当医師から、すべての可能性を指摘された気がした。これだけ医療技術が発達しても、生と死の移ろいは紙一重なのか。想護が跨《また》がっているのはいずれに近い場所だろう。

プロローグを書く過程で知識を得てしまった。

五階建ての屋上の高さも、落下時間も、コンクリートの地面に激突する危険性も。

こんなことになるなら調べなければよかった。高校生の記事も見つけなければよかった。

意識したくないのに……、最悪の結果から目を背けていたいのに。

死に対する理解は、それなりにあるつもりだった。

ミステリー作家として、多くの登場人物の命を奪ってきた。法医学に関する資料や死体の写真が載っている専門書を読み込んだし、ネットの検索履歴には物騒な単語が並んでいる。死と向き合う心理描写だって、何度も書いてきた。

現実と物語を混同していた?

そうじゃない。覚悟が足りていなかったんだ。

あまりに突然すぎた。心の準備なんて、できるはずがない。どうすればいい。このまま、想護が息を引き取ったら、目を覚まさなかったら。

椎崎との通話を終えたあと、タクシーを捕まえて病院に向かった。

「紡季ちゃん……」

待合室で想護の母親と顔を合わせたが、かける言葉が浮かんでこなかった。

医師が容態を説明しに来た際、私も同席を許された。頭の中が真っ白になっていて、言葉の細かいニュアンスを聞き逃してしまった。想護の母親の青ざめた顔が、鮮明に記憶に残っている。ハンカチを握る小さな手は、小刻みに震えていた。

日付が変わった頃だったろうか。警察がやってきて、いくつか質問をされた。

「遊佐さんとのご関係は？」

「最後に会ったのはいつですか？」

「そのときは、どんな話を？」

「ここ一ヵ月ほどの間で、何か変わった様子はありましたか？」

「廃病院にいた理由に心当たりは？」

終盤の質問には、沈黙で答えるしかなかった。

思い当たることはある。でも、どう打ち明ければいい？

想護が転落した廃病院は、私が書き進めている小説に出てきます。一年前に起きた高校生の転落死事件が、その小説の題材になっているのかもしれません。ストーリーは彼が考えていたので、私は何もわからないんです。

意味がわからない。ショックで取り乱していると思われるだけだろう。

「何か思い出したことがあれば、ご連絡ください」

明確には訊かれなかったが、自殺の動機を探られているのだと理解した。転落に関与した人物の存在を疑っているのなら、もっと訊くべきことがあったはずだ。

……自殺？　想護が？

まどろみから覚め、倒していたリクライニングチェアの背もたれを戻す。

カーソルが等間隔で点滅しているパソコンの画面。

思考を整理するために文字を打ち込み、改行する前にデリートキーを押し続ける。空白に支配されたテキストデータを見続けるのは、久しぶりのことだった。

あれから三日が経った。想護は、今も集中治療室で人工呼吸器をつけている。生死の境目からは脱したらしい。けれど、このまま意識が戻らない可能性は、依然として残っている。きっと、時間が経つほど回復の見込みは薄くなっていく。

病院にいても、私にできることはない。

容態が変わったら連絡すると説得されて、自宅に帰ってきた。

何をするわけでもなく、ずっと仕事部屋にこもっている。トイレに行くにしても、外に出るにしても、リビングを通らなければならない。机の上に置きっ放しになっている充電器、ノートパソコン、原稿。それらが視界に入らないように、俯いたまま部屋を横切った。

バッテリー残量がゼロのまま放置していた携帯を、数日振りに起動した。

メールとメッセージの通知が大量に届き、順番に眺めていった。締め切りが近い短編の原稿もある。そろそろ取り掛からないと間に合わなくなる。

柊木からもメールが届いていた。『先日の原稿について』と書かれていたが、本文を確認せずにアプリを閉じた。他の編集者はともかく、柊木にはいずれ説明しなければならない。でも、今の心理状態では無理だ。

大学のサークル同期で作成したグループトークに、二十件以上のメッセージが投稿されている。想護も所属していたサークルだ。最後の投稿は、「紡季、大丈夫かな……」。やはり、それ以外のメッセージには目を通せなかった。

するべきことが積み上がっている。でも、動く気力が湧かない。

あの日以来、煙草にも火をつけていない。私と想護は、同じ銘柄《めいがら》を吸っていた。癖がある香りを気にして、想護は柑橘《かんきつ》系のフレグランスで中和しようとしていた。ライターを鳴らすと想護もベランダに出てきた。火をつければ、隣に想護の姿を探してしまう。

原稿を管理しているドキュメントフォルダを開く。原自物語の最終更新日時は、三日前と表示されている。私の周りだけ時間が止まっているみたいだ。

一人きりの空間で、天井を仰ぎ見る。

——彼女を殺すために、僕は廃病院の敷地に足を踏み入れた。

プロローグの一行目が頭に浮かぶ。

廃病院の屋上からの転落。偶然のはずがない。警察は、場所の共通性だけに着目している可能性がある。でも、想護は一年前の転落事件について調べていた。

調べて、プロットを作って、転落した。

考えなくてはいけない。あの日、想護の身に何が起きたのかを。

でも、解き明かした先に何があるのだろう。想護は真意を伏せて、過去の事件を物語と偽った。何も知らない私に、原自物語を書かせようとしたんだ。

裏切りに気付いて、失望するのが怖い。

想護を信じて、待ち続けたい。

信じる？　違う。それは信頼なんかじゃない。不都合な現実から目を背けて、時間が解決してくれると思い込んで、無責任に願望を押し付けている。

……自分のことばかりだ。

罪悪感と共に、吐き気が込み上げてくる。

想護を廃病院に呼び出して、屋上から突き落とした人物がいるとしたら？　非現実的な妄想ではないはずだ。理由も動機も不明だが、プロットが手掛かりになる。

私だけが、気付いているのだろうか。

データを開いて、「どうして？」と打ち込む。これで更新日時は変わった。

無理やりにでも時間を進めよう。そのために今できることは。

仕事部屋を出てリビングを眺める。購入したばかりの観葉植物が、日の光を浴びて青白く輝いている。胸に手を当てて、大きく深呼吸をする。

名刺を取り出し、電話番号を入力した。

4

雑居ビルに入り、案内板を眺める。

『ミライ法律事務所』

事前に調べた階数と一致していることを確認して、エレベーターで三階に上がった。正面の鏡には、眼《め》の下の隈《くま》も乾いた唇も化粧で隠せていない酷い顔が映り込んでいた。微笑もうとしたが、痙攣《けいれん》したように頬が動いただけだった。

エレベーターを降りて通路を進む。事務所のプレートが掲げられた黒いドアの前に立ち、インターフォンを鳴らすと、年配の女性の声がスピーカーから聞こえてきた。

「ミライ法律事務所、受付です」

「市川と申します。椎崎先生と約束をしていて――」

すぐに扉が開き、奥のスペースに案内された。事務所の中は白い壁で区分けされていて、それぞれの部屋の様子を外からうかがうことはできない。私が通されたのも、高いパーティションに囲まれた四畳ほどの空間だった。

机の上に置かれた湯呑みを眺めながら、大きく息を吸った。

そのまま呼吸を止めて、目を瞑《つむ》り十秒数える。気持ちを落ち着かせるときのルーティン。

心臓の音が次第に静まっていき、頭の中もクリアになる。

「お待たせしました」

八秒でカウントが止まった。だけど、大丈夫。

立ち上がり、「時間を割《さ》いていただいて、ありがとうございます」と頭を下げる。

「本来なら、こちらから連絡を取るべきでした」

椎崎弁護士に勧められて腰を下ろす。ネイビーのジャケットとパンツ。ネクタイは締めていないが、光沢があるドレスシャツだからか、ラフな印象は受けない。

「椎崎先生の電話がなかったら、病院にも行けなかったはずです」

私は、ニュースを見ない。警察が恋人の存在に気付いて話を訊きに来るまで、繋がらない携帯に電話をかけ続けていただろう。

「仕事外ですので、先生はやめてください」

「わかりました、椎崎さん。私のことは市川でお願いします」

しばらくは、二階堂という単語を聞きたくなかった。

「転落したときに、携帯が壊れたみたいで。多分、ポケットに入っていたんだと思います。それで、遊佐の名刺を見つけた警察が、事務所に電話をかけてきました」

「だから、私がかけても繋がらなかったんですね。あの……、私の電話番号は、どうしてご存じだったんですか？」

「先日の講演のあと、メールをくださいましたよね。その署名欄に書いてありました」

「ああ、なるほど」

市民会館の喫煙室で渡された名刺に書いてあったアドレスに、講演の感想をメールで送信した。追加の取材を申し込むかもしれないと思っての行動だった。

「あまり病院に行けていないのですが、遊佐の容態は……」

担当医師から聞いた内容を、覚えている限り正確に伝えた。「――かなりの高さから落下したので、即死していてもおかしくなかったようです」

「何とか目を覚ましてほしい。事務所の人間も、全員心配しています」

「警察は、話を訊きに来ましたか？」

「はい、翌日に。代表が対応したようですが。市川さんのところにも？」

「病院で少しだけ話しました。あの日……、想護は何をしていたんでしょうか？」

どことなく硬い声が返ってきた。

「七時頃に事務所を出たそうです。それ以降についてはわかりません」

「廃病院の存在は知っていましたか？」

「どう答えたらいいかな……」

椎崎は、湯呑みを傾けてから頭を掻いた。

「お願いします。わからないことばかりなんです」

「遊佐は、弁護士として動いていた。守秘義務の問題は理解してください」

「どこまでなら話してもらえますか？」

「……まいったな。遊佐の専門分野はご存じですよね」

「学校問題を扱う事務所で働いている。それしか聞いていません」

そう答えると、椎崎の表情に驚きの色が浮かんだ。恥を忍んで打ち明けた。

「椎崎さんが思っている以上に、私は想護のことを知りません。お互いに踏み込まないようにしてきました。今は、それを後悔しています」

カチッカチッという音が聞こえてきて、掛け時計の存在に気付いた。

「遊佐とは、大学からの知り合いです。ゼミの先輩後輩で、俺の方が少しだけ早く弁護士になりました。前の事務所を辞めると聞いて、ミライを紹介したのも俺です。責任を感じてるわけじゃないけど、市川さんの力になりたいと思っています」

ミライ法律事務所――。由来は、やはり『未来』からきているのだろうか。

「私も慶宗大《けいしゅう》ですよ。文学部なので、学部は違いますが」

「えっ、そうなんですか？」

大学の卒業年度を伝えると、椎崎は私より一年先輩だとわかった。留年や浪人を経験していなければ、年齢は今年で二十九歳になるはずだ。

「後輩なので、敬語を使わなくていいですよ」

「じゃあ、遠慮なく……」椎崎は足を組み直した。「遊佐とは、大学の頃から？」

「はい。サークルで知り合いました。エス研って知ってますか」

「いや……、何かの略？」

「エンタメ・ミステリー研究会です」

「へえ。その頃から、市川さんは小説を？」

一気に砕けた口調になった。こちらとしても身構えずに話せるので助かる。

「エス研には小説を書く部員が結構いたので。私もその一人です」

「遊佐も？」

「書いていた時期もありましたが……」本筋から外れていると思って、言葉を切る。

「事務所を移ってからの話を聞かせてほしいんです」

「たとえば？」

身を乗り出して、私は訊いた。

「想護は、スクールロイヤーとして北川高校で働いていたんですよね」

「それは……、記事を見た上での質問？」

「はい」

「あそこまで書くのはルール違反なんだよ」椎崎は顔をしかめた。

「やっぱり、事実なんですね」

「専属で派遣されていたわけじゃないよ。そうだな……。市川さんは、スクールロイヤーがどういう弁護士のことを指しているかはわかってる？」

その肩書を知ったのは、先ほど話題に出た記事を読んだときだった。

「ネットで調べたけど、よくわかりませんでした」

「平成の終わりぐらいから本格的に動き出した、割と新しめな制度だからね。一般的には、学校で発生する問題について、子供の最善の利益を念頭に置きながら、学校に対して法的な観点からの助言を行う弁護士と理解されている」

今は、二〇二六年。十年足らずで、制度は普及するに至ったのだろうか。

「学校の顧問弁護士ってことですか？」

「いや、それは違う」椎崎は、はっきりと否定した。

「顧問弁護士は、契約を締結した団体のために動く義務を負う。たとえば、いじめが原因で子供が自殺したと主張する遺族が訴訟を起こした場合、顧問弁護士は相手方となる学校側の代理人として法廷に立つ。子供の利益ではなく、学校の利益を優先して」

「じゃあ……、遺族側の弁護士として動くんですか？」

だが、椎崎は首を左右に振った。

「スクールロイヤーは、教師にも生徒にも肩入れしない。場の法律家なんだ」

「……場の法律家？」

「教育現場から人権侵害をなくすために活動する。そう言い換えれば伝わるかな」

私が首を傾げたのを見て、「説明するのが難しくてさ」と椎崎は微笑んだ。

「誰の味方もせずに、どうやって問題を解決するんですか？」

「紛争が顕在化したら、中立の立場にならざるを得ない。その分、紛争が生じないように、システム作りも事後対応も、学校の内側からあらゆる手を尽くすわけ。報告体制や事実調査の仕組みを整えたり、生徒とか教師に対する法教育を行ったり」

学校の内側にいる弁護士。希望する生徒のカウンセリングを定期的に実施する、スクールカウンセラーをイメージしながら聞いていた。

「どういった活動をするのかは、現場の弁護士の裁量に委《ゆだ》ねられている。平成の終わり頃にスタートしたって言ったけど、方向性がまとまらなくて手をこまねいてる時間が長かった。予算が下りて受け入れ態勢が整ってきたのが、ここ数年。要するに、今は手探りで進めてる状態なんだ。遊佐がどんな活動をしていたのかは、俺もはっきりとは知らない」

椎崎の姿を最初に見たときのことを思い出す。

「先日の講演も、スクールロイヤーとしての活動ですか？」

「システム作りの助言をするために引き受けてる」

「学校の中で働いてるなんて、想護は一言も言っていませんでした」

「まあ、守秘義務で話せないことも多いから。それに、遊佐が現場を任されるようになったのは二年前。北川高校がデビュー戦だった。問題が頻発した現場で、かなり苦戦していた。余裕がなかったんじゃないかな」

北川高校で起きた問題。一年前の記事が脳裏によぎる。

「男子高校生の転落死事故にも、想護は関わっていましたか？」

「その件については何も話せない」

椎崎の眼光が鋭くなった。

「同じ廃病院で起きた転落事故なんですよね。今までの話を聞いただけでも、無関係とは思えません。想護が転落した理由を知りたいんです」

「市川さんは、飛び降りを疑ってるの？」

「……わかりません」

否定すれば理由を問われるだろう。その先の答えを、私は持ち合わせていない。

「遊佐は危うかったよ」

「自ら命を絶ってもおかしくないくらいに？」

「きっかけ次第かな。……そんな顔しないでよ。自殺の危険因子は、多くの人が持ってる。可能性があったかと訊かれたら、頷くしかない。可能性は、誰にだってあるんだ」

発言の意図は理解できる。

「椎崎さんを巻き込むつもりはありません。想護は、北川高校で何を調べていたのか……。

身近にいた人から話をうかがいたくて、事務所まで押しかけてしまいました」

「一年前の転落死事故が絡んでいるんだとしたら、個人で調べるのは限界がある。それに、踏み込みすぎると引き返せなくなるよ」

「私、怒ってるんです」

「え？」

「詳しい事情は話せませんが、想護に騙されたって気付いた直後に、屋上から転落したことを知りました。このままじゃ文句も言えません。二つの転落は繋がっていると思うんです。お願いします……、椎崎さん。一年前の事故について教えてください」

頭を下げると、「そういうのは、やめてほしい」と言われた。

「一緒に調査していたわけじゃないから、遊佐がどう関わっていたのかは把握していない。一般論程度しか話せないんだ」

「それでも構いません」

取っ掛かりさえ得られれば、あとは自分で調べようと思っていた。

「スクールロイヤーの沿革とか権限の範囲みたいな、細かい知識を知りたいわけじゃないんでしょ。俺の話を聞いても、市川さんが求めてる情報は得られない」

「でも――」

溜息を吐いてから、椎崎は立ち上がった。

「俺も、消化不良なところはあるから。仲介役くらいは果たすよ」

「いいんですか？」

「そんな顔されたら、放っておけないって」

「……ありがとうございます」

椎崎の背中は華奢なのに大きく見えて、それ以上の言葉は出てこなかった。

5

想護の仕事を補助していた事務員か、詳しい事情を把握している弁護士に引き継がれるのだと思った。だが、椎崎は事務所を出てエレベーターに乗り、一階のボタンを押した。

「あの……、どこに行くんですか？」

「ん？　廃病院だよ」

エレベーターを降りながら、椎崎は答えた。

「仲介役って、タクシー運転手じゃないですよね」

「冗談を言う元気が出てきた？」

「真面目《まじめ》に訊いてます」

「その近くに、会わせたい人がいるんだ」

「警察の人ですか？」

「まあ、着いてからのお楽しみってことで」

弁護士とはいえ、捜査に介入する権限は有していないだろう。

雑居ビルに隣接している駐車場に入り、黒いセダンの前で椎崎は止まった。後部座席には荷物を載せているらしく、助手席に乗るよう促された。

「弁護士って、外車を乗り回してるイメージがありました」

「二十年くらい前まではそうだったのかも。まあ……、今も乗ってる人は多いけどね。どこに重きを置くかだよ。所有物は、ステータスになる。でも、学校に外車でくる弁護士より、おんぼろセダンの方が生徒は身構えない」

シートベルトをしめると、すぐに車は発進した。

「いろいろ考えてるんですね」

「企業を相手にする弁護士は、身に着ける物も拘らなくちゃいけない。逆に、俺たちみたいな庶民派弁護士は、慎《つつ》ましく生きる必要がある。大切なのは、親近感と清潔感」

運転席に座る椎崎を横目で眺めた。確かに、両方の条件を満たしている。

「想護は、高そうなスーツとか時計を持っていますよ」

「溢れ出る親近感が打ち消してた」

「街頭アンケートを頼まれやすいとか、そういうことですか？」

一緒に歩いているとき、アンケートを頼まれるのも、ティッシュを渡されるのも、外国人に道を訊かれるのも、想護の方が多かった。

椎崎は、サイドミラーを見てから車線を変更した。

「まとってる雰囲気が独特で、距離を詰めるのが抜群にうまい。大人だけじゃなくて、子供に対しても。それって弁護士には珍しい能力だから重宝されてた」

ナビも起動せず、セダンは国道を下っていく。廃病院がある霜月までは、十五分程度で着くはずだ。そこで誰が待っているのかは謎に包まれているわけだが。

「ラフっていえば、市川さんの服装も驚いたな」

「講演のときの話ですか？」

「うん。小説家って聞いて、割と身構えてたからさ」

愉快そうに、椎崎は唇の端を持ち上げる。

「ちゃんとした服って、喪服とドレスしかなくて」

「はは。極端だ」短く笑ってから、「それにしたって、あのパーカーは思い切った決断だと思う」と揶揄《やゆ》された。

「苦手なんです。TPOをわきまえるの」

「はは。作家らしいね」

睨み付けようかと思ったが、急に虚しくなってやめた。

「……これからは気を付けます」

視線を感じる。赤信号で車は止まっていた。

「あの講演の感想は？」

「えっと……、参考になりました」

「問題を解決するために動いた参加者はいるかな？」

答えにくい質問だった。教育現場の実情を私が把握しているはずがない。

「考えるきっかけは得られたと思います」

「レポートを提出した参加者はいたと思う。でも、それで終わりだよ。演台から眺めれば、どれくらい話が届いているかわかる。あの日のベストリスナーは、市川さんだった」

「取材として行ったので、立場が違うかと」

信号が青に変わる。エンジンの回転音を聞きながら、椎崎の言葉を待った。

「いじめ問題を解決するには、教師の意識を変えなくちゃいけない。そこがスタートラインだと思うから、教師向けの講演も積極的に引き受けてきた。その辺りの認識が、俺と遊佐の間では嚙み合わなくてさ」

「想護の考え方は？」

「生徒同士での解決を促すのがベスト。多分、そう考えてる」

「それって、二者択一の解決策じゃない気がします」

素直に答えると、椎崎は頷いた。

「だけど、限られた時間の中で、先にアプローチする相手を選ぶ指針にはなる」

「椎崎さんは教師で、想護は生徒。そう考えていたんですね」

目的が不明なまま廃病院に向かう道中、いじめ問題との向き合い方について、弁護士と議論している。どうして、こんな展開になったのだろう。

「——なんか違うから」

「え？」

「あいつは、なんか違う。だから、仲間外れにしよう。それが一番厄介で、しかも大多数を占める攻撃の動機だと俺は考えてる」

「攻撃……」

「その積み重ねが、いじめと評価される。喋り方、見た目、運動神経、家族。マジョリティとは相容《あいい》れない要素を見つけたとき、それを個性として受け入れるのではなく、排除すべき異物とみなす」

「この国ならではの動機ですよね」

学生時代を振り返り、排除されていたクラスメイトの顔を思い浮かべた。

どのシーンでも、私は傍観者として沈黙を貫《つらぬ》いていた。

「これくらい基本的な分析は、現場の教師なら当然把握している。他人と違うのは個性です。きちんと受け入れて、仲良くしましょう……。そういった道徳教育を熱心に行ってる。その一方で、個性を否定する教育を施しながら」

「個性を否定？」

「スカート丈《たけ》や髪の色を制限する校則、限られた選択肢しかない部活への強制参加、学校が指定する制服、ジャージ、鞄、上履き――。程度の差はあっても、個性より調和を重視するルールで生徒を管理している学校は多い」

「ああ……。それが、『なんか違うから』の攻撃に繋がっていると」

いつの間にか、国道を外れて片側一車線の道路を走行していた。対向車は見当たらない。寂《さび》れているわけではないが、建物の数は徐々に減ってきた。

「そう。スタートは、些細《ささい》な違和感にすぎない。それが膨らんで破裂するか、萎《しぼ》んで消えるかは、クラスに流れる空気で決まる。教壇に立つ教師は空気の変化を察知できるし、自分の言動で変えられる立場にいる。それくらい、子供は身近な大人の影響を受けやすい」

そこで椎崎は、ハンドルを握ったまま笑みを浮かべた。「なんて話をすると、教育の現場を知らない癖にでしゃばるなって睨まれるけどね」

教師の前で教育を語るのは越権行為。講演でも、そう自虐していた。

「自分のテリトリーを踏み越えられたときに、大人は眉をひそめるんだよ。夫婦の間でも、初対面の人間が相手でも、無礼な侵入者には嫌悪感を抱く。テリトリーを構成しているのはプライドだから、そこを刺激しなければ問題は生じない。法律論でコーティングした主張を、教育信念を侵害していると気付かれないように提示する」

「なんか、気疲れしそうです」

考えることに集中しすぎて、適当な相槌《あいづち》になってしまった。

「そういう回りくどいやり方を遊佐は嫌ってた。当たって砕けて、不死鳥のごとく復活するタイプだから。きっと北高でも、直接生徒にぶつかってきたんじゃないかな」

「熱血教師みたいに？」

「どちらかと言えば、カリスマ生徒会長」

よくわからない喩えだった。リーダーシップを発揮する想護の姿もイメージできない。

返答に窮していると前方に緩やかなアーチ状の橋が見えてきた。赤い骨組みが目を引く。

それほど大きな橋ではない。

「以上が、沈黙を埋めるための雑談」

「もう終わりですか？」

するとと椎崎は、近くの路上にセダンを駐車しながら、

「ここが目的地だから」と言って微笑んだ。

6

運転席から降りた椎崎と、砂利の上に立って向かい合う。

「廃病院に行くって話でしたよね」

身の危険を感じたわけではないが、そろそろ状況を整理したかった。

「病院は、橋を渡って少し歩いたところにある。封鎖されていて中には入れないだろうし、外から眺めても特に情報は得られないと思う」

「椎崎さんが連れてきたんですよ」

「だから、中の様子を知ってる人から話を聞く」

私の皮肉を受け流して、椎崎は河川敷《かせんじき》に降りようとした。

「入るなって書いてますけど」

階段に通じる橋の側道にはロープが張ってあり、『養生のため立ち入りを遠慮願います』と書かれたプレートがかけられている。橋の名称は、せせらぎ橋というらしい。

「遠慮願いますは、禁止じゃなくて要望」

「……だから？」

「無断で入っても罰則はない」

「屁理屈《へりくつ》じゃないですか」

「理屈が通っていれば問題なし」

「待ってください」

ロープを潜ってコンクリートの階段を降りると、鮮やかな緑色の芝生が広がっていた。

「これだけ生い茂ってるのに、まだ養生する気なんですかね」

「冬に掛けたロープを外し忘れてるんだよ、きっと」

「そんな適当なことがあります？」

「目の前にある」

真相はどうであれ、立ち入りを制限されているのは事実だ。この道がショートカットで、別の目的地に向かおうとしているのだろうか。

橋脚に差し掛かったところでブルーシートが見えた。

日差しが遮られ静寂が保《たも》たれている空間……。それが何のために置かれたものなのかは、持ち主を見つける前に想像がついた。

「おい、立ち入り禁止やぞ」

ブルーシートの上に寝そべっていた人物が、むくりと起き上がる。

段ボール、雑誌、ペットボトル、毛布。路上生活者の必需品が揃っている。そのまま通り過ぎることを願ったのに、椎崎は右手を上げて挨拶した。

「こんにちは。後藤《ごとう》さん」

「聞こえなかったんか？　立ち入り禁止やて」

後藤と呼ばれた男は、独特の口調で繰り返した。

後ろで束ねた髪。伸びた顎鬚《あごひげ》。なぜか藍色《あいいろ》の作務衣《さむえ》を羽織《はお》っていて、妙な威圧感がある。

視線が合うと難癖《なんくせ》をつけられそうな気がして、作務衣の柄を眺めることにした。

「後藤さんも入ってるじゃないですか」

「俺がプレートに書いたんやから、除外されるに決まっとる」

「あのロープも？」

「そう言っとろうが」

先ほどの疑問が、意外すぎる答えで解消された。

「あんなに生い茂ってるのを見たら、すぐに気付かれますよ」

「都合よく行間を埋めるな。芝生を養生しとるなんて、書いてなかったやろ。住居不定者が英気を養ってるから気を遣えって意味よ」

勝手にロープを張った？　短いやり取りで、危険信号が何度も点滅している。

「公有財産なんだから、独占しちゃダメです」

「お前さんには関係ないやろ。たしか、どっかの弁護士だったよな」

「ミライ法律事務所の椎崎です」

どうやら、この後藤という柄の悪い男性が、目的の人物らしい。仲介役を果たすと椎崎は言っていた。どんな情報を持っているというのだろう。

「今日は女を連れとるんか」

「ええ。例の転落事故について、彼女にも話してあげてほしいんです」

「誰なんよ、そいつは」

「転落した弁護士の恋人――」

「へえ……。だから、私は不幸ですって顔をしとるんか」

反射的に後藤を睨んだ。黄ばんだ歯を見せながら、不快な笑みを浮かべている。

「やっと、こっちを見よったな。名前は？」

「この人が、何を知ってるんですか」

椎崎は、優しげな眼差《まなざ》しで私を見据えて「後藤さんが遊佐を見つけたんだ」と言った。

落下音を聞いた通行人が通報したと、記事に書かれていた。

「命の恩人ってわけよ」

「ありがとうございます。でも、想護の意識はまだ戻ってません」

「そうかい。そのまま くたばっても俺のせいにするなよ」

鼓動が激しくなるのを感じながら、「何があったんですか？」と訊いた。

後藤は、ブルーシートの上に胡坐《あぐら》をかいた。

「夕飯を喰ったら散歩をするんが、俺の健康的な日課なんよ。酒を飲みながら、橋を渡って歩き回る。創作のインスピレーションが降ってくるまで、ぐるぐるぐるぐる。五分で終わることもあれば、三十分以上掛かることもある」

「その日も散歩を？」

「ああ。おんぼろ病院がある辺りは人通りがなくて静まり返っとる。たしか、九時頃やな。近くを通ったら妙な音がした。ズドンっていう、ボウリング玉を落としたような音やった。人間が飛び降りると、あんな音がするんやな」

「想護が落下した瞬間を見たんですか？」

「見とらんよ」

「それなら、事故とか……、突き落とされた可能性だってあります」

「飛び降りってのが気に食わんのか？　でも、それはお前さんの願望やろ」

「………………」

隣に立つ椎崎は、ポケットに両手を入れて目を細めていた。

「そいで何が落ちたのか見に行った。誰も管理しとらんから、門が開きっ放しになっとる。無用心、無用心。建物の裏側が駐車場になっとってな。そこに落ちとったよ。あの状態でも即死やないんやな。足なんか、めちゃくちゃやったで」

「後藤さん。あんまりいじめないでください」

椎崎が低い声で言うと、「具体的に話してやっとる」後藤は口の端《はし》を歪めた。

脳内で再生されかけた映像を振り払って、私は訊いた。

「他には、誰もいなかったんですか?」

「誰かって誰よ」

「目撃者とか、屋上から見下ろしてる人とか――」

「どうしても自殺と認めたくないんやな。仮に突き落とした人間がいたとしても、その場に残っとるわけがない。とっとと、裏口辺りからおさらばやて。俺以外の目撃者もおらんよ。散歩の時間がズレてたら楽に死ねたかもな」

くっくっと後藤は笑う。私を煽って楽しんでいるのだろう。

「誰かが見とる可能性もゼロではなかったし、放置すると面倒なことになると思った。仕方なく通報したら、一銭にもならん事情聴取が始まった。まったく。住居不定者ってだけで、あいつらは疑ってかかる」

後藤が第一発見者だったことには驚いたが、新たな情報はほとんど得られていない。

私の質問が尽きたことを確認して、椎崎が口を開いた。

「遊佐の件は、これくらいですかね」

「満足したなら帰ってくれるか。お昼寝の時間や」

「後藤さんも驚いたでしょうね」

「あ？」椎崎の発言に、後藤は眉をひそめる。

「だって、二人目なんでしょ？」

「…………」

「凄い偶然だと思います。一年もタイムラグがあって、時間帯も全然違うのに。夜だけじゃなくて、朝も散歩するんですか？」

「誰から聞いた？」

「一応、これでも弁護士ですから」

やり取りに付いていけず、椎崎の顔を見た。

「一年前に起きた転落死事故――。死亡したのは、高校二年生の佐渡琢也。名前は、正式には報道されていないけどね。彼の死体を見つけたのも、後藤さんだった」

「えっ……」

言葉を失った。佐渡琢也という名前を、私はプロットで何度も目にしている。

「俺は、自殺と縁があるんよ」

「後藤さんを疑ってるわけではありません。ただ、遊佐は佐渡琢也の転落死事故を調査していたんです。もしかしたら、二つの事故はどこかで繋がっているかもしれない。覚えていることを教えてくれませんか？」

胡坐をかいたまま、後藤は顎を上げて椎崎をまっすぐ見た。

「忘れたと言ったら？」

「思い出す努力をしてください」

「違うわ。お前さんが、思い出させる努力をしろや」

「わかりました」右手をポケットから出した椎崎は、小さな箱を後藤に向かって投げた。

「後藤さん、お好きでしたよね」

椎崎が投げたのは煙草の箱だった。パッケージを眺めながら、「けち臭い弁護士やな」と後藤は舌打ちをした。情報料を求めているのだと、ようやく理解した。

「まあ、とりあえず受け取ってくださいよ」

「やっすい煙草やないか」

文句を言ってから封を切った後藤は、煙草を一本取り出して口に咥えた。だが、火をつける前に動きが止まった。首を傾けて、箱の中を見ている。

「どうやったんや？」

そう言って取り出したのは、煙草ではなく折り畳まれた一万円札だった。先ほど後藤は、箱の封を切っていた。普通に考えれば、前もって仕込むのは不可能だ。

「あらら。製造過程で混入したんですかね」

「はっ……。面白い奴やな」

フィルムを外した形跡もない。目立たない場所に切れ込みを入れて、下側から一万円札を押し込んだのだろうか。──何のために？　だが、明らかに空気が変わった。

椎崎はライターを差し出しながら訊いた。

「思い出せましたか？」

「ああ……。いい感じに記憶が刺激されたわ」

煙草の先端がオレンジ色に染まり、濁った煙が空中に漂う。

そして後藤は、佐渡琢也の死について語り出した。

7

「じゃあ、時間は気にしなくていいから」

せせらぎ橋を渡った先にあった、コンビニの駐車場。椎崎は、廃病院には行かずに車内で待っていると言ってシートを倒そうとした。

「気遣《きづか》ってくれてるんですか？」

「いや……、俺が隣にいたら気が散るでしょ。それに、後藤さんの相手をしたら疲れたし。気遣いより気が散る気疲れってね」

わけのわからない呟きに、思わず頬を緩める。

「すぐに戻ってきます」

「時間は気にしなくていいって」

そう繰り返した椎崎に頷きを返し、助手席から降りた。

駐車場に面している狭い道路を少し進むと、右手に五階建ての建物が見えてきた。高層の建物は他に見当たらないので目立つが、辺りには古びた民家やクリーニング店がぽつぽつと並んでいて、一帯がシャッター街と化しているわけではない。

門扉の近くで立ち止まり、ひび割れた外壁を見上げた。

霜月総合病院。地名を冠した建物は、地域に密着した医療施設として住民に親しまれていたらしい。信頼と親近感を拠《よ》り所にしていたからこそ、医療過誤事件が致命的な痛手となった。隠蔽の事実は瞬く間に広まり、事実上の倒産状態に陥った。

事件の発生から敗訴に至るまでの経緯は、事故物件を紹介するサイトにまとめられていた。土地の買い手が現れることもなく、この建物も十年の歳月を無為に積み重ねてきた。

『立入禁止』と書かれた黄色いテープが、門扉に張り巡らされている。

要望ではなく、禁止……。河川敷で聞いた椎崎の論理に従うと、許可なくテープを潜れば罰則を受ける可能性もある。


――その高校生も、今回の奴と同じ場所でくたばったって。

後藤から訊き出せたのは、一万円という対価に見合わない些末な情報だった。

約一年前。日課の朝の散歩を楽しんでいた後藤は、男子高校生の死体を発見した。すぐに警察を呼んだのは、今回と同じくあらぬ疑いを掛けられるのを避けるためだろう。

『同じ場所』とは、霜月総合病院の南側駐車場という意味に留まらず、落下地点も近接していたらしい。一年前の記憶なので、どこまで信憑性《しんぴょう》があるのかは疑わしいが。

――そいつは前日の夜中に落ちたと聞いた。まあ、飛び降りるなら朝より夜を選ぶわな。だから、それ以降は散歩の時間を夜にずらした。

理解が及ばず、にやつきながら胡坐をかく後藤を見下ろすと、

――死体を見つけるなんて非日常的な経験は、いい酒《さけ》の肴《さかな》になるってことよ。

佐渡塚也が落下したのが前日の夜中であったことは、警官から聞いたと言っていた。死体が発見されたのは、四月二十三日。つまり、落下したのは二十二日。

廃病院で撮影されたフリーランニングの動画を思い出す。

動画が投稿されたのは四月十日なので、約二週間のタイムラグがある。

ウインドブレーカーを着て屋上から飛び降りたのは、佐渡塚也ではなかったのだろうか。あるいは、落下したように見えるトリックが映像に仕込まれていたのか。

――詳しい事情は知らんが、自殺じゃなくて事故として処理されたんやろ。しつこく話を訊いてきた警察も、しばらくしたら来んくなったわ。

それが、後藤から与えられた最後の情報だった。

私が見た記事には、遺書は発見されていないが、事故と自殺の両面で捜査を進めていると書かれていた。事件の続報を伝えた記事はネットでは見当たらず、事故死として処理されたという後藤の発言の真偽は判断できない。

事故か、自殺か……。

高校生の転落死を報じた記事を読めば、『いじめを苦にした投身自殺』を連想する人は少なくないはずだ。実際、そういった事件は、疑惑も含めると数多く報道されている。事故と結論づける根拠を示せない限り、徹底的な調査を求める声が上がる。

想護は、スクールロイヤーとして騒動の渦中にいた。警察の発表や独自の取材源から情報を得ていく記者よりも、内部の関係者に接触しやすい立場にあっただろう。

何を知り、どんな結論に至ったのかはわからない。

しかし、想護は転落した。佐渡琢也が命を落とした、この建物の屋上から——。

駐車場は建物の裏側にあるので、ここからでは落下した場所は確認できない。顎を上げて屋上を仰ぎ見る。二十メートルほどの高さがある。激突までに要する時間はわずか二秒程度。複雑な計算式を用いなくても、衝撃の強さは想像できた。

プロローグで書いた屋上のシーンを思い浮かべる。

貯水タンク、室外機。四方にフェンスや手摺りは設置されていない。

見取り図を描いたのは想護だ。事前に確認したのだとしたら、霜月総合病院の屋上の様子がそのまま反映されている可能性が高い。

フロアを駆け抜け、非常階段を一段飛ばしで上り、屋上に出る。

夜空が広がり、視界を遮る物はほとんどない。

アスファルトを蹴って走り、南側の端付近で止まる。

背後を振り返り、後ろに向かって飛ぶ。

被っていたフードがふわりと舞い、素顔が現れる。

飛び降りたのは――。

ポケットの中で携帯が振動している。

「もしもし」

「双啓社の柊木です。……二階堂さんですよね？」

「うん。この前は、突然切ってごめんね」

あのとき、柊木に教えられて、私は原自物語と現実がリンクしていることを知った。

「それはいいんですけど……、大丈夫なんですか？」

「何が？　締め切りは、もう少し先だよね」

「そういうことじゃなくて――」

「ねえ、柊木くん」

わずかな間があってから、「どうしたんです」と聞こえてきた。

「少し前に送った原稿があるでしょ」

「……はい」

「あれ、なかったことにしてくれないかな。柊木くんの指摘を聞いて読み返したら、確かに誤解を生みそうな内容だったから。前に見た自殺のニュースが、頭に残ってたんだと思う。無意識って怖いね。書き終わる前に気付けてよかったよ」

電柱に身体を預けて、携帯を耳に押し付ける。そうしないと、手が震えて携帯を落としてしまいそうだ。寒いわけじゃない。罪悪感が原因でもない。

「いい加減にしてください」

「ごめん。でも、追及しないでほしい」

身勝手な頼みだ。私が編集者でも、納得するはずがない。

「ニュースを見ました」

「何の話？」

「遊佐想護さんって……、二階堂さんの恋人ですよね」

「名前は教えてないと思うけど」

「あの原稿を見た直後に、弁護士が廃病院の屋上から転落した。ごまかすのは無理です。本当のことを話してください」

タイミングが悪すぎた。息を吐いて柊木に訊く。

「私が突き落としたって考えてる？」

「ほんの少し疑ってます」

「じゃあ、さっきの私の発言は証拠隠滅の依頼だ」

「でも、それ以上に心配してます」

心配……か。

「今、想護が落ちた現場に来てるんだよね」

「えっ？」

「大丈夫。飛び降りたりはしないから」

笑えない冗談。どうして、柊木に現在地を教えようと思ったのだろう。

「原自物語、面白かったです」

「それ、このタイミングで言うべきこと？」

「ですが、弊社では出せません」

「……………」

「僕が読みたいのは、二階堂さんが書いた、読者の心を揺り動かす物語です。詳しい事情は全然わかりませんけど、あの原稿は違いますよね。無理に話してくれとは言いません。僕は編集者で、二階堂さんは作家ですから。次に書く作品を一緒に考えましょう」

手の震えが止まっていた。電柱から身体を離して、二本の脚で立つ。

「気持ちの整理ができてなくてさ」

「座して待つのも、編集者の仕事です」

「――ごめん」

もう一度、顎を上げる。溢れる何かを止めたくて。

第五章　ＴＲＵＥの死神

1

退屈な人生から抜け出したくて、私は小説家を志した。

「いいかい？　自分の平凡さを受け入れることが、大人への第一歩だよ」

高校二年生のときのクラス担任は、挫折を美化するためにそんな言葉を並べ立てた。

頷いた生徒と首を傾げた生徒がいて、私は後者だった。

大人になんかなりたくない。だから、子供で居続けるために特別な人間になろうとした。

スポーツ選手、芸能人、画家……。明らかに才能が不足している職業を除外していったら、平凡で退屈な将来だけが残った。いつの間にか、大人の製造ラインに乗っていたのだ。

なるほど。世の中は、うまくできている。

そう子供ながらに感心して、ほんの少し絶望した。

抗う術を見つけられないまま、受験シーズンに突入した。学生の肩書を失ったら、大人に加工されるのは避けられない。決断を先延ばしにして延長戦になだれ込むために、受験勉強に本腰を入れて進学することを決めた。

何となく選んだ慶宗大学で、受動的に巡り合った集団。

エス研――エンタメ・ミステリー研究会――は、中途半端なサークルだった。

部員も少なく、目立った活動実績もない。そもそも、慶宗大にはミス研――推理小説研究会――が別に存在するため、サークル紹介のビラを受け取ったときはＳＦ研究会の略称だと勘違いしたくらいだ。

子供の頃から飽きっぽい性格で、趣味と呼べるものは読書くらいしかなかった。けれど、『無趣味な人は、読書が趣味だと答えるべし』と書かれたマニュアルが世の中には出回っているらしく、私もその派閥に属するとみなされることがあった。

自己紹介を求められる機会は、ごまんとある。

「趣味は読書です。大学では、エス研というサークルに所属していました。あっ……、エス研はエンタメ・ミステリー研究会の略称でして――」

エス研の肩書は、読書という趣味に説得力を持たせる。それに、研究の対象を推理小説に限らないというスタンスにも敷居の低さを感じた。数年後に訪れる就活で在学中のサークル活動について語る自分を想像して、それっぽいなと思った。

そんな不純な動機でエス研の部室を訪れた私は、運命的な出会いをする。

遊佐想護と？　いや、その前に、押しが強い部長と。

「ミス研じゃなくていいの？」

当時のエス研部長――東條忠嗣《とうじょうただつぐ》は、入部希望者全員にその質問をしたらしい。

「海外の古典ミステリー、登場人物の名前を覚えられないんですよ」

「ああ、わかる。犯人が判明してから登場人物表を確認する。その悲しさったらないよな」

「消極的な理由で入部を希望します」

エス研の活動は、驚くほど自由だった。というより、決まった活動というものは存在しなかった。ひたすら読みまくる部員、書評家を目指す部員、ギター片手に主題歌を作る部員、本をアイマスク替わりに使って眠る部員……。

部長の東條を含めて五人くらいの部員は、小説家になることを目指していた。

入部して一ヵ月後。「市川も書いてみろよ」と部室で東條に言われた。

「私が？」

「一年生の中だと、市川から一番承認欲求を感じた」

「まったく嬉しくないんですけど」

「最初の例会で、小説十選ブックレビューをやらせただろ」

「……あの無茶ぶり企画ですね」

自分の名刺代わりになる小説を十冊選んで紹介する。そんな企画がSNSで流行っていたらしく、一年生と上級生が初めて顔を合わせた例会で、人生に影響を与えた小説十冊の紹介と自己紹介を同時に行えという難題を、東條は何の予告もなく一年生に求めた。

「興味深いブックレビューが聞けた」

「後悔してます」

五十音順で、市川紡季はトップバッター。何を話そうか迷い、けれど考える時間もなく、ありのままの昔話を始めてしまった。

私がミステリー小説を読み漁るようになったのは中学二年生からで、不登校になったのがきっかけだった。ハードないじめに遭っていたわけではなく、クラスのヒエラルキーとか、部活のポジションとか……、複雑な人間関係から逃げ出したくなった。

家族三人で朝食を食べながら、「疲れたから、休んでもいい?」と母に訊いたら、なぜか反対されず、父に至っては「僕も休もうかな」と言って会社に電話をかけた。

あとから聞いた話だが、私の様子がおかしいことに両親は気付いていて、複数のパターンの対応を打ち合わせていたらしい。理由も追及せず、私の意思を尊重してくれた。

書斎から大量の本を持ってきた父は、「疲れたときはミステリー小説を読むに限る」と私に読書を勧めた。自分より不幸な人がたくさん登場する、謎解きがストレス解消になる。あれこれ理由を語っていたが、娘と趣味を共有したかっただけかもしれない。

学校を休みながらゲームで暇を潰すのは抵抗があり、国語の授業でも扱う小説は、罪悪感なく楽しめるという点で適度な娯楽だった。

そして私は、ミステリー小説にのめり込んでいった。

予備知識がなかったからこそ、純粋に驚けたし楽しむことができた。当時の私が疲弊していた人間関係が、物語の中では事件と結びついたり、逆に些末な綻《ほころ》びとして無視される。

非日常寄りの日常で行われる謎解きが、退屈だった現実に彩りを添えてくれた。

一ヵ月ほどで与えられた本を読み終えたが、その間、父もずっと家にいた。このまま我慢比べを続けると家計が崩壊しかねない。中学生ながらに危機感を覚え、鞄に文庫本を忍ばせて登校したら、何とかなじむことができた。ちなみに父は、会社を休んだ振りをして、書斎で仕事をこなしていたらしい。大人は、ずるい生き物だ。

――不登校を克服するまでの道のりを、即席ブックレビューと共に例会で紹介した。

「承認欲求を感じる要素、ありました？」

「黒歴史を軽妙に語れる人間は、承認欲求が高い」

「勝手に黒歴史にしないでください」

持論の根拠も示さず、東條は強引に話を戻した。

「だから、市川も小説を書こう」

「話が繋がってません」

「自分の文章って、書いたことないだろ？」

あると言い返そうとして、ないことに気付いた。

国語のテストも、読書感想文も、小論文も、課題や指示事項に従ってシャーペンを動かすだけ。オリジナルの文章を書いたことは一度もなかった。

「文才なんかないですよ」

「試してもいないのに、どうして言い切れるんだ」

鏡を見れば、芸能人になれないことはわかる。カラオケに行けば、歌手になれないことはわかる。体育の授業でスポーツ選手、美術の授業で画家に見切りをつけられる。

でも、小説家は？　漫画家は、画家と同じように絵の上手さで諦められた。だけど……、物語を生み出す才能は、どう測ればいいのだろう。

物語は、身近なところにあった。近くにありすぎて見えていなかった。

高校のクラス担任に平凡な人生を押し付けられたときから、私は『特別な人間ノート』を頭の中に創《つく》り出《だ》して、候補となる職業をバツ印で消し続けていた。東條と出会ったことで、そのノートに新たな文字が浮かび上がってきた。

「どんな話を書けばいいですかね？」

「自分で考えろよ。でも、殺人事件を書くとストレス発散になるぞ。むかつく人間をモデルにして、そいつを作中で無残《むざん》な死に至らせるんだ。現実世界で実行すれば犯罪でも、作中なら許される。これも、物語が持つ力だよ」

東條の唆《そそのか》しに洗脳された私は、ラブホテルで殺された大学教授の全裸死体がＳＮＳに晒されるミステリーを三ヵ月ほどで書き上げた。

被害者のモデルにしたのは、聴講の態度が悪いと因縁《いんねん》をつけてきた西洋文学史の教授だ。東條のアドバイスに従って悲惨な最期を迎えさせたら、わずかな罪悪感と引き換えにキャンパスで見掛けても腹が立たなくなった。

犯人もトリックも書いている途中で変わったし、伏線を張りすぎて回収しきれなかった。いわば、作者自身が物語に翻弄《ほんろう》されていた。

供養の意味も込めて読ませた東條の感想は、「……面白いじゃん」の一言。

机上に置かれた原稿には、カラフルな付箋《ふせん》がびっしり貼られていた。言葉での感想より、きちんと読んでくれた形跡の方が嬉しかった。

「何度も読み返しすぎて、お世辞かどうかもわかりません」

「書く苦しみを知ってる人間は、無責任に褒めたりはしないって。俺なんか、才能ないから諦めろって前の部長に言われたしな」

「それ、人としてどうなんですか」

「賞に出してみろよ。案外、いいところまでいくかも」

もちろん、現実はそんなに甘くない。東條に勧められた新人賞に応募した処女作は、二次選考でふるい落とされた。東條曰《いわ》く、「あの賞は一次の倍率が高いんだ。初投稿で通ったんだから、もう一回挑戦すれば――」とのことで、口車に乗せられてしまった。

執筆と応募を繰り返す日々が始まったのである。

何百作と集まった原稿の中で、大賞に選ばれるのは一作しかない。受賞者は、特別な人間になる機会を与えられる。その機会を勝ち取れば、大人にならずに済む。

現実逃避を続けるために、小説家になろうとした。

小説を書くことは苦じゃなかった。心情をうまく表現できなかったり、脳内の映像を文章に変換する過程の不自由さを感じたりはしたけれど、登場人物とストーリーを動かしているときの興奮は、非現実的な快感だった。

『文章力は高く、ストレスを感じずに読み進めることができた。ただ、手堅くまとめた習作という印象で、作者の顔が見えてこない。もっと、自分をさらけ出してほしい。どんな小説を書きたいのか、もう一度考えてみてください』

一年生の終わり頃に書いた小説が初めて三次選考まで残り、選考委員の講評をもらった。そこに書いてあった内容は、東條にも同じようなことを指摘されていた。

案の定、ネットに公表された講評を読んだ東條は、それが私の課題だと断言した。

「自分の生き方を反映させるのが恥ずかしい？」

「恥ずかしいですよ。悪いですか」

「だから、どっかで見たことがある登場人物しか書けないんだよ。恥ずかしい過去が――、黒歴史が共感を生む。このままじゃ、もったいないって」

当時の私は、東條のアドバイスに素直に頷き返せるほど大人じゃなかった。

子供で居続けたかったのだから当たり前だ。

「諦めたくせに、偉そうなこと言わないでください」

「就活生をいじめてくれるな」

四年生になった東條は、エス研にもほとんど顔を出さなくなっていた。小説投稿サイトのユーザーページも、いつの間にか削除されていた。

「もう小説は書かないつもりですか？」

「わからん」

「私を巻き込んでおいて、自分は勝手に大人になるんですね」

「大人になるしかなかったんだよ」

勝手に失望して、私もエス研から距離を置くことにした。

部長が卒業するまでに結果を出す。そんなふうに気負うほど、アイディアも文章も柔軟性を失っていく。その原因がわからなくて、悪循環に陥っていった。

不安を払拭《ふっしょく》するために、ひたすら書き続けた。

二年生の夏。一次通過者にも名前が載らなかった。私が書いた小説は面白いんだろうか。

誰がこんなものを読みたがるんだろう。結局、私は平凡な人間なのか。

自分の平凡さを受け入れることが、大人への第一歩。

その言葉が、私の思考を縛りつけていた。

部長は、就職活動の開始をタイムリミットにした。だらだらと書き続けることはできる。でも、全力を捧《ささ》げられる期間は限られている。社会に放り出されたら、生きるだけで精一杯になるだろう。

私は、器用な人間じゃない。諦めるなら今だ。

キーボードを叩《たた》く時間が減って、かといって他にするべきことも見つからず、唯一の趣味だった読書すら、自分の拙い文章と比べて気分が落ち込むようになった。

蒸し暑い夏のある日。百枚以上の紙が入った封筒を、東條が郵便で送ってきた。

何枚か捲ってから送り主に電話をかけ、「何ですか、これ」と訊いた。

「どっからどう見ても小説だろ」

「就活で心が折れたなら、励《はげ》ましてあげます」

「とっくに内定もらったよ。あと、それを書いたのは俺じゃなくて新入部員」

「また、若者を引きずり込んだわけですか」

「人聞きが悪いな。もう読んだ？」

「読んでないし、読みません」

「来週の月曜に暑気払いするから、それまでに読んで参加しろ。以上」

「ちょっと――」

一方的に電話を切られて、飲み会の時間と場所がメッセージで送られてきた。

『罪と知りて、君を罰せず』

ありがちなタイトルだと思った。というより、著名な小説のタイトルを真似したのだろう。真っ先に思い浮かんだのは、青春犯罪小説。ストーリーを適切に凝縮できているなら、タイトルとしての必要最低限の条件は満たしている。

受け取ってしまった以上、シュレッダーにかけることもできなかった。東條の言葉を借りれば、書く苦しみを知っている人間は、物語をぞんざいに扱えない。

数枚読んで驚いた。文章が、あまりに酷かったから。

視点人物が何の前触れもなく変わるし、誰の発言かわからない台詞《せりふ》が多くある。指示語と接続語が多すぎて、文章のリズムが破綻している。鉤括弧《かぎかっこ》中の文末の句点、三点リーダーの使い方といった基本的な文章作法も守られていない。

少し調べればわかることすら、この小説ではないがしろにされている。新人賞に応募していたら、真っ先に落とされるタイプの文章だと思った。

それでも、部長が私に原稿を送り付けてきた理由はわかった。

技術以外の部分が、煌《きら》めいていた。結末が気になって、一晩で読み切ってしまった。

タイトルの次の行には、『遊佐想護』と書かれていた。

「面白かっただろ」

数ヵ月ぶりに飲み会に参加した私を見て驚きの声が上がるなか、事情を知っている部長はジョッキを片手に近づいてきた。

「文章は下手くそでした」

「市川とは正反対の書き手なんだよ」

「……今日、来てるんですか？」

「あそこに座ってる、白シャツの黒髪くん」

部長が持っていたジョッキを奪い取って、教えられた席に向かった。

見覚えがない部員が多くいた。二年生になってからは、新歓イベントにも普段の活動にも参加していなかった。新入部員の何人かは、私の動きを視線で追っていた。

「二年生の市川紡季です。よろしく」

刺身醤油やソースが飛び交う飲み会。白シャツを着てくるのは愚かな選択だ。

「えっと……、遊佐想護です。初めまして、ですよね？」

「実物を見るのは初めて」

「どういう意味です？」

突然話し掛けてきた私を、想護は不審げに見上げていた。

「紡季だ。珍しいじゃん。それ、ビール？　飲めないんじゃなかった？」

近くに座っていた同期が、けらけらと笑った。立ったまま、ジョッキを口元に近づける。ぬるくなったビールは、びっくりするくらい不味《まず》かった。

空のジョッキをテーブルに置いて、想護の前の席に腰を下ろした。

「あなたが書いた小説を読んだ」

「え？」

「賞に出したの？」

想護は、顔の前で大げさに手を振った。

「そんなわけないじゃないですか。課題で書かされたんです」

「課題？」

「法倫哲《ほうりんてつ》……、法曹倫理哲学っていう講義があって、その中間課題が、法律を題材にした自由形式のレポートだったんです。小説っぽい構成にしたら、あんなに長くなっちゃいました。最悪なのは、教授が面白がってホームページに掲載したみたいで――」

「小説を書いたのは、あれが初めて？」

「はい。読む専門だったので」

驚きで言葉を失った。小説を書き慣れていないことは、文章を読めばわかる。それでも、講義の課題で書いたものだとは思いもしなかった。

「紡季も、小説を書いてるんだよね」やり取りを眺めていた同期が新しいジョッキを持って乾杯を求めてきたので、「私の話はいいの」とあしらった。

体質に合わないビールは、自白剤のように思考力を奪っていった。

ぼんやりして、苛立ちが募って――、

「荒削りなところはあったけど、面白かった。また書くでしょ」

「いやいや……、無理ですって」

「才能があるのに？」

「読むのが好きなんです。それに、トリックも動機も既に出尽くしてると思うんですよね。僕が書いたのも、既存のトリックを法律の蘊蓄《うんちく》でごまかしただけだし。そもそも、才能って挑戦する能力のことじゃないですか。その時点で僕は不適合者です」

「君は、何にもわかってない」

ビールを一気に飲み干すと、同期が私の身体を支えていた。

「ちょっと、紡季」

この辺りから、記憶が部分的に抜け落ちている。

斜に構えた態度が気に食わなかったのか、言い返せなくて開き直ったのか……、ビールを飲みながら、初対面の後輩に文句を言い続けたらしい。

――そうか。これも、『原因において自由な行為』だったのかもしれない。

私は、想護が書いた小説を読んで嫉妬した。独創性に、才能に、伸びしろに。でも、その事実を認めたくなかった。一方で、会って話がしたいと思った。特別な人間と向き合って、自分の平凡さを受け入れてしまいたかった。

アルコールの力を借りれば、本音をさらけ出すことができる。

つまり、『罪と知りて、君を罰せず』を読み終えたときの自由な意思決定が、想護に感情をぶつける結果行為を導いたのである。

無論、酔っていたことは言い訳にならない。ただ、そのあとに起きた、おしぼりや枝豆の撒き散らしについては、想定外の事態なので大目に見てもらいたい。

私が犯した過ちは、まだ続く。

強烈な吐き気と共に意識が戻ったとき、私は想護に肩を支えられていた。他の部員の姿は見当たらなくて、どこに向かっているのかも考えられないくらい頭が痛かった。

「……大丈夫ですか？」想護が顔を覗き込んでいた。

「気持ち悪い」

「水、飲みます？」

首を左右に振っただけで、胃液が逆流してきそうになった。

「僕も、紡季さんの小説を読みました」

「感想はいらない。ばーか」

「ミステリーが、もっと好きになりました。これは感想じゃなくてお礼です」

「ははっ。じゃあ約束してよ」

「約束?」

肩を振り払うように想護から離れて、地面に座り込んだ。

「もう、小説を書かないで」

困惑した表情で私を見下ろす想護の背後には、薄い雲が棚引く月が浮かんでいた。

冷たいペットボトルが、額に当たった。

「じゃあ、僕の分も紡季さんが書いてくださいね」

身勝手な要望なのに、想護は断らなかった。

才能を封じ込めて、優しさに甘えて手を握り返して、がんじがらめにして——、
その罪を、私はまだ償っていない。

2

襟足が極端に短く、やや前下がりなショートカット。さらりとした黒髪は、適度な束感があって、スタイリング剤と空気を同時にまとっているみたいだ。リボンを外したブラウスの胸元は涼しげで、ショートカットとの相性も抜群に良い。

前髪の隙間から、黒目がちの瞳がじっと私を見つめている。

「彼女が、朝比奈憂さん」

改めて椎崎に紹介されるまでもなく、私は彼女の名前を知っていた。『うれい』は自称で『ゆう』が正しい。そう指摘したら、二人は驚くだろうか。

事務所に押しかけ、せせらぎ橋で後藤から話を聞いたのは、三日前の出来事。

病院とマンションを行き来しながら、短編の原稿と向き合っているが、ほとんど書き進められていない。何週間も前に、結末まで記載されたプロットを想護から受け取った。下準備は整っているのに、どうしても文章が浮かんでこない。

昨夜。病院から帰宅後に椎崎から電話があって、二つの報告を受けた。

一つは、想護の不在を埋めるために北高での調査を任されたこと。

もう一つは、私に会いたがっている女子高生がいること。

――守秘義務があるから、生徒から聴き取った話を市川さんに教えるつもりはなかった。だから、転落したスクールロイヤーに作家の恋人がいたなんて話もしてない。その生徒は、自分の意思で相談室を訪ねてきて、二階堂紡季に会いたいと言った。

そして今、私と椎崎は、朝比奈憂とファミレスのテーブルで向かい合っている。

「初めまして。市川紡季です」

「あれ？　二階堂じゃないんですか？」憂は首を傾げる。

「二階堂はペンネームなの。……紛らわしいから、下の名前で呼んでくれるかな」

「わかりました、紡季さん。ユウくんも、そう呼んでました」

私は、朝比奈憂がいじめられていた過去を知っている。想護が書いたプロットを読んで、彼女の苦しみを文章に打ち込んだのだから。誤解と嫉妬が積み重なって嫌がらせが始まり、やがてクラス全体の悪意が憂を追い詰めていった。

「私のことは、想護から聞いたの?」

「はい。うれいとユウくんは仲良しなんですよ」

「苗字に遊ぶって漢字が入っているから、ユウくん?」

「憂鬱と遊園地。音読みは一緒でも、意味は全然違うんですよね」

『ユウくん』のフルネームはプロットでも明かされていない。読者ではなく、書き手の私を騙すためだろう。想護の思惑通り、私は『ユウくん』を副担任辺りの若手教師だと思って、原稿を書き進めた。

ウェイターが水を持ってきたので、会話を中断した。好きなものを注文していいと椎崎がメニューを渡すと、憂はチョコレートパフェを頼んだ。

「私に会おうと思ってくれたのは、どうして?」

佐渡琢也とも想護とも近い立場にあった人物から話を聞けるのは、私としては歓迎すべき申し出だ。とはいえ、目的がわからなければ手放しで喜べない。

「ファンなんですよ」ドット柄のリュックから、憂は一冊の本とペンを取り出した。

「サイン、もらえますか？」

「いいけど……」

憂が持ってきたのは、『ＩＦの神様』の単行本だった。帯がついたままで、ページの折れや開き癖もない。このために、わざわざ買ってきたのかもしれない。

「俺も、今度お願いしようかな」椎崎が呟く。

表紙を開き、見返しにサインを書いた。希望を訊いて、日付と憂の名前も付け足す。

受け取った単行本をしまわず、憂は上目遣い気味に私を見た。

「写真は――、ダメです？」

「顔は出してないから、写真は断ってるの。ごめんね」

いつも通りの対応をすると、「せっかくだし、撮ってあげたら？　悪用したら俺が慰謝料を取り立てるからさ」冗談交じりに椎崎に諭《さと》された。

「……ＳＮＳにアップしないでね」

「了解です」

席を移り、椎崎が憂の携帯を使ってシャッターを切った。記念撮影をする客は珍しいのか、ウェイターがちらちら私たちのテーブルを見ていた。

「ありがとうございます。大満足です」

よくわからない子だ。本当に、ただの私のファンなのだろうか。

「これで朝比奈さんの目的は達成？」椎崎が訊いた。

「パフェを食べたらコンプリートです」

「写真までサービスしてくれたことだし、市川さんが質問してもいいよね？」

「後だしの交換条件はズルです」

「じゃあ、さっきのパフェの注文、キャンセルするよ」

「……はいはい。答えるんで、手短にどうぞ」

椎崎に視線で発言を促された。さすがに高校生の扱いが慣れている。

「想護は、佐渡くんの転落死事故を調査していたの？」

回りくどい質問は避けようと思ったのだが、憂は眉をひそめて「ああ、そういう感じか。めんどくさいなあ」と漏らした。

「思い出したくない過去だったら、ごめんなさい」

「っていうか、サワくんのことなら椎崎さんに話しましたよ」

とげとげしい口調で視線を逸らされる。私の訊き方が直接的すぎたのか。子供と接するのは得意じゃない。隣に座る椎崎を見て助けを求めてしまった。

「遊佐、まだ意識を取り戻していないんだ。市川さんの気持ちは理解できるよね」

「うれいだってショックを受けてます」

「市川さんは、遊佐が転落した理由を調べてる。朝比奈さんも知りたいんじゃない？」

「そりゃあそうですけど……」

「生徒から聴き取った話を、俺が他の人に漏らすことはできない。いろんなルールに縛られていてさ。人助けだと思って協力してよ」

「ふうん。メロンクリームソーダ、頼んでもいいですか？」

交渉が成立して、憂の表情が柔らかくなる。

「質問は何でしたっけ？」

「一年前の転落事故に、遊佐がどう関わっていたか」

「はーい。ユウくんは、あの事件のことを調べていました。サワくんに限らず、学校の中で問題が起きると、必ず首を突っ込んでた。しかも、ほとんど解決しちゃうんです」

「本来は、水戸黄門《みとこうもん》的な仲裁をする仕事じゃないんだけどね」

苦笑した椎崎に、「みとこうもんって何ですか？」と憂は真顔で訊いた。

「遠山の金さんとか、暴《あば》れん坊《ぼう》将軍の親戚かな。……市川さん、続きをどうぞ」

話術に感心していたら、急に主導権を譲られた。水戸黄門を知らないのに、遠山の金さんや暴れん坊将軍を例に出しても補足になっていない。

「水戸黄門は、時代劇で活躍する刑事兼裁判官みたいな人のこと。話を戻すけど、佐渡くんの転落死は、自殺ではなく事故として処理された。それであってる？」

「はい。クラスが違ったから、詳しいことは知らないけど……」

「憂ちゃんと佐渡くんは、どんな関係性？」

既に把握している情報だが、本人の口から語らせた方が次の話題に繋げやすい。

「写真部の同級生です」

「へえ。憂ちゃん、写真部なんだ。部員はたくさんいたの？」

「ううん。同じ学年の部員は、うれいと、サワくんと、沙耶って子だけです」

これで確信した。想護から受け取ったプロットは、佐渡琢也の転落死事件だけではなく、その他の登場人物の容貌《ようぼう》や名前に至るまで、すべて現実世界とリンクしている。

「憂ちゃんは、三年生だよね」

「うん。だから、二年生の春に起きた事件」

目的はわからないままだが、プロットの正体は見えてきた。

あれは、転落死事件の調査報告書だった。スクールロイヤーとして想護が調査した結果が、時系列に沿ってまとめられていたんだ。佐渡琢也の一人称視点の物語を読み進めれば、彼が死に至った理由が判明する。

フィクションではなく、ノンフィクションの事件の真相に。

「どうして、警察は事故死って結論に至ったのかな」

「動画があったからです」

「廃病院でフリーランニングをしてるやつ？」

「ああ、紡季さんも見たんですね」

「最後……、屋上から飛び降りたように見えた。だけど、動画が投稿されたのは佐渡くんの死体が発見される二週間前だった」

「飛び降りたけど、落ちてないんです」

そこで、店員がトレイを持って近づいてきた。チョコレートパフェとビビッドな色合いのメロンクリームソーダがテーブルに並ぶ。洋画のワンシーンのような光景だ。

着色料で染まった舌を覗かせて「どこまで話しましたっけ？」と憂に訊かれる。

「飛び降りたのに落ちてないって、どういう意味？」

「ヒントは、秘密の足場」

さくらんぼを指で摘み、なぞなぞを出すような口調で憂は言った。

「カメラの画角から死角になる足場があったってこと？」

「さすがの想像力ですね」

椎崎が携帯を取り出したので視線を向けると、少ししてから画面を見せられた。

「ここに答えがある」

件《くだん》の廃病院。屋上に近い外壁が二本の指で拡大される。

そこには、壁掛けの室外機と仮設の足場があった。室外機を取り付けるために鉄骨の足場を組み、そのまま解体することなく放置されたのだろう。室外機の奥行きは、約三十センチメートル。鉄骨の足場は、さらに数十センチメートル長く設置されている。

足場があるのは、屋上から約二メートル下がったところ。他に落下を妨げるものはなく、命綱なしで足場を踏み外せば、駐車場のコンクリートに直撃する未来は避けられない。

「ここに……、着地した？」

「はい。それしか考えられません」

「嘘でしょ。だって命綱も付けてなかったよね」

「慣れてるとはいえ、化け物並みの度胸です」

佐渡琢也は、フリーランニングを披露する動画を投稿していた。

屋上の端から数歩分離れた場所に立ち、後ろ向きで飛ぶ。許容されるのは……、わずか五十センチメートル程度。少しでもはみ出したら、五階分の高さを落下する。

目を瞑って、階段から飛び降りる。それを想像すれば、不可能な試みではない。絶対的に異なるのは、結果として生じ得る危険の大小。

――起こり得ない危険に恐怖は感じない。ＩＦは、ＩＦでしかないんだ。

失敗を恐れないのかと永誓沙耶が尋ねたのに対して、佐渡琢也はそう答えた。あの台詞も、想護がプロットの段階で書き込んでいたものだ。プロローグの真相と秘密の足場を結び付ける伏線のつもりだったのだろうか。

「カメラが置いてあった場所からは、室外機も仮設の足場も見えないのか……」

「飛び降りたように見せかけて、すぐ下にある足場に着地した。映像を編集して這い上がるところをカットすれば、ドッキリ動画が完成するわけです」

　これで、動画の投稿と死体の発見が二週間もズレていた謎は一応解けた。

「でも、何のためにこんな細工を？」

「わかりません。だけど、あの動画のせいで事故って決めつけられた」

　憂が言いたいことは、すぐに理解できた。

「同じトリックに挑戦して……、今度は足を踏み外した」

「フリーランニング中の不慮の事故。そう判断されたんです」

「想護も、その結論に納得したの？」

「ユウくんは――」

「いじめがあったと疑っていたんじゃない？」

　憂の肩が、ぴくりと動いた。「どうして、そう思うんですか」

「それなりに長い付き合いだから。想護が考えそうなことは何となくわかる」

　話を進めるために適当な理由を口にした。

　だが、憂は前髪を揺らして、私を睨み付けてきた。

「彼女アピールするのやめてくれません？」

敵意が込められた視線。理由がわからず困惑する。

「わかってますよ。二人が、お似合いのカップルだったたことくらい。椎崎さんと入ってきたとき、やっぱりって思っちゃいましたもん」

「何の話をしてるの？」

「だから、さっき写真を撮ったんです。ほら……、これ。顎を引いて、上目遣い。ベストな角度を維持して、できるだけレンズから離れる。そうやって写真写りを気にしちゃうのが、うれいみたいな紛《まが》い物。紡季さんは、自然体。それなのに、超美人」

「………」

「トリミングして紛い物を取り除きました。美人ポートレートの完成です。これを故意恋にアップロードすると、何が起きるでしょう」

携帯の画面には、白を基調としたデザインのサイトが表示されている。

以前に、柊木に見せてもらったことがある。そのユーザーページに登録されているのは、憂ではなく私の顔写真だった。

憂が画面をタップすると、ページが切り替わった。

「ほら。人工知能のお墨付きも与えられた」

そこには、私のイデアルとして想護の顔写真が表示されていた。

上半身しか写っていないが、ネクタイの柄を見て半年以内の写真だと気付いた。懐《なつ》かしさ、やるせなさ。複雑な感情が込み上げてくる。

「あんまり驚いてくれないんですね」

悪戯を仕掛けた少女に微笑んでみせる。

「店内をきょろきょろ見回してほしかった？」

「そこまでしてくれたら、紡季さんのことを好きになったと思います」

憂が検索したのは、半径二百メートルの範囲にいるイデアルだ。意識不明の想護が近くにいると期待させるためのパフォーマンスだろう。

「大人の心は薄汚れてるから。別のアカウントを作ったんでしょ」

「ぴんぽーん。正解です」

タブレットをリュックから出して、憂は続けた。

「こっちのアカウントは、ユウくんの顔写真で固定しています。いろんなところに行って、イデアルを検索するんですよ。スタバとか、モールとか、地下鉄のホームとか。でも、何回試しても、うれいのイデアルがユウくんになることはありません」

「年齢が離れすぎてるからじゃないかな」

椎崎の発言に、憂は小さく頷いた。

「そんなの、わかってますよ。顔写真から判断した年齢差が大きいと、イデアルの候補から外れるのも知ってます。一方が未成年の場合は、特に。でも、写真で切り取ったユウくんは年を取らない。うれいが年齢を重ねてイデアルに選ばれるまで、試し続けるんです」

「どうして――」

「愚問ですね。答える気にもなりません」

わざわざ朝比奈憂の回想を序盤に差し込んだくらいだ。彼女に好意を寄せられていると、想護自身も気付いていた。その事実を私に自慢したかったわけではないだろう。

あの回想も、何らかの形で真相に関わっているはずだ。

「一応言っておくけど、私と想護は、故意恋を通じて付き合ったわけじゃないよ」

「だから知ってますって。外見はどうだったのかなって試してみたら、そっちもお似合い。もう敵いません。完敗ですよ、お手上げお手上げ」

両手を上げて憂は笑った。表情がころころ変わっていく。

そういえば……、原自物語でも、永誓沙耶の顔写真を手に入れるために佐渡琢也が一芝居打つシーンがあった。あの描写が何の伏線だったのかは、まだわかっていない。

「それで、さっきの質問には答えてくれる？」

「何でしたっけ」

「想護は、いじめを疑っていたのか」

「ああ。そうでした。というか、サワくんはいじめられてましたよ」

あっさりといじめの事実を認めた。

「サワくんは、何でも器用にこなすし頭も良かったんです。でも、鼻の形が特徴的で……、極端な豚鼻っていうんですかね。うれいも、慣れるまでは違和感がありました。こうやって向かい合って話してると鼻の中が丸見えなんです。どうしても、そこに視線がいっちゃう。けど……、顔を見て話さないのも、なんか違うじゃないですか」

「それは生まれつきなの？」

「さあ。そんな質問、本人にできると思います？　とにかく、唯一にして決定的な欠点が、その豚鼻でした。ピックって呼んでる子もいたりして……最悪のセンスですよね。隠し撮りしたり、ルックスコアのスクショをばら撒いたり。やりたい放題でした」

佐渡琢也の独白と概《おおむ》ね合致する仕打ちを、憂は語っていった。

「何というか、残酷だよね」椎崎が、ぼそりと呟いた。

「一年の後半からは、アナログな嫌がらせも増えていきました」

「アナログ？」

「上履きを隠す、教科書に落書きをする。そういう、昔ながらの嫌がらせです」

言葉の使い方を間違えている気もするが、指摘はしないことにした。

「それなのに、事故として処理されたんだ」

「うれいに文句を言われても困ります。さっきも言ったけど、詳しい事情は知らないし」

「不思議に思っただけ。憂ちゃんは納得したわけ？」

「サワくんのお父さんが受け入れたんだから、どうしようもないですよ」

「そうなの？」

頭の中で、佐渡琢也の家族に関するプロットの記述を検索する。

母親は、現実主義者であったにもかかわらずカルト宗教にのめり込んで家を出て行った。その後は父親との二人暮らしだったはずだが、それ以上の記述は見当たらない。

「北高の教師です。今は三年の副担任」

「学校の……、先生」

「そんなに驚くところですかね」

教鞭《きょうべん》をとる高校でいじめの標的になっていた息子が、廃病院の屋上から転落した。

憂の話を聞く限り、佐渡琢也に対する攻撃は継続的に行われていたようだ。担当しているのが違う学年だったとしても、ある程度の情報は入ってくるものではないだろうか。

「教師だからこそ、受け入れたのかもしれない」

そう言った椎崎に、「どういう意味ですか」と視線を向けた。

「結論から話すと、佐渡琢也の一件は、表面的な調査しかされていない」

「……想護の調査が甘かったと？」

「そうじゃない。学校側が、調査組織を設置せずに結論を出したんだ。本来なら、第三者委員会を設置すべき事案だったのに」

首を傾げて、説明が足りていないことを椎崎に伝えた。

「この前の講演で、いじめと認定され得る行動は幅広いって話したのは覚えてる？」

「はい。セクハラと一緒で、受け手の認識で決まるんですよね」

「包括的な定義にすれば、多くの関係者に当事者意識を植え付けることができる。いじめは他人事《ひとごと》じゃないから、見て見ぬ振りをするな。そういう啓蒙《けいもう》活動だね。かといって、定義に当てはまる行為の調査を義務付けたら、学校や教育委員会がパンクするのは目に見えてる。だから法律は、いじめを二段階に分けた」

「軽いものと、重いものですか？」

椎崎は頷いた。憂は、ストローで氷をぐるぐる回している。

「いじめによって重大な被害が生じた疑いがある重大事態の場合は、組織を設置した上で、事実関係を明確にするための調査を実施しなければならない。その構成員を当事者と距離を置いた第三者で固めたのが、第三者委員会……。ここまでは大丈夫？」

「佐渡くんは命を落としています。どう考えても重大事態です」

「問題は、いじめと死亡結果の因果《いんが》関係」

「え？　それを調べるための組織じゃないんですか」

椎崎の発言は、直前に述べた定義と矛盾しているように感じた。

「疑惑があれば調査を開始する。今回の場合、佐渡琢也が嫌がらせを受けていたこと自体は多くの教師や生徒が認識していた」

「だったら――」

「でも、その疑惑を申告する人間がいなかった。通常のケースだと、本人か保護者の申告が端緒となることが多い。本人は死人に口なし。保護者は教師の父親しかいない」

そこで、氷で遊んでいた憂が口を開いた。

「サワくんのお父さんは、息子の名誉よりも自分の立場を優先したわけです」

いじめの事実を申告していれば、徹底的な調査が実施されただろう。

学内で行われていた嫌がらせの裏付けが取れて、飛び降りとの因果関係が肯定されたら、事故死ではなく投身自殺と公表されることになる。加害者生徒と学校に対する責任の追及がその先に待っていることも、容易に想像できたはずだ。

「隠蔽とか、保身とか、そういう単語と結びつけるべきだと考えてるわけじゃない。ただ、廃病院で撮影されたフリーランニングの動画が見つかって、不慮の事故死と説明できる材料が揃ってしまった。もう、それでいいじゃないか。そういう空気が学校の中で醸成されて、ノーとは言えなかったとしたら？」

一呼吸おいて、「それに――」と椎崎は続けた。

「本当のことを言わなかったのは、君たち生徒も一緒だよね。遊佐の調査メモには、いじめの事実を認めた生徒はいないと書いてあった」

椎崎は、想護が作成した資料を引き継いでいるだろう。その資料の中で、佐渡琢也の死の原因はどのように結論づけられていたのか。

「うれいは……」

「君や永誓さんが認めていたら、結果は変わったかもしれない」

写真部の二年生部員。佐渡琢也と近い関係にあったのが、この二人だった。

「責任を押し付けないでください」

「誰のせいでもないけど、全員が責任を感じるべきなんだよ」

「矛盾してるじゃないですか」

教師だけではなく、生徒も無言を貫いた。

同調圧力。マジョリティに歯向かい、悪目立ちすることへの躊躇《ちゅうちょ》。いや、もっと単純に、次のいじめの標的が自分になる恐怖だろうか。

勇気を振り絞って真実を述べても、時間が巻き戻るわけではない。

「平穏な高校生活を送るには、繊細なバランス感覚が求められる。ときには、誰かを見捨てたり、見て見ぬ振りをすることが合理的な選択肢になる。そういう不条理な世界で君たちが生きてるのは知ってる」

「ユウくんは、そんな綺麗事は言いませんでした」

「憧れを隠《かく》れ蓑《みの》に使って意見を言うのは、ちょっとずるいかな」

不愉快そうに眉をひそめて、憂は私を睨んだ。

「うれい、もう帰ってもいいですか」

私は呼び出された側なのだが、正論を言うべきタイミングではない。

「いろいろ話してくれてありがとう。もう一つだけ教えてほしいんだけど、永誓沙耶さんは、この件について何か言ってなかった?」

「沙耶が一番の被害者ですよ。あの子が、今の標的なんだから」

そう言い残して、憂は席を離れて行った。

4

隣同士で座り続けるのも気まずいので、憂が座っていた席に移動した。

「わざと煽ったんですか?」

「そんなに怒らせるようなことを言ったかな」

「無自覚なら才能だと思います」

溶けたアイスクリームまで綺麗にすくい取られたパフェの容器を見る。

去り際に憂が言った、聞き逃せない言葉。

「永誓沙耶のことですが――」

「俺から付け足せる情報はないよ」

「また守秘義務ですか？」と訊くと、「回数制限はないからね」と椎崎は答えた。

「それなら一般論を教えてください。自殺を疑うべき状況で命を落とした生徒がいるとき、どこまで調査を進めるのがスクールロイヤーの役割なんでしょうか」

しかし、その問いにも椎崎は答えてくれなかった。

「市川さん。俺に何か隠してることがあるんじゃない？」

「……え？」

「不自然な反応が多かったからさ」

「そうですかね」

先入観を排除して憂と向かい合ったつもりだ。どこに違和感を抱いたのだろう。

「その一。佐渡琢也の転落を自殺と決めつけていた」

「現場が廃病院だったので、その可能性が高いと思っただけです」

いじめを仄めかす記述が、プロットの大部を占めていた。

「その二。いじめの原因や嫌がらせの内容はあっさり受け入れて、父親が北高の教師だったことや写真部の部員について詳しく知りたがった」

「考えすぎですよ」

一人称視点の偏った情報を補完することが狙いだった。

「その三。遊佐の転落ではなく、佐渡琢也の事件に関する質問ばかりだった」

「……………」

「その四。あるべき調査メモが見当たらない」

立てられた四本の指を見て、催眠術にかかったように固まってしまった。

「さっきメモの話を出したのは、市川さんの反応を確かめるため。まあ、生徒が名乗り出なかったのは事実だろうけど。もちろん、学校側が最終的に公表した資料や決裁文書は残っていた。だけど、それとは別に、関係者からの聴取結果とか事実経過をまとめたメモも作成しているはずなんだ。事務所のパソコンには、それらしきデータは保存されていない」

「私が持ち出したって考えてるんですか？」

「さすがに、そこまでは」椎崎は苦笑した。「調査から時間が経ってるし、遊佐が削除した可能性もある。でも、今日の市川さんを見て怪しいなと思った」

「やっぱり疑ってるじゃないですか」

その他の三つの指摘に関しても、致命的なミスをした実感はない。

「遊佐が転落した理由を知りたいだけ。そういう話だったよね」

「はい」そこに嘘偽りはない。

「俺のところにくる相談の中には、答えを知りたいと口にしながら、ただ共感を求めているパターンが多くある。相槌を打って宥《なだ》めれば、彼らは安心して帰るんだ」

「法律相談じゃなくて、人生相談ですね」

「だからこそ、弁護士は人間の仕事としての需要が認められている。完璧な聞き上手ＡＩが発明されて、人間側に機械との対話を是とする価値観が形成されない限り、俺たちが食いっぱぐれる心配はないってこと」

想護も、話を引き出すのがうまかった。何気ない会話のつもりだったのに、いつの間にか本音をさらけ出している。そういうことが、何度もあった。

「市川さんは、傾聴ではなく解答を求めて事務所に来た。その姿勢への回答……。つまり、解答の回答に興味があって、仲介役を引き受けることにしたんだ」

「後藤さんと憂ちゃんで、橋渡しは終了ですか」

「それは市川さん次第」

ウェイターがやってきて、グラスに水を注いでいった。追加の注文をする気がないなら、早く帰ってください。そう言われた気がするのは、私の考えすぎだろう。

気持ちを落ち着かせるために、水を飲んだ。

「何も隠してないと答えたら？」

「ここの代金は俺が支払って、契約終了」

私が椎崎に差し出せる情報の対価はない。最初から、対等な契約ではなかった。

同じことを何度も繰り返してきた。安全圏に閉じこもって、一方的に条件を押し付ける。

消極的な同意を了承とみなして、相手の善意を利用する。それが、私の処世術だった。

想護の才能に嫉妬して、小説を書かないことを約束させた。

それなのに、スランプに陥った途端、もう一度書くことを求めた。

狡《ずる》くて、汚くて、救いようがない。

「北高のスクールロイヤーを引き継いだのは、上司に指示されたからですか？」

「うちの事務所は、過去に生じた紛争の後始末より、紛争が生じない未来を実現するための予防活動に力を入れてる……。だから、ミライなわけだね。未来の社会を照らしていくのは現在の子供で、いじめによって奪われた光を取り戻すのは難しい。そういう大げさな理念を掲げた事務所の中で、遊佐は真摯《しんし》に生徒と向き合っていた。ミライを紹介したのは俺なわけだし、その大役を他の弁護士に引き継がせるのは忍びないってものだよ」

自嘲気味に笑ってから、椎崎は水を一気に飲み干した。

原自物語について話すべきだろうか。『二階堂紡季』の秘密が、椎崎から漏れることを心配しているわけではない。それでも決心がつかないのは――、

「考える時間をください」

「もちろん。強制するつもりはないよ」

想護の意思に反していないか。私が気にしているのは、その一点だ。

「また連絡します」

「じゃあ、そういうことで」

伝票を持って立ち上がろうとした椎崎を右手で制する。

「契約継続なので、割り勘です」

5

椎崎と別れて駅に向かう途中、想護の母親に電話をかけた。

「紡季ちゃん？　どうしたの？」

「こんな時間にすみません」

夕闇が迫り、夜になろうとしている。

「気にしないで。想護が目を覚ましたわけじゃ――、ないわよね」

「すみません。あの私……、事件について調べているんです。あれから、警察はお母さんのところに来ましたか？」

返答までに、一瞬の空白があった。

「ええ。想護の部屋を見たいから、立ち会ってほしいと言われて」

「そのとき、何か言ってませんでしたか？　転落した原因とか、目撃者がいるとか」

「ううん。そういう話はなかった」

「そうですか……」

「さっき調べてるって言ったけど、無理しないでね」

ミライ法律事務所の職員から見舞いの花を受け取ったことや、容態に変化はない旨の医師の説明を伝えて、電話を切ろうとした。

「ねえ、紡季ちゃん。あの子は、自分の意思で飛び降りたのかな」

「違います。想護に限って、そんなこと……」

「ありがとう」

また連絡すると言って通話を終えた。佐渡琢也の転落死事故について伝えた方がよかっただろうか。けれど、不確定な情報が多すぎる。

ファミレスで得た情報を整理しながら、歩いてマンションに帰った。

ＡＩアシスタントを起動して、照明と空調をつける。最近は仕事部屋と玄関を繋ぐ通り道の役割しか与えていなかったリビングに、私は鞄を持ったまま留まっている。

部屋に来るとき、想護はリビングにいることが多かった。持ち込んだ私物は、テーブルの上や部屋の隅に置いてある。その中に、情報的な価値を有する物が一つだけあった。

「これを放置してたのは……、まずかったかな」

我ながら間抜けな話だけれど、一時間ほど前まで想護のノートパソコンの存在を失念していた。思い出したのは、調査メモの件を椎崎から聞いたタイミングだった。

事務所のパソコンにデータがないなら――、
このパソコンに、想護が作成したメモが保存されているのかもしれない。

警察は想護の部屋を調べたらしい。電子機器のガジェット収集が趣味の一つだったから、複数のタブレットやパソコンが部屋から発見されたはずだ。警察に話を訊かれた際、想護とは同棲《どうせい》していないし、頻繁に部屋を行き来していたわけでもないと、嘘偽りなく答えた。

結果、このノートパソコンは警察の目に留まらずに放置された。

選択肢は、二つある。すぐに警察に申し出るか、ここから情報を得ようとするか。

――緊急事態だし、許してくれるよね。

電源ボタンを押して起動すると、ログイン画面に切り替わり、『ユーザーを探しています』という文字列が眼球のアイコンと共に表示された。顔認証を試みているらしい。事前に登録していない私は、当然のように弾かれて、暗証番号の入力を求められた。

溜息を吐く。浮気を疑って携帯を覗き見る恋人のように。

「うーん。誕生日とか？」

そんな独り言を口にしながら、思い付く英数字を片っ端から打ち込んでいった。回数制限の設定はなかったが、五分も経たないうちに候補が尽きてしまった。それしか捻《ひね》り出せないのかとバカにされているような気がして、中指をエンターキーに叩き付けた。

暗証番号に悪戦苦闘するシーンは、ミステリー小説だと頻繁に見かける。王道の展開は、登場人物の閃《ひらめ》きによる解除だろう。アナグラムや論理的な絞り込みがあると、なお美しい。けれど、費用を払って業者に任せてしまった方が、現実的で確実な解決策になり得る。

そこまでやるべきか。万が一データを破損したら取り返しがつかないことになる。でも、警察が手を尽くしてくれる確証もない。これまでの聴取を振り返ると、飛び降りと決め打って最低限の捜査で終わらせようとしている気がするのだ。

このまま引き下がるわけにはいかない。

料金や所要日数を調べるために、仕事部屋のパソコンを立ち上げた。近隣の業者をピックアップしてブックマークに追加していく。想像していたより細かいプランが設定されていることに驚いた。どういった経緯で依頼する人が多いのだろうか。

目に疲れを感じてデジタルの置き時計を確認すると、作業を始めてから三十分が経っていた。電波時計なので、時刻は定期的に自動修正されている。

リクライニングチェアにもたれかかり、右腕で目を押さえる。

私は、時間の使い方が下手らしい。

大学を卒業したあと、印税だけでは生計を立てられなかったので、派遣社員として大手のコンサルティング会社で働き始めた。計算と入力と電話の取り次ぎをする。会社の事業内容を理解する必要もなく、淡々と単純作業をこなしていった。

平均的な処理能力だと、二時間で終わる業務があったとして――、
きっかり二時間掛けて仕上げる社員は、勤勉と評価される。

一時間で終わらせて、別の業務に取り組む社員は、優秀と評価される。

同じく一時間で終わらせて、ぼうっと時間を潰す社員は、怠け者と評価される。

私は、三番目の社員だった。やる気がないなら辞めろと言われたので、そのまま辞めた。

ミスが多かったわけでもないし、空いた時間に雑談をしていたわけでもない。

一時間後に停電する可能性を考えれば、二時間掛かる社員よりは評価されるべきだ。

評価……？　違う。ただ、放っておいてほしかった。

それを想護に話したら、「紡季さんは真面目だなあ。十分ずつサボれば良かったのに」と言われて、なるほど、これが社交性かと感心した。

結果より過程を重視する。その過程に、社会の縮図が詰まっている。

フリーランスになったことで、歩調を合わせるストレスからは解放された。締め切りさえ守れば、好きなときに、好きなだけ書けばいい。向き合うべきなのは内面の不安や葛藤で、自己責任で片付けられる分、理不尽さは感じなかった。

睡眠や食事を除くと、ほとんどの時間を物語のために費やした。

予定通りに書き進められた日の方が少なかったと思う。それでも、焦燥感に駆られ……、画面を睨み続けていた。起床とパソコンを起動するタイミングと、就寝とシャットダウンのタイミングは、ほとんど一致していた。

その時間が、たった一晩で空白に変わった。

代わりに得たのは、ぽっかりと空いたドーナッツの穴のように空虚な時間。

心が凪《な》いでいる。書けないことが当たり前だと思っている。

だって、彼が隣にいないから。物語を生み出す創造力はないから。

このまま、想護が目覚めなかったら……。そんな想像を振り払えない自分に嫌気が差す。

物語にすがるために、作家で居続けるために、想護を求めているのだとしたら。

どうすればいい。二つの転落事件を調べた先に何がある？

現実逃避をしているだけではないのか？

今の私は、物語を紡ぐ意思がない。それは作家の未来を断ち切ったのと同義だ。

――才能って、挑戦する能力のことじゃないですか。

そのとおりだよ、想護。

そこで、インターフォンが鳴った。こんな時間に誰が来たのだろう。ブラウザを起動したまま仕事部屋を出て、リビングのモニターを確認した。

「……東條さん？」驚いて、声が上擦った。

ドアの前に立っていたのは、私と想護を引き合わせたエス研の部長だった。

「久しぶり。いきなり押しかけて悪い」

「今、開けます」

最後に顔を合わせたのは、三年ほど前にあった東條の結婚式のはずだ。無精髭《ひげ》が生《は》えて白髪も増えたが、体型や顔立ちは学生の頃とほとんど変わっていない。

人が良さそうな垂れ気味の目尻。……目尻のしわも増えた気がするけれど、指で鼻を撫でながら笑いかけられると、部室でのやり取りを思い出す。

「夜に女性宅って無作法すぎるけど、立ち話でいいから話せないかな」

東條は、ネクタイを締めていた。仕事帰りなのかもしれない。

「いや、入ってください。ここの方が落ち着きません」

「じゃあ、お言葉に甘えて」

リビングに通すと、東條はぎこちなく首を巡らした。

いろいろな物が視界に入ったはずなのに、説明を求められることはなかった。

「結婚式のときに住所を聞いてたからさ。ストーカーじゃないよ」

「わかってます。というか、メッセージ無視してすみません」

「既読スルーでも、生存確認にはなるんだな」

連絡をくれたエス研のメンバーは、東條だけではなかった。一人に返信するのはどうかと思い、かといって全員に返信する気力も湧かず、結局放置してしまっていた。

「コーヒーでいいですよね。インスタントしかありませんけど」

「うん。ありがとう」

ケトルを眺めながら、東條が出版社で働いていることを思い出す。

「仕事は、忙しいんですか？」

「まあ、それなりに。小さい出版社だから、編集も営業も販売もこなさなくちゃいけない。ウェブメディアにも手を出してでさ。市川に企画を振れるのは、数年後になりそうだ」

「別に、頼んでませんし」

コーヒーを注いだ二つのマグカップをトレイに載せて、テーブルに運んだ。想護のノートパソコンは、隅の方に寄せておいた。

「みんな、心配してるぞ」

「どんな表情で会っても、深読みされるじゃないですか」

「そういうものだよ。落ち着いたら、安心させてやってくれ」

「苦手なんです。そういうの」

エス研にいたときも、我《わ》が儘《まま》を言って部長を困らせていた。

「市川らしいけどさ」カップを口に運んでから、「想護のこと、訊いてもいい？」と東條は足を組んで私に確認した。

「どうぞ」

「自殺だったのか？」

「わかりません。警察が調べてるところです」

「あんな場所……、肝試しでもしない限り行かないだろ」

「そうですね」

東條と議論をするつもりはなかった。私は、想護の名誉を守るために一連の事件について調べているわけじゃない。自分自身が納得できれば、それでいい。

「あのさ、市川」

「何ですか？」

「昨日、『罪と知りて、君を罰せず』を読み直した」

「……原稿は？」

「想護に返す前にコピーした。相変わらず、面白かったよ。授業の課題で書いたなんて信じられない。無駄な描写が一切なくて、何気ない会話が伏線になってる。ミステリーとしての機能美の中に、新鮮な視点とか物の見方が嫌みなく混ざってる」

不穏な予感を抱いて、カップを持つ手に力が入った。

「でも、やっぱり文章は下手だった。初めて書いたんだから当たり前だけど、才能に技術が追い付いていない。そのアンバランスさが、ずっと記憶に残ってた」

「想護の才能に惚れ込んでいましたよね」

「どれだけ説得しても、想護は次の作品を書いてくれなかった。しつこすぎて、言い合いになったこともある。でも、社会人になったら、俺も自分のことで精一杯になっちゃってさ。真っ先に減らしたのが、趣味に充てる時間だった。文芸担当じゃなかったから、ビジネス書ばかり読んでた。だけど、市川の小説は追いかけてたよ」

この話がどこに向かっているのか、私は直感的に理解していた。

だから、私は微笑んだ。

「東條さんに言われたとおり、ちゃんと黒歴史を反映させてます」

「うん。深みが出て、どんどん良くなった。でも『IFの神様』からテイストが変わった。人物描写より、どんでん返しや伏線の回収を前面に出してきた」

「書評家みたいですね」

「あのストーリーを考えたのは、想護なんじゃないか？」

「どうして、そう思うんです」

「市川紡季のファンだし、遊佐想護のファンでもあるから」

やっと、気付いてくれた。そう思ってしまった。

編集者も、書評家も、読者も、二階堂紡季の変化を好意的に受け入れた。全然違うのに。

私の創造力で、こんな物語を紡げるはずがないのに。

「煙草、吸ってもいいですか？」

東條は、無言で頷いた。

白いパッケージの煙草と、緑色の使い捨てライターを手に取る。室内は禁煙なので、灰皿も置いていない。灰は、マグカップの中に落とせばいい。

一週間振りのニコチンは、脳を驚かせて眩暈《めまい》を引き起こした。

カーテンの手前に置いた観葉植物が視界に入る。最後に水をやったのはいつだったろう。面倒を見ないと枯らしてしまうと、想護に注意されたのに。

「それ、想護と同じ銘柄だよね」

「匂いで思い出すんです」

だから、ずっと吸えなかった。だから、今吸いたいと思った。

くゆらせた紫煙が、白い壁紙に溶け込んでいく。

「私には、物語を書く資格がありません」

その言葉は、行き場を失ったまま、嘘だらけのリビングに漂い続けた。

第六章　故意に恋する

1

「原自物語、読ませてもらったよ」

パーティションに反射した陽光が、椎崎の横顔を照らしている。ミライ法律事務所に来たのは二度目だが、前回は細部まで観察する余裕はなかった。スペースが細かく区分けされているのは、相談内容や依頼者の情報が外に漏れるのを防ぐためだろう。狭さ故の圧迫感は、大きめの窓から光を取り込んだり、観葉植物を置くことで緩和している。

「どうでしたか？」

「こんなに続きが気になる物語は、初めて読んだ」

「作者冥利《みょうり》に尽きます」

東條に秘密を見抜かれた翌日、原自物語のデータを椎崎にメールで送信した。

クラスメイトの机をカラースプレーで汚して屋上に行き、死を決断する方法に想いを巡らせる——。想護から受け取ったプロットは、すべて物語に変換済みだ。

「どうして見せてくれたの？」

「黙ってるのはフェアじゃないかなって」

東條のことを話しても、椎崎の納得は得られないだろう。気付いてくれた人がいたから、打ち明けてもいいと思えた。その動機が成立するのは、私が作家だからだ。

「遊佐は、北高で調査した内容を市川さんに伝えていた。小説のプロットっていう、かなり回りくどいやり方で……。続きのプロットは受け取ってないんだよね」

「はい。だから、佐渡琢也の死因はわからないままです」

「形式はともかく、やっぱり調査メモは作ってるはずなんだよ」

「この中に保存されているのかもしれません」

リビングから持ってきたノートパソコンを机の上に置いた。

「想護のパソコン？」

「暗証番号が掛かっていて、ログインできませんでした」

「預けてくれるなら、うちの事務所で何とかする」

「お願いします」

業者の善《よ》し悪《あ》しは、ネットの広告だけでは判断できない。暗証番号の解析依頼の多くは、亡くなった者の財産の有無を調べるために持ち込まれるらしい。相続の知識にも精通している弁護士なら、良い業者を見つけてくれるだろう。

「原自物語の内容を踏まえて訊くけど、佐渡琢也が転落した理由をどう考えてる？」

「そうですね……。状況だけを俯瞰《ふかん》すれば、飛び降り、突き落とし、踏み外し。そのすべてがあり得ると思います」

謎解きだと割り切って考える。そうすれば不要な感情は排除できる。

「司法修習で、解剖に立ち会う機会があってさ。そのあとに、焼き肉屋でホルモンを食べるところまでがセットだった」

「それ、焼き肉は嫌がらせですよね」

「臓器の解説をされて吐きかけたよ」足を組み直してから、椎崎は続けた。

「司法解剖をすれば、おおよその死因は絞り込める。刺殺や絞殺を自殺に見せかけようとしても、包丁が刺さった角度とかロープの絞まり具合で監察医は違和感を覚える。生から死に移行する過程を解き明かす人間は、原因と理由に着目すればいい。故意に導かれた死には、自然の摂理に反する矛盾が潜んでいる。監察医いわく、死体は雄弁なんだってさ」

医学的な知識があれば、死者との対話もできるということか。

「転落死の場合は？」

「場所次第なんじゃないかな。階段の場合は、突き落とされたか踏み外したかで、転げ落ち方が変わって外傷に表れると思う。じゃあ、スタートが五階建ての建物の屋上だったら？市川さんが挙げた三つの場合で、何かが変わる？」

駐車場のコンクリートに衝突するまでの過程を想像してみる。階段に比べて高さがあり、空中にいる時間も長い。風の抵抗や重力で、身体の向きは変わるだろう。

「取っ組み合いの末の転落なら、身体に形跡が残ると思います。そっと押されて落ちたら、正直……、わかりません」

「うん。普通の屋上は何らかの転落防止策が取られているから、突き落としのハードルは高い。でも、あの廃病院には、フェンスも柵も設置されていなかった。油断させて端に立たせることができれば、簡単に突き落とせる」

「それは、想護についても同じことが言えますよね」

「一命をとりとめた遊佐の転落原因は、佐渡琢也より絞り込むのが難しいと思う」

結局、いずれの可能性も否定しきれないということか。

「突き落とされたとすると……、屋上の端に誘導して立たせたわけですよね」

椎崎の指摘を裏返せば、生死に直結するほど危険な場所だったたと言える。

私が想護の立場だったら、信頼関係を構築しているか、弱みを握られてでもいない限り、誘いには応じない。後者の場合は、警戒心を抱いて相手の動向をうかがっただろう。

「そこは工夫次第じゃないかな」

「目撃者とか現場の痕跡が見つかればいいんですけど」

「捜査は難航しているのかも」

「犯人がいるなら、動機は口封じだと思うんです」

「それが、市川さんの考えか」眼鏡の奥の瞳は、まっすぐ私を見ていた。その視線からは、少なくとも驚きの感情は読み取れない。

「想護は、佐渡琢也の転落死について調べていました。プロットを書いたのは、真相に辿り着いたからかもしれません。それを不都合に思っている人がいたとしたら」

「具体的には？」

「佐渡くんを突き落とした犯人とか」

「なるほどね」

椎崎は考える素振りを見せたが、そのあとの言葉は続かなかった。

「非現実的だと思いますか？」

「二人が同じ場所から転落している状態が、既に非現実的だよ」

「椎崎さんの考えも教えてください」

一方的に私が喋り続けても、想護が何を考えていたかは見えてこない。同じスクールロイヤーの椎崎の意見を聞けば、新たな見地が得られるのでは、と思っていた。

「その前に、これにサインしてくれる？」

椎崎が取り出したのは、左側がホッチキスで二ヵ所留めされた書類だった。一行目に、『雇用契約書』と書かれている。

「何ですか、これ」

「見てのとおり、弁護士秘書の雇用契約書」

「そんなに生活に困ってるように見えますかね」

万年筆を手に持った椎崎は、二枚目の中央辺りの記載事項をペン先で示した。

「弁護士秘書は、業務で知り得た内容を、正当な理由なく第三者に漏らしてはならない」

「お得意の守秘義務ですか」

「だから俺たちは、事務員に業務内容を気兼ねなく喋れる」

ようやく、椎崎の意図を理解した。

「……口実作り」

「俺の中で筋を通したいんだ。協力してくれるなら、市川さんが嫌いな守秘義務の呪縛からも解放される。お互いにとって、メリットしかないだろ？」

「秘書って言われても、スーツすら持ってませんよ」

「喪服とドレスとパーカーがあれば充分。仕事を振るつもりもないしね」

本当に名ばかりの契約らしい。私には理解しがたい拘りだけれど、断る理由もない。判子がないと伝えたら、署名と指印でいいと言われた。

「契約成立」私が渡した書類を、椎崎はクリアファイルに入れた。

「秘書なので、先生と呼ばせていただきます」

「椎崎でいいって。じゃあ、ようやく本題に入ろうか。俺は、スクールロイヤーとして北高の関係者から話を聞いた上で、市川さんが書いた原自物語を読んだ。その結果から話すと、遊佐が残したプロットは、ほとんど事実と一致していた」

「ほとんど？」

「北高生の認識だと、顔写真に悪戯したのは永誓沙耶になっている」

「えっ……」

カラースプレーを教室で振り回す直前のシーン。部室に一人残った佐渡琢也は、画像編集ソフトを使って、クラスメイトの写真に加工を施した。顔の左右対称性を崩すことで、顔面偏差値を故意に下げようとしたのだ。

「クラスのグループトークに、比較表が晒されたらしい」

「比較って、何の？」

「一部の生徒のスコア。ご丁寧に、編集前後の顔写真を添えて」

「送信したのが、永誓沙耶だったんですか？」椎崎が頷いたのを見てから、「佐渡琢也が、彼女になりすまして送った可能性もありますよね」と付け足した。

「それは無理だよ。メッセージが送信されたのは、佐渡琢也が死亡した翌日」

「……本人は何と？」

「だんまり。この場合の黙秘は、肯定と捉《とら》えられても仕方ない」

カメラと画像編集ソフト。写真部員の永誓沙耶も、裏切り者になる条件は満たしていた。いや、故意恋の更新用の写真撮影は、もともとは彼女が依頼された仕事だった。

「その制裁を、今も受けてるんですか？」

「どういう状況なのかまでは聞いてない」

ファミレスで話したとき、憂は去り際に、今の標的は永誓沙耶だと言い残した。

「想護も、そのことは知っていたはずですよね」

「うん。俺でも訊き出せたくらいだから」

「それなのに、佐渡琢也が編集したと思い込んでいた……」

「少し整理しようか」

万年筆をくるくる回しながら、椎崎は続けた。

「佐渡琢也は、外貌《がいぼう》醜状が原因で教室に居場所がなく孤立していた。ただ、写真部の同期の二人……、永誓沙耶と朝比奈憂は彼を見放さなかった。嫌がらせは継続的に行われていて、罵詈《ばり》雑言に留まらず、私物を隠されたり机やロッカーを荒らされたりもした。申し分なく、いじめと評価できるね。一方で彼は、黙って耐え抜くタイプでもなかったらしい。二年生に進級して間もなく、教室をカラースプレーで染め上げた」

「それは、本当にあったことなんですか？」

「犯人はともかく、教室が荒らされたのは事実」

誰が疑われたのかは明白だ。「大騒ぎになったでしょうね」

「ところが、犯人捜しが始まる前に、さらなるビッグニュースが舞い込んだ」

「それって――」

「クラスメイトの訃報《ふほう》だよ。教室荒らしと屋上からの転落は、どちらも四月二十二日の夜に起きた事件ってこと」

「じゃあ、学校を出て廃病院に……」

欠落していたプロットが埋まる感覚を覚えて、肌が粟立《あわだ》った。

「教室荒らしについては、犯人が佐渡琢也だっていう証拠はないみたいだけど。それまでの経緯を踏まえれば、彼の仕業とみるのが自然だと思う」

「そんな事件が学校で起きていたなら、なおさら自殺が疑われませんか？」

「決定的な事情にはならないと、学校側は判断した」

「タイミングが完全に重なってるんですよ。言い訳とか――」

「警察が調べるのは、事件性があるか否かなんだ」

椎崎は、相手の発言を遮って喋り出すことに躊躇いがない。的外れな意見を聞くつもりはないと宣言されている気がして、感情がささくれ立つ。

「自殺と事故じゃ、まったく違います」

「事件性っていうのは、捕まえるべき犯人が存在すること。佐渡琢也が、自ら命を絶ったとして、法に照らして処罰される人間はいる？」

「いじめの加害者」

「何罪？」

「……………」

「この国の刑法だと、直接指示するくらい積極的に関与しないと自殺教唆罪は成立しない。操り人形みたいに自由意志が抑圧された状態で命を絶ったら、殺人の間接正犯もあり得る。だけど、認定のハードルは極めて高い。刑罰を持ち出して、脅すことはできる。でも、現実の問題を解決できるかは別の話」

法律は残酷だ。想護の法律クイズに付き合わされていたときも、そう思った。

「じゃあ、自殺と事故の区別は誰がするんですか」

「前に話したとおりだよ。疑惑が申告されたら、第三者委員会を設置して調査する。学校側が出した結論に納得できなければ、裁判で争う方法もある」

「声を上げないと調べてもらえない……。そんなの、おかしいですよ」

「平等は、機会を与えることで、結果を保証することじゃない。機会の付与は、道筋を確保すれば足りる。自主的に勝ち取るから、権利は価値を帯びる」

感情論が前面に出てしまっている。息を吸って、気持ちをリセットする。

「椎崎さんは、佐渡くんが教室を荒らした理由をどう考えてますか？」

「クラスメイトに対する仕返しとか」

「私は……、逃げ道をなくすためだったと思ってます」

「どういう意味？」

「佐渡くんは死を望んでいました。でも、最後の一歩が踏み出せなかった。死を望む者は、死の存在に自覚的だから、正しく死を恐れることができる」

「ああ。そんなことも書いてあったね」

学校の屋上で死と向き合うシーン。佐渡琢也は、夜風に当たりながら、精神科医の持論を振り返っていた。

「死にたいではなく、死ぬしかないと考えるようになれば、死ぬことができる。それって、夏休みの宿題と一緒だと思うんです。本気で間に合わないくらい切羽詰《せっぱつ》まったら、だいたいの子供は机の前に座る。やりたいではなく、やるしかないから」

「そういう状況を自分から作り出したと」

「翌朝を迎えれば、自分がしたことがクラスメイトにバレる。どんな報復を受けるか、彼は鮮明にイメージできた。その地獄から抜け出す方法は一つしかない」

いじめの恐怖を、最後の一歩に利用しようとした。

「面白い発想だと思う。それだと、やっぱり自殺ってことになるね」

「でも、多分これは不正解です」

理由を訊かれる前に、自ら答えを口にした。

「だって、彼女を殺せていないから」

2

薬善治川《やくぜんじ》を横目に眺めながら、雑草に侵食されつつある河川敷を歩いていた。

水の流れを追いかけていたはずなのに、頭の中には文章が渦巻いている。文字や単語が、記号の集合体のようにうごめき、その一部が消失していく。

浮かび上がったのは、記憶に焼き付いた物語。

原自物語で書いた男子高校生の葛藤や怒りや破滅願望は、想護が捉えた「佐渡琢也」なる人物の内面であって、現実に存在した「佐渡琢也」の内面と一致している保証はない。

それは理解した上でなお、私は想護が辿り着いた結論の正しさを疑えずにいる。無条件の信頼ではなく、拾い集めた情報を繋げ合わせた結果として。

佐渡琢也が命を落としたのは、去年の四月。

プロローグと第一章のプロットを私が受け取ったのは、今年の三月。

約一年。当然、他の案件も抱えていたはずなので、この件だけを調べ続けていたわけではないだろう。けれど、一年経っても、想護の中では決着がついていなかった。
そこに……、執念を感じる。
灰皿に押し付けても粘《ねば》り強《づよ》く煙を漂わせる、煙草の火種のように。
想護から受け取ったプロット、憂や椎崎が教えてくれた情報。これらを併せて考えると、
やはり佐渡琢也の転落が事故だったとは思えない。椎崎には他殺の可能性を仄めかしたが、
それだと教室荒らしのタイミングを説明するのが困難だと気付いた。
もし、想護も自殺だったと結論づけていたとして――、
どうして私に、物語を書かせようとしたのか。
いじめによる自殺が疑われた場合、学校は調査組織を設立した上で事実関係を明確にする
義務を負う。その疑惑を申告する者がいなかったことが、事故死という結論を後押しした。
これは、以前に椎崎が語った推測だ。
最終的な判断は、学校の責任者が下す。ただ、場の法律家としてのスクールロイヤーは、
適切な判断に至るように助言することはできるらしい。
徹底的な調査を実施するべきだと、想護は助言しただろう。
だが、この一件は事故死として処理された。
ここまでは、手元にある情報から推測できる。問題は、その先だ。学校の説得に失敗して

提示された結論に納得できなかった想護は、どういった行動に出たか。

たとえば……、いじめの疑惑を公表して世論を味方につける。

捻り出した可能性は、事務所で椎崎に一蹴《いっしゅう》された。

「それは無理だよ。スクールロイヤーに内部告発をする権利はない。どんな大義名分があっても、業務で知り得た情報を勝手に公表することは許されない。一線を越えたら、弁護士倫理違反で懲戒審査にかけられる」

その指摘は正論だと思ったが、説得力は感じなかった。

内部告発よりも重大な倫理違反を、想護は犯そうとしていたのだから。

プロットをすべて受け取って、世間知らずの私が何も気付かずに書き上げて、うっかり者の編集者や校閲が見落としていたら——それらの不運が重なる可能性は低いと思うが——、原自物語は出版されていた。

人名も、学校名も、事件の詳細も、あらゆる情報が現実に即している暴露小説。

それはもはや、倫理違反どころの話じゃない。一種のテロだ。

……私を巻き込んで、爆発するつもりだったのかな。

せせらぎ橋を渡って二十分近く歩いたら、ようやく廃病院が前方に見えてきた。こんなに時間が掛かるなら、タクシーを使えばよかった。車と徒歩は、月とすっぽんくらい違う。そんな教訓を得て、亀のようにのろのろ歩く。

そういえば、すっぽんは意外と足が速いらしい。

いや、そんな雑学はどうでもよくて。

今さらいじめの存在が認められたところで、佐渡琢也が生き返るわけではない。死者の名誉のために、私を騙して自分は懲戒処分を受け入れようとした？　納得とは程遠い結論だ。

そもそも、いじめを暴露することが目的なら、物語の形に整える必要はなかった。

内部告発では足りず、小説として発表する意味——。

できの悪いなぞなぞみたいだ。吐いた息が、乾いた空気に混じる。

建物の裏側に出るために小道を曲がると、かろうじて車が通れるくらいの狭い道が続いていた。一方通行の標識はないが、対向車とすれ違うことはできそうにない。電柱に貼られた高収入バイトの宣伝ポスターを見て、ここから電話する人がいるのか不思議に思った。

すると、三十メートルほど先にある電柱の側に人影を見つけた。

錆《さ》びたフェンスに寄りかかりながら、退屈そうに煙草を吸っている。

「ここにいたんですね、後藤さん」

後藤は、首だけを動かして私を見た。

「……不幸自慢の女か」

「河川敷にいなかったので、今日は諦めようかと思いました」

作務衣と束ねた長髪という外見は、前回見たときと一緒だ。不潔な印象を受けないのは、爬虫類《はちゅうるい》のような目と尖《とが》った鼻が与える威圧感の方が勝っているからだろう。

「なんか用か？」

「想護のことを、もう少しお訊きしたくて」

「前に話してやったやろ」

私の前に火が消えていない煙草が投げ捨てられる。フィルターの部分を触らずに拾って、ポケットから出した携帯灰皿に入れた。

「ポイ捨ては条例違反ですよ」

「お前さんも吸うんか」携帯灰皿を見て後藤は言った。

「八回目の禁煙に失敗したところです」

吸い殻を返す代わりに、一万円札を二枚差し出した。

「椎崎さんのようなパフォーマンスはできないので、その分も上乗せしています」

「耳、塞いどったんか。もう話すことはないて」

「さすがに、偶然の一言じゃ片付けられないと思うんですよ」

「あ？」

「二つの死体を、同じ場所で発見するって」

「はっ。探偵気取りかい。金の重みを知らん奴は、出《だ》し渋《しぶ》る奴より嫌いなんよ。襲われたくなかったら、とっとと帰れ」

二万円は受け取らず、後藤は次の煙草に火をつけた。

「あの河川敷には、いつから住んでいるんですか？」

「個人情報に踏み入るなや。知りたかったら、住民票でも調べろ」

公有財産の河川敷は、住居として認められないだろう。

「佐渡くんが転落する前なのは、間違いないんですよね」否定しないのを確認してから、

「じゃあ、立ち入り禁止の看板を作ったのは？」と訊いた。

「ずっと掛けっ放しやから、覚えとらんわ。おい……、もういいやろ」

「嘘ばっかりですね」手を伸ばしても煙草の火が届かない距離まで、一応下がっておいた。

「さっき見たら、看板の文字滲《にじ》んじゃってましたよ。一昨日、雨が降ったからでしょうね。

ああいうのは、水性で書いちゃダメです。つまり、看板を掛けてから初めて雨が降ったのが
二日前ってことになります。一年以上雨が降らないって、砂漠じゃないんだから」

「お前さんは、何が言いたいんよ」

「橋の下で会ったとき、これで雨風を防げるのかなって思いました。橋が屋根の役割を果た
しても、あの辺ってたまに氾濫《はんらん》しますから。段ボールと毛布だけじゃ心もとない気がして。

もしかしたら、室内から引っ越してきたのかなって、そう思ったわけです」

わざとらしく、首を傾げてみせる。

「急に引っ越したのも不思議だし、ずっと住んでいたと嘘をついたのも不思議です。もっと

言えば、二つの転落に一年越しで関わっているのは、すごく不思議です。私、考えてみて、すべてを説明できる理由がないかなって。そうしたら、見つけちゃいました」

「言ってみいや」

「あなたは、廃病院に住んでいた」

「地縛霊みたいやな。そういや、俺の知り合いで墓に住んどった不届き者がいた。しかも、自分の墓の前に。はっ……。面白いやろ」

それこそ幽霊だと思ったが、話を脱線させるのは避けよう。

「廃業したのは十年くらい前なので、住めない環境ではなかったはずです。壁と屋根がある分、外よりはマシでしょうし。捜査が始まったせいで、ほとぼりが冷めるまでは別の場所で暮らす必要があった。そこで目を付けたのが、あの河川敷だった」

「弁護士の入れ知恵か？」

「いえ、椎崎さんからは何も聞いてないですけど」

「へえ……。見誤ったかな。さっきの金、受け取ってやる」

「認めてくれるんですか？」

口の端を歪ませながら、後藤は二万円をポケットに押し込んだ。

フェンスに向かって吐き出された煙草の煙が、その奥に広がる廃病院の光景を一瞬だけ霞《かす》ませた。「あの中に俺が住んどったら、お前さんは嬉しいんか」

「目撃しているかもしれないので」

「落ちた瞬間を？」

「というより、突き落とした犯人を」

「ああ。そうやったな」嘲《あざけ》るように、後藤は笑った。

「それで、あなたの住所は？」

「高校生のガキがくたばっとるんを見つけたのは、ただの偶然よ。別に、信じてくれと頼むつもりもないけどな。この辺をぷらぷら歩いとったら、寝っ転がっとるのが見えた。警察から話を訊かれて、あそこが廃病院なのを知ったんや。一ヵ月後に来たら誰もおらんかった。事故の噂が流れたせいかは知らんが、寄り付くアホもいなくて絶好の住処《すみか》やと思った」

注意深く聞いていたが、ここまでの説明は筋が通っている。

「その間、想護が来たことはありませんでしたか？」

「何回か来たな。屋上を熱心に調べとったよ」

「話したことは？」驚きを顔に出さないようにする。

「鬱陶《うっとう》しいくらい、いろいろ訊かれたわ」

「たとえば、どんな質問を？」

「いつから住んどるのか、現場を見に来た奴がいなかったか——」

「誰か、いたんですか」

思わず、後藤の話を遮ってしまった。

「俺は見とらん。出掛けることも多いしな。でも、弁護士が女を連れてきたことはあった」

「……女？」

「女子高生やから、安心せい。いや、逆にショックか」

後藤の笑い声が耳を通り抜けていく。想護が、女子高生を連れてきた？

誰を……？　いや、何のために？

「何をしに来たのか……、二人の会話とか、想護から聞いたりは？」

「近づける雰囲気やなかった。別に、気軽に話し掛けるような仲でもないしな」

後藤の煙草が短くなっているのを見て、携帯灰皿を差し出しながら、「私にも一本くれませんか？」と訊いた。

受け取った煙草は有害物質の福袋のような吸い心地で、吐き出した煙が普段よりも濁って見えた。指定外の場所での喫煙は条例で禁止されているし、紙巻き煙草のシェアは年々低下しているから、この路地裏の光景は異様なものになっているだろう。

「想護は、佐渡くんが転落した原因を調べていました」

「そのくらい見とったらわかる」

「ここに来たのも、調査の一環だと思います」

紫煙を追って視線を上げると、建物の屋上が見えた。ちょうど正面に、壁掛けの室外機と仮設の足場もある。あの不安定な足場に、佐渡琢也は着地したのだろうか。

「目障《めざわ》りだったんは、最初の数ヵ月くらいよ。そのあとは、警察も弁護士も来んくなった。ようやく住み慣れてきたところやったのに、今回の件で台無しや」

「想護が屋上から落ちた音は、建物の中で聞いたんですね」

「ああ」

「上っていくところも見ましたか？」

「度胸試しで入り込むアホと鉢合わせんように、裏口に南京錠《なんきんじょう》を付けて倉庫で生活してた。駐車場は見えるが、非常階段は反対側」

想護が描いた見取り図を思い浮かべながら、後藤の説明を聞いていた。

「落下音を聞いて、裏口から外に出た……」

「あとは前に話したとおり。情けで通報してやった」

「廃病院に住んでいたことは、警察にバレなかったんですか？」

「倉庫に置いてた物を段ボールに詰めて外に隠せば、生活の形跡は抹消できる。住居不定者にとって、身軽さは最重要事項なんよ」

廃業した病院に無断で住み着くのが犯罪なのかはわからないが、正直に打ち明けるより、通行人として見つけた体を装った方が都合が良いと判断したのだろう。

「お前さんは、この件を解決しようとしてるんよな」

「だから、二万円も支払いました」

「すぐに自殺で処理されると思っとったんや。こうやってたまに様子を見に来とるんやが、ちょくちょく警察がおって、立ち入り禁止が解除される気配がない」

「事件性があるか、まだ判断できていないいんだと思います」

「だらだら調べられるんが、鬱陶しくてな」

「……また住むつもりなんですね」

「俺は、警察が嫌いなんよ。信用してないし、関わりたくもない」

話が見えてこないので、曖昧に頷いた。

「事件が解決されんと、俺は困る。でも、警察に協力するのも癪《しゃく》。葛藤やな」

「葛藤ですね」正しくは我が儘だ。

「情報を教えてやるから、お前さんが何とかせい」

「えっと……、警察に話してない情報があるってことですか」

「期待させるほどのものでもないがな。弁護士が倒れてるのを見つけたあと、通報してから荷物を隠しとったら、この道を走って行く女子高生を見た」

驚いて、携帯灰皿を落としそうになる。

「詳しく教えてください」

「こっちから、お前さんが立っとる方に走って行った。見覚えがある制服を着てたせいで、記憶に残ってな。夜やから、はっきり顔は見えんかったが」

「その制服って――」

「弁護士が連れてきた奴が着てたのと一緒や」

携帯で北川高校の制服を画像検索して見せると、あっさり後藤は頷いた。

「別人やったけどな」

「顔は見えなかったんじゃないんですか？」

「輪郭は見えた。それだけで充分よ」

「でも……」

断言できる理由がわからず、言葉に詰まってしまった。

「月とすっぽんくらい顔立ちが違った。弁護士が連れてきた奴が月、逃げた奴がすっぽん。知ってたか？　すっぽんは逃げ足が速いんやで」

3

翌朝の目覚めは最悪だった。

寝つきの悪さは何年も前からの悩みだ。それに、ここ数日はまともに眠れていない。まどろみの中を彷徨い、些細な物音で現実に引き戻される。おまけに昨夜は、そのループに加えて、ようやく眠れたと思ったら悪夢にうなされた。

ベッドの上で悶《もだ》え苦しんで、起き上がれたのは午前十時だった。

マナーモードに設定している携帯を見ると、六件の着信履歴が残っていた。三つの出版社から、ちょうど二件ずつ……。直後、七件目の着信が画面に表示される。

「二階堂です」

「あ、夏北社《かほくしゃ》の成瀬《なるせ》です。今、大丈夫ですか？」

「ええ。どうしました」

「ネットニュースの件ですが、あの……、まだ見ていなかったり……」

「どの記事のことでしょう」

「二階堂さんが、ゴーストライターを使っていたと」

その一言で状況を把握する。着信履歴の理由も、報じられた記事の内容も。

「事実なんでしょうか？」

「ライターではないですが、アイディアを提供してもらっていたのは事実です」

唸《うな》るような声が聞こえてから、「……困りますよ」と言われた。

「ご迷惑をお掛けして、申し訳ありません」

「謝られても……。とりあえず対応を検討するので、経緯をメールで送ってもらえますか。あと、依頼していた原稿については、一旦《いったん》ストップしてください」

「わかりました」

電話を切り、自分の筆名をネットで検索してみる。問題の記事は、すぐに見つかった。

『人気作家の背後に、ゴーストライターの影』

記事には、遊佐想護の名前も出ていた。内容を要約すると――、

大学のサークルで二人は出会い、一人は作家、一人は弁護士になった。スランプに陥った二階堂紡季は、遊佐想護が書いた小説をベースにして、『IFの神様』を書き上げた。その後に発表した作品は、すべて遊佐想護が考えたものである。

四月十日の夜、遊佐想護は廃病院の屋上から転落して、現在も意識不明の重体。転落の理由は、明らかにされていない。二階堂紡季は、次回作を書き上げられるのだろうか。

よくまとめられている、と思った。

どう動くのが適切か。コーヒーを飲みながら考えをまとめた。

メーラーを立ち上げて、付き合いのある編集者宛てのメールを作成する。記事に書かれている内容は事実であること、迷惑を掛けてしまい申し訳なく思っていること、今後の対応は各社が決めた方針に従うこと、電話ではなくメールでのやり取りを希望すること。

送信したメールの文面を眺めて、このあとの展開を想像する。

今回の件は、何らかの犯罪に当たるわけではない。想護の同意は得ていたのだから、盗作や著作権侵害とは評価されない。原案と執筆の役割分担をして、『二階堂紡季』という筆名

を使っていた、ただそれだけのことだ。批判の対象になるとすれば、作家としてのスタイルを変えたことを打ち明けなかった不義理だろう。

いずれにしても……、あとは流れに身を任せるだけだ。

しっかり身支度をしてから、タクシーを呼んで北川高校に向かう。昼休みが始まる前に、校門に着くことができた。見覚えがあるセダンが、駐車場に停《と》められていた。

「あれ？　どんな服装で来るかと思ったら」

ワインレッドのカーディガンとスカートの私を見て、怪訝そうに椎崎が言った。

「このために買ったんです」

「はは。似合ってるよ」

ボタンダウンのシャツを爽やかに着こなす椎崎の横顔を見ていたら、

「どうしたの？」と視線を合わせて訊かれた。

「いえ、何でもありません」

「じゃあ、行こうか」

今朝のネット記事について椎崎が触れてこなかったので安心した。ネット記事で取り上げられたにすぎないので、単純に把握していないだけだろう。見た上でこの接し方なら……、そっちの方が恐ろしい。

十年振りに入った高校の校舎は、母校でもないのに懐かしさを覚えた。

出席番号順で使用場所が決まる下足箱は、背伸びをしないと届かない段を割り当てられたときに理不尽さを感じた。蛍光灯の光を反射するフローリングの廊下は、面倒なワックス掛けの成果物だろう。誰もいない階段を見ると、つい一段飛ばしで上りたくなる。

椎崎が進路指導室の扉を開くと、二脚の横長の机が向かい合う形で置かれていた。

「遊佐のパソコン、ログインできたみたいだよ」

「え？　もう？」

事務所で椎崎にパソコンを渡してから、まだ二十四時間も経っていない。

「うん。普通の暗証番号だったらしい」

「凄いですね」特別な暗証番号というのは、番号が複雑なのか、あるいは暗号化の過程が複雑なのか。「データも確認できたってことですか？」

「いや、厳重にロックされてるフォルダがあって、その突破待ち」

「そこに、プロットや調査メモが保存されているかもしれないんですね」

「可能性はある。三日くらい掛かりそうだってさ」

「三日……。わかりました」

充分早いと思った。パソコンを見つけてすぐに解析を依頼していれば、何日も前にデータにアクセスできたことになる。

「きょろきょろしながら歩いてたけど、懐かしかった？」

「はい。いろいろ思い出しました」

「俺なんかは、弁護士になってからの方が、真面目に学校に来てる気がする」

椎崎は、週に一回程度、担当する学校にスクールロイヤーとして赴いているらしい。教師が把握している懸念事項の有無を確認して、場合によっては生徒から話を訊く。担当の学校が複数あるため、曜日ごとに勤務場所が変わって大変だと苦笑していた。

先日の憂との会話で披露した話術は、日々の経験を通じて身に着けたものなのだろう。

「私も来てよかったんですかね」

「同席してくれた方が、説明の手間が省ける」

契約書にサインしたことで、椎崎の中にあった多くの障壁が取り除かれたらしい。

「調査中に秘書が発言することは許されますか？」

「構わないよ。でも、俺たちが訊けるのは、今この学校で起きてる問題に限定されるから、そこは気をつけて」

「いきなり佐渡くんの話題を出すな。そういうことですよね」

「うん。段階を踏む必要がある。それと感情論を前面に出すのは厳禁」

「わかりました」

そこで、扉がノックされた。椎崎が入室を促すと、通気性が悪そうなスーツを着た男性が入ってきた。五十代に差し掛かったくらいか。薄くなりかけた髪の毛、分厚い眼鏡。冴《さ》えない教師という単語が思い浮かんだ。

「お忙しいところ申し訳ありません」

「三年三組の副担任の佐渡淳一《じゅんいち》と申します」

額に浮かび上がった汗をハンカチで拭いながら、淀んだ声で名乗られた。

「よろしくお願いします」椎崎と共に軽く頭を下げる。

この男性教師が、佐渡琢也の父親。

私と椎崎が窓側の長机に、佐渡が扉側の長机に座った。教師が入り口に近い席に座るのは、学生時代の記憶にはない光景なので違和感がある。

「先生をお呼びしたのは、永誓沙耶という生徒について確認したいことがあったからです。先生が担当しているクラスの生徒ですよね」

さっそく椎崎が切り出すと、佐渡は「はい」と短く答えた。

「担任の阿部《あべ》先生からは既に話を聞いていますが、副担任の認識もうかがえればと思いまして。永誓さんが抱えている問題について、何か心当たりはありますか？」

「阿部先生は、何と？」

「それはお答えできない決まりになっています」

「真面目で優しい生徒です。成績も優秀ですし、受験に向けてよくがんばってくれています。引っ込み思案のところはありますが、問題と呼ぶべきほどのことではないかと」

「それだけですか？」

「はい。担任の阿部先生からも、特段の報告は受けていません」

真面目で優しくて成績優秀。捉えようによっては、ほとんどの生徒が当てはまるだろう。そういった回答のマニュアルが存在するのではないかと疑ってしまう。引っ込み思案というキーワードを持ち出したのは、事態が悪化したときに責任逃れを図るため。

「二年生の夏頃に、写真部を退部したそうですね」

「ええ。受験勉強に力を入れるためと聞いています。何らかの部活には所属してもらうのが原則ですが、事情が事情でしたので」

「事情というのは？」

「………………」

「写真部の二年生部員が亡くなった転落事故のことですね？」

自然な流れで、話題が誘導されていく。

「その件については、顧問の先生の方が詳しい事情を把握しているはずです」

「ご子息なのに？」

「学校にいる限りは、教師と生徒という関係でしか接していません」

「それでは、学校外のことをお聞かせください」

「仰っている意味がわかりませんが」

「佐渡くんと永誓さんは、同じ小学校に通っていたそうですね。永誓さんが引っ越したので中学校は別々でしたが、高校で再会した」

「どうして、何年も前のことを知りたがるんですか？」

「一年前の転落死事故と、永誓さんが現在置かれている状況が関係しているのか。佐渡先生の答え次第では、その取っ掛かりが得られます」

佐渡の額に浮かび上がった汗は、今にも垂れてきそうだ。手元のハンカチは強く握られたまま動かない。それでも、上着を脱ぐつもりはないらしい。

「問題意識の所在を明確にしていただけませんか」

「端的に申し上げれば、佐渡くんの鼻に障害が残った経緯を教えていただきたい。永誓さんは、佐渡くんに負い目を感じていた。違いますか？」

想定外の指摘だったので、思考を整理する必要があった。

同じ小学校に通っていた過去、いじめの元凶ともいえる外見のコンプレックスを抱えるに至った経緯。どちらも、プロットには書かれていなかったことだ。

「椎崎先生の調査には協力するように、校長や教頭から言われています。ですが、小学生のときの琢也の話をすることが私の職務だとは思えません」

「強制ではなく、協力を求めているに留まります」

「申し訳ありませんが、先ほどの質問にはお答えできません」

「わかりました」椎崎は、隣に座る私に視線を向けて、「何かある？」と確認した。

頷いてから、佐渡に訊いた。

「――琢也くんの転落は事故だった。その結論に納得されていますか？」

意見を求めているにすぎず、無駄な質問だと椎崎に思われているだろう。それでも、今のやり取りを聞いていたら、確認せずにはいられなかった。

「学校は適正に結論を出したと思います」

「佐渡先生が調査を求めれば、学校の対応も変わったのではないでしょうか」

「ですから……」

納得できなかった。仮に佐渡琢也が自らの意思で飛び降りたのだとしても、彼を精神的に追い詰めた人物は別にいる。いじめの加害者に刑事罰を科す難しさを椎崎は語っていたが、遺族からすれば、いじめによる自殺も殺人と変わらないのではないか。

椎崎が諫《いさ》めるように口を開いた。

「市川さん。最初に話したこと覚えてる？」

感情論を前面に出すな。そう注意された。「――すみません」

「失礼しました」私に代わって椎崎が謝罪する。

「いえ、気になさらないでください」

「生徒が亡くなった場合の事後的な調査は、死者の名誉より遺族の心情を優先するべきだと私は考えています」

真剣な面持ちで、椎崎は言葉を継いだ。

「いじめの存在を認定するには、生の事実としての嫌がらせを一つずつ明らかにしていかなければならない。遺族に突きつけられるのは、残酷な現実です。それによって、亡くなった生徒が生き返るわけでもなく、学校や加害生徒に責任を問えるのかは別の問題です。調査を望まない遺族の方がいらっしゃるのは、当然のことだと思っています」

佐渡は沈鬱《ちんうつ》な表情で口元を歪めている。

「ですが――」と椎崎は続けた。

「死をもってしても、いじめが消滅するかは不確実です。新たな被害者が生まれる負の連鎖を防ぐには、根本的な原因と向き合わなければなりません。遺族であると同時に、教師でもあった佐渡先生は、困難な判断を求められたものと推察します」

椎崎が言わんとすることが曖昧にしか理解できなかった。

視線を彷徨わせたあと、「……業務に戻るので失礼いたします」と佐渡は席を立った。

「ありがとうございました」

佐渡が進路指導室を出て行き、再び二人だけになった。

「余計な発言をしてしまいました。すみません」改めて謝ると、「彼は、去年まで学年主任を務めていた」椎崎は頬杖をつきながら、なお硬い口調で答えた。

「今は副担任なんですよね。でも、それが？」

「最終的に調査を求めなかったのは事実だと思う。でもそれは、最初から諦めていたことを意味するわけじゃない。息子がいじめられていたのか調べてほしい。その申告は遺族として当然の権利だよ。だけど、学校側からみれば内部告発とも捉えられる」

「……圧力のようなものが掛けられたと？」

「想像の域を出ないけどね。ここは私立の高校で、基本的に転勤という制度がない。説得の形がとられたとしても、本当の意味で選択肢があったといえるかな」

「だからって……」

「学年主任から副担任への降格は、急に決まったことらしい」

「え？」

椎崎は机の下に足を投げ出して、背もたれに身体を預けた。

「調査を求めなかったのに厄介者と認定された。もちろん、佐渡琢也の件とは無関係の人事かもしれない。あるいは、学内にいる異分子に情報を流出させたみせしめか」

「想護のことですか」

「週に一回程度しか学校に来ない弁護士が、どうすれば効率的に情報を集められると思う？イレギュラーが多発する学校の場合、文章に残されている情報は極一部だ。四方山話《よもやまばなし》をしてくれる人物からの聴き取りは絶対に欠かせない。でも、いじめの聴取になると、揃って口をつぐんでしまう。害はあっても利はない人間ばかりだから。そんな敵だらけの状況で、真相解明を望む人物がいたら……、まっさきに接触するだろうね」

原自物語のプロットには、佐渡琢也しか知り得ないような情報が多くあった。関係者から聴取したのだろうと思っていたが、具体的な人物像までは思い浮かべていなかった。

「事故と判断されてから打ち明けても手遅れでは？」

「そこは大きな疑問として残る。職場に牙《きば》をむく動機——、何か思いついたら教えてよ」

「それに……、さっきの佐渡先生の受け答えは、琢也くんの事故の真相解明を望んでいるようには聞こえませんでした」

「俺の想像があっていれば、降格人事という制裁を受けたあげく、信頼して打ち明けた人物が意識不明の重傷に陥ったことになる。気持ちが折れてしまってもおかしくない」

椎崎が佐渡に向けた言葉の意味が少しずつ理解できてきた。私は、表面的な受け答えだけを捉えて心の傷を抉《えぐ》ってしまったのだろうか。

「次の約束まで少しだけ時間があるけど、他に訊きたいことはある？」

気持ちを切り替える。疑問に思った点はいくつかあった。

「二人は、同じ小学校に通っていたんですか？」

「ああ……、うん。学校が保管している記録を見たら出身校が書いてあった」

昼休みになったらしく、廊下を歩く生徒の話し声が聞こえてきた。

「それほど珍しいことじゃないですよね」

「そうだね。でも、同じ小学校出身の生徒がもう一人いてさ。その子に話を訊いてみたら、面白い噂を教えてくれた」

「噂？」

「小学五年生のときに、永誓沙耶のせいで、佐渡琢也の鼻はああなった」

「何ですか、それ」

「そこで、現実と物語のズレを思い出したんだ」

「……顔面偏差値の偽装」

プロットだと佐渡琢也の仕業とされていた偽装行為が、現実では永誓沙耶の犯行だと認定されて嫌がらせを受ける原因になっていた。

「どちらかが間違ってると考えていた。でも、二つは両立するのかもしれない」

「そうか。永誓沙耶が罪を被ったなら」

「お邪魔しまーす」

ノックもせずに朝比奈憂が入ってきたため、そこで検討は打ち切られた。

4

この数日の間に髪を切ったようで、憂は一層ボーイッシュな見た目になっていた。

「こんにちは。憂ちゃん」

「あれ？　今日は、紡季さんも来てるんだ」

「椎崎さん、デリカシーがないから。お目付け役」

「あはっ。斜に構えてますもんね」

「大人の対応をしてるだけ。そのまま二人で話していいよ」

椎崎が袖《そで》をまくったのを見て、「そういうところが子供です」と憂は笑った。

ファミレスで会ったときは、椎崎が怒らせたこともあって、憂が途中で帰ってしまった。何事もなかったかのように笑顔で話すのを見ると、切り替えの早さがうかがえる。

何から訊こうか、少し迷った。

「憂ちゃんは、写真部の活動を続けてるの？」

「沙耶が辞めたから、うれいしかいないんですよ。サワくんのことがあって新歓どころじゃなかったし。部室を私物化して、廃部になる瞬間まで居座り続けます」

「永誓さんが辞めたのは、いじめのせい？」

「さあ。サワくんが死んじゃってから、話し掛けても無視されるんで」

「憂ちゃんを巻き込まないようにしてるとか」

首を傾げながら、「どうして、こうなっちゃったんでしょうね」と憂は嘆いた。

「顔面偏差値の嫌がらせは、本当に永誓さんがやったのかな」

「うーん。だって、本人が認めてるんですよ」

「誰かを庇っているのかもしれない。どうやって下げたのかは知ってる？」

「左右対称性を崩したんですよね。あんな方法、よく思い付いたなあ。専門的な編集ソフトを使わないと、うまく加工できないはずですよ。写真部のパソコンに入ってるような……、あれ？　もしかして、うれいが疑われてます？」

わざとらしく、憂は口元に手を当てた。

「そういうわけじゃないけど、もし憂ちゃんが犯人なら動機は？」

「まあ……、やっぱり、復讐ですかね」長机に頬杖をついて、「クラスの子たちが、全員でサワくんを殺したようなものだから」と憂は続けた。

「スコアを晒すだけで復讐になる？」

「うーん。隠し撮りすれば、簡単に調べられるしなあ。左右対称性を崩すのだって、本人にこっそり渡さないと意味ないし」

憂の言うとおりだ。せっかく違和感を覚えにくい方法でスコアを下げたにもかかわらず、自らその事実を明らかにした……。ちぐはぐな印象を拭えない。

「本来よりも顔面偏差値が低い顔写真を故意恋に登録すれば、歪んだイデアルが選ばれる。自分を虐げてきたクラスメイトに復讐するために、佐渡くんは加工した顔写真を渡すつもりだった。彼も、編集ソフトが入った部室のパソコンを使えた一人だよね」

「ふむふむ。いかにもサワくんがやりそうなことです」

「でも、その復讐を成し遂げる前に、佐渡くんは命を落としてしまった。パソコンの中には、オリジナルのデータと加工後のデータが残されたままだった。それを憂ちゃんが見つけたら、どうした？」

「沙耶に相談して……、多分、加工後のデータは消します。いくら何でも、サワくんの遺志を継ごうとか、そんな大それたことは考えません」

スコアの偽装を見抜かれたら、大惨事を引き起こすことは目に見えている。

「永誓さんが選んだのは、二つのデータを晒す第三の道だった」

「いや……、わけがわかりませんよ。沙耶がやったわけじゃないのに、データだけ晒す？そんな中途半端なことをして、何になるっていうんですか」

「うん、そうだよね」

「さすがに迷走しちゃってます」

永誓沙耶の行動は、マイナスの結果しか生んでいない。加工の目的を果たせず、裏切り者として自らを窮地に追いやった。得たものはなく、居場所を失っただけだ。

　でも、失うことこそが、彼女の狙いだったとしたら——、

「加工後のデータだけ配ったら、左右対称性を崩してるって見抜かれたと思う？」

「受け取った時点では、バレないと思います。でも、故意恋に登録する前に気付きますよ。だって、沙耶に撮影を頼んだのはスコアを上げるためなんだから、自分が持ってるデータと比較するためにルックスコアに上げるはずです」

「あ……、そうか。加工の手法は見抜けなくても、スコアは比べられるもんね」

「はい。だから、どっちにしても復讐は失敗していたと思います」

　加工したのが佐渡琢也だったとして、彼はこの落とし穴に気付いていただろうか。巧妙な方法を思い付いたと慢心して、視野が狭くなっていた可能性はないか。

　考え込んでいたら、憂が私の顔を覗き込んでいた。

「そのカーディガンって何色ですか？」

　そう訊かれて、色の選択を間違ったことに気付いた。

「ワインレッドだよ」

「へえ。うれい、赤色がちゃんと見分けられなくて。全部、くすんだ茶色に見えるんです。今は個性だと思ってますけど、そのせいでバカにされたこともあって」

「うん」

「サワくんは、黙ってれば隠せるんだからマシだって言ってきました。最初はめちゃくちゃムカついて。でも、サワくんの鼻はカミングアウト状態で視線を浴び続けてたんですよね。マスクで隠しても、いつかはバレるわけだし」

「比べられるものじゃない気がするけど」

繊細な話題なので、不用意に傷つけないように気をつけた。

「サワくんと一緒にいると、安心できたんです」

「安心?」

「自分より、ずっとずっと不幸な人がいる。比べたかったのはうれいで、安心したかったのもうれい。心配してる振りをして、不幸話を訊き出した。我ながら、最低です」

「それでも、佐渡くんは救われてたと思うよ」

軽薄な言葉だ。もっと言うべきことがあるはずなのに。

「サワくんの心の支えになってたのは、沙耶です。目を逸らすんじゃなくて、馴《な》れ合《あ》うんじゃなくて、ちゃんと向き合ってた。そんな二人の関係が、少しだけ羨ましかった」

「一応訊くけど、二人は付き合ってたの?」

「いやいや、ないです」

即答で否定された。やはり、ただの幼馴染みだったのだろうか。

「永誓さんは、ミスコンに出るくらい美人なんだよね」

「ああ……。よく知ってますね。一年の時の文化祭で、半強制的に出させられたみたいです。本人は嫌がってたけど、断ったら空気読めない感じになっちゃいますし」

「優勝したの？」

「ううん。大本命って前評判だったのに、三位でした。提出した写真のスコアをその場で発表して……、何か晒し者みたいで可哀《かわい》そうだったな」

「憂ちゃんから見たら、永誓さんが一番美人だった？」

「そりゃあ、そうですよ。うれい……、沙耶より美人な子、見たことないですもん」

私が学生時代に見たミスコンは、人気投票の側面が大きかった。それに比べて顔面偏差値による審査は、客観性が担保されている。けれど、結果は三位だった。

その事実をどう解釈するかは、自分の目で永誓沙耶を見なければ決められない。

「そういえば、永誓さんと佐渡くんは、同じ小学校に通っていたらしいね」

「え？　そうなんですか？　知りませんでした」

それなりに長い付き合いだったはずなのに、一度も話題に上らなかったのか。

「私から確認しておきたいことは、あと一つだけ」そう前置きをしてから、「憂ちゃんは、廃病院に行ったことはある？」と訊いた。

「サワくんが落ちたところですか？」

「そう。霜月総合病院」

「ないですね」

もちろん、憂が嘘をついている可能性もある。だが、後藤が廃病院で見掛けた女子高生のどちらかが憂なら、特徴的な髪型は覚えている気がした。

しばらく無言で座っていた椎崎に、質問が尽きたことを視線で知らせた。

「さっき、赤色を見分けられなくてバカにされたって言ってたよね」

「……オブラートに包めば」

「オブラートを溶かすと何が出てくる？」

相変わらず、真意が伝わりにくい表現を好んで使っている。

「それ、サワくんの件と関係あります？」

「この学校で起きてる法的な問題は、すべて守備範囲に含まれるらしくてさ」

「安心してください。うれいの問題は解決済みなので」

椎崎は、足を組んで身体を斜めにした。

「いじめって、人数制限があるウイルスみたいなものなんだ」

「はい？」

憂と同じように、私も首を傾げたくなった。

「宿主が苦しんでる間は他者に感染しない。でも、宿主の免疫力が強くなったり、外部からワクチンを投与されると、次の感染先を狙い始める。表面的には解決したように見えても、ウイルスの保有者が変わっただけだった。そういうパターンを山ほど見てきた」

「ああ……、言いたいことはわかりました」

「佐渡琢也が保有していたウイルスは、永誓沙耶に乗り移った。じゃあ、朝比奈さんの場合は？　完全に消滅したのか、まだ生き残ってるのか」

「うれいのせいじゃないですよ。みんなが、勝手に決めたんです」

「樋口《ひぐち》翠に感染したんだね」

憂の秘密を暴露して、髪の毛に絵の具を付着させた人物だ。

「……自業自得じゃないですか」

「君の責任だとは、まったく思ってない。ただ、彼女が哀《あわ》れだと思うなら、どういう経緯で感染していったのか教えてくれないかな」

「わかりましたよ」憂は、大げさに溜息を吐いた。

クラスに取り憑く幽霊になってから、居場所を取り戻すまで。憂が語った内容は、回想のプロットと一致していた。おそらく、想護も同じように本人から訊き出したのだろう。

「主犯は翠ちゃんだったから、うれいがクラスになじんでいくほど逆に浮いていきました。一年の冬くらいかな……。教室での立場が逆転して、そのまま固定したのは」

「一年以上経って、クラス替えがあっても、まだ続いてるんだね」

「椎崎さんが言ったとおり、次が見つかってないから」

残酷な椅子取りゲームみたいだ。誰かが座れば、誰かの椅子がなくなる。

「逆恨《さかうら》みはされなかった？」

「そりゃあ半端《はんぱ》じゃなく恨まれてますよ。しょうもない嫌がらせも、たくさんされました。でも、うれいが相手にしなかったら、いつの間にか終わりましたね」

「わかった。ありがとう」

教室に戻っていいと椎崎が伝えると、憂は立ち上がりながら訊いた。

「翠ちゃんも助けるつもりなんですか？　ユウくんですら苦戦してましたよ」

「へえ……。どんな働きかけをしてたのかな」

「さあ。そこまでは」

「俺は水戸黄門じゃないから、できることをやるだけ」

「あっ。調べましたよ、水戸黄門。印籠《いんろう》で揉め事を解決するおじいさんですよね」

印籠を取り出す仕草《しぐさ》を見せてから、憂は進路指導室の扉を開いた。

5

トイレに行くために廊下に出ると、大勢の高校生の姿が見えた。

横並びで談笑する生徒、背中に両手を回してじゃれる生徒、窓に寄り掛かって紙パックのミルクティーを飲んでいる生徒。雑然としている一方で、一体感が損《そこ》なわれていないのは、制服や容貌に共通性があるからだろう。

「こんちゃーす」

「……誰？」

「さあ」

すれ違うたびに向けられる視線に居心地の悪さを感じつつ、トイレを目指す。

十年前、高校に通っていたときの私は、どうやって昼休みを過ごしていただろう。小説を読みたいと思いながら、周囲の視線や評価を気にして他愛《たわい》のない雑談をしていた気がする。アイドルの話や、誰かの悪口。その中に、今も付き合いがある友人はいない。

過去を顧みれば、もっと気楽に振る舞えばよかったのにと思う。期間限定で小さな社会に閉じ込められているにすぎないのに、そこで築いた関係性が永遠に続くと誤解していた。

正面から、四人の女子高生が近づいてくる。

三人が横並び。もう一人は、少し離れた後方を歩く。

社会人としてのマナーに疎《うと》い私は、上座や下座の位置関係は当てずっぽうでしか答えられない。でも、学校生活での立ち位置には最低限気を配ってきた。目立たず、疎まれず……。

だから、弱者とみなされた者の扱われ方も知っている。

十年経っても、何も変わらない。

ぽっちゃり体型とポニーテールが、前髪が長いそばかす女子を挟んでいる。スカートの裾《すそ》を摑まれているので、逃げることもできない。背後を歩く女子は、携帯を右手に持ってレンズを三人に向けている。動画で撮影しているのだろう。

その様子を半笑いで眺める生徒もいた。近づこうとする者はいない。

堂々としすぎていて、逆に嘘臭い。だが、中央を歩く女子生徒の表情を見て立ち止まる。

「ねえ」と話し掛けた。

ぽっちゃり体型が、「なんすか」と反応する。

「弁護士の転落事件を調べてるんだけど、職員室ってどこ？」

「階が違いますよ。この下」ポニーテールが床を指さす。

「ああ、そうなんだ。ありがとう」

左右の女子生徒が顔を見合わせる。警察と勘違いしてくれただろうか。そのまま私の横をすり抜けようとしたので、再び声を掛けた。

「仕事を増やさないでくれないかな」

「は？」不愉快そうにポニーテールに睨まれる。

「だからさ、バレバレだって」

「うっとうしいなあ、……行こう、ひめ」

振り返ったポニーテールが低い声で言って、そばかす女子だけが残された。

後方を歩いていた『ひめ』と呼ばれた女子生徒……。聞き覚えがあったので確認したが、切れ長の瞳で目力が強かった。プロットに書かれていたとおりだ。

「――余計なことするな」舌打ちが聞こえた。

残されたそばかす女子が、「助けたつもり？　どうなるか、想像できるだろ。何の意味もないんだよ」と声を尖らせる。

「もしかして、樋口翠さん？」

「おばさん。二度と関わらないで」

「ちょっと待って」

踵《きびす》を返《かえ》し、階段を下りて行ってしまう。

樋口翠だったのかはわからない。けれど、彼女が悪意を向けられていたのは間違いない。私が止めたせいで、このあとに何が起きるか。

「難しいなあ」そう呟き、トイレに立ち寄ってから、進路指導室に戻った。

椎崎に報告しようと思ったら、既に生徒が中で待っていた。

「お帰り。彼女が、永誓沙耶さん」

長くて艶《つや》がある黒髪、色白できめ細かな肌。そして、シンメトリーの顔立ち。なるほど。正統派美人を思い浮かべながら描写したキャラクターが、イメージ通りの配役で実体化した。『IFの神様』の実写化が決まってキャストが発表されたときも、同じような感動を覚えたことを思い出す。

「待たせちゃって申し訳ない。えっと……、今日は、遊佐想護の恋人で事件を調べている、市川紡季さんにも同席してもらってるんだ」

弁護士秘書や事務員ではなく、属人的な肩書で椎崎に紹介された。

「市川です。よろしくお願いします」

永誓沙耶は、無言でパイプ椅子に座っている。

私の挨拶が無愛想《ぶあいそう》だったせいで、彼女の気分を害したわけではない。椎崎いわく、調査を始めてから今日まで、永誓沙耶は沈黙を貫き続けているらしい。

「さて、じゃあ始めようか」

咳払《せきばら》いをしてから、椎崎は淡々と話し始めた。

「前回は、佐渡くんが亡くなってからのことを訊いたね。カラースプレーで染められた教室を見て、どう思ったか。どうして、クラスメイトに加工した顔写真のデータを送信したのか。事故死という結論に納得しているか。改めて、答えてくれることはないかな？」

俯いて座ったまま、沙耶は動かない。

何も語らないというのは、どういった意思表明なのだろう。

言葉数は少ないが、教師が授業で当てたり職員室に呼び出せば、最低限の会話には応じるらしい、と椎崎は事前に教えてくれた。

「こんな一方通行のやり取りを、もう何回も続けてる。でも、本当に答える気がないなら、呼び出しに応じなければいい。それなのに、永誓さんは毎回来てくれる。この調査を任意の協力で進めてることは、先生から説明されてるよね。それなのに、永誓さんは毎回来てくれる」

椎崎の口調は、普段よりも柔らかい。

「俺から情報を訊き出そうとしてるのか、それとも、核心を突く質問をされるまで答えないと決めてるのか……。まあ、どっちにしても俺は、向き合い続けるしかないんだけど。相槌くらい打ってくれると、喋りがいがあるってものだよ」

睫毛《まつげ》が長いので、俯いていても瞬きのタイミングがはっきりとわかる。シャーペンの芯《しん》が十本くらい載るだろう。その計測を始めたら、さすがに口を開くだろうか。

パイプ椅子に座り直して、椎崎は続けた。

「この調査は、永誓さんが抱える問題を把握するために実施している。余計なお世話だって思うかもしれないけど、そんな上履きで校舎の中を歩くのはおかしなことなんだよ。汚した人だけじゃなく、楽しんでる生徒も、見て見ぬ振りをしてる生徒や教師も、みんな異常だ。どんな理由があっても、安心して登校する権利を奪っちゃいけない」

沙耶が履いている上履きは、薄黒く汚れている上に、部分的に焦げ茶色に変色している。憂の上履きを見ていなかったら、本来の色合いを想像できなかっただろう。

先ほど廊下で目撃した光景といい、この高校の生徒指導体制がきちんと機能しているとは思えない。少し目を凝《こ》らせば、すぐに気付くはずなのに。

「顔面偏差値を下げる偽装をしたのは佐渡くんで、永誓さんはデータを送信しただけ……。その可能性を疑い始めたんだけど、汚れ役を引き受けた理由がどうしてもわからなかった。だから、二人の関係性を調べてみたんだ」

佐渡教師のときと同じように、椎崎は過去の話を持ち出した。

「ちょっと調べたら、永誓さんと佐渡くんが同じ小学校に通っていたことがわかった。もう少し調べたら、気になる噂に行き当たった。さらに調べたら、交通事故の記事を見つけた。そこには、加害者として君のお父さんの名前が書いてあった」

進路指導室に流れる空気が、わずかに張り詰めた。

「ああ、新聞とかニュースでの実名報道はされてなかったよ。記事っていうのは、ネットのまとめサイトのこと。赤信号を見落として、右折車と衝突した。まあ……、割とよくある事故だね。幸いなことに死者は出なかったけど、対向車の運転手が鎖骨を骨折した。それと、お父さんの車に同乗していた子供が重傷を負った。他のニュースに埋もれてもおかしくない事故が注目を集めたのは、ドライブレコーダーの映像が流出したからだった」

椎崎は手元の資料には視線を落とさず、沙耶を見据えていた。

「路上駐車していた車に、事故の一部始終を撮影した映像が保存されていた。弾かれた車がガードレールに激突して横転した。運転席から這い出てきた男性は、後部座席に乗っていた女の子を抱えて走った。その数分後に、車が炎上した」

反応を確かめるように、椎崎は一呼吸おいた。

「重傷を負ったのは、助手席側の後部座席に乗っていた男の子。映像はしばらく続いたけど、男性が現場に戻ってくることはなかった。男性が助けたのは自分の娘で、車内に残されたのは娘の友達だった。その後の報道が偏った形でされたり、男性が不用意な発言をしてしまったこともあって、娘を助けて他人の子供を見捨てた父親というレッテルを貼られた」

男性、娘、友達。それぞれが誰のことを指しているのかは、容易に想像できた。

沙耶は、汚れた上履きを見つめている。

「炎上した車に残された男の子は、大火傷《おおやけど》を負った。その後遺症として、鼻が歪な形で固定してしまった。恵まれた容姿のまま育った女の子と、後遺症のせいで苦しみ続けた男の子。その二人が、高校で再会したんじゃない？」

返答はない。かたくなに口を閉ざして、彼女は何に耐えているのか。

「事故に巻き込まれていなければ、佐渡くんがいじめられることもなかった。そう考えているなら……、少なくとも、永誓さんが責任を感じる必要はないと思うよ。君はこんな薄っぺらい言葉は期待してないんだろうし、想像で補いながら喋ってるから、的外れなことを言ってるかもしれない。指摘があれば訂正するし、無責任に傷つけたなら謝る。だから、こっちを見てくれないかな」

我慢比べをしているように、長い沈黙が流れた。

永誓沙耶と向き合えば、多くの疑問に答えが与えられると思っていた。

彼女は何らかの形で佐渡琢也の死に関わっている。私は、その事実をほぼ確信している。死の予兆を感じ取っていたか、転落を目撃していたか、背後から突き落としたか――。嘘をつかれても表情や声色は観察できるが、すべての答えが沈黙ならお手上げだ。

「もう、こっちが持ってるカードはないよ」

そう椎崎が言ったところで予鈴が鳴った。午後の授業が始まるらしい。沙耶は席を立ち、進路指導室を出て行った。最後まで、一言も発しないまま。

「まいったね」椎崎が呟いた。

「信用されてないとか、隠したいことがあるとか……、そういうのじゃなくて、明確な意思を感じるんだ。まあ、その正体が捉えられないんだけど」

荷物をしまい始めた椎崎に、整理しきれていない考えをぶつけてみる。

「彼女は佐渡くんに負い目を感じている。その視点は、間違っていない気がします。でも、本流ではないというか……、大切な部分が欠けていると思うんです」

「そうかな？」

立ち上がった椎崎を、私は見上げた。

「負い目があったから、顔写真を加工した罪を被った。それが正しいとして……、じゃあ、彼が一番苦しんでるときに助けなかったのは、なぜですか？」

「つまり、傍観者でいた理由ってことか」

「はい。仕返しを恐れる、次のターゲットになるのを恐れる。それが、傍観者であることを正当化する常套句《じょうとうく》だと思います。だけど永誓沙耶は、仕返しを恐れずにデータを送信して、ターゲットに名乗り出た。そこまでの自己犠牲をはらえるなら、どうしてクラスで居場所を失っている佐渡琢也に手を差し伸べなかったのか」

いや……、永誓沙耶がしたことは、自己犠牲と呼ぶのも不正確だ。

佐渡琢也が受けた仕打ちを知らしめたいなら、彼の復讐を代行すればよかった。

「命を絶つほど追い詰められてるとは思っていなかったから、傍観者でいられた。だけど、佐渡琢也の死と直面して、その責任を感じた。今の時点から振り返れば不合理に思えることでも、切り取った時点では別の光景が見えていた。そういうことじゃないかな」

「闇雲にデータを晒して、責任を取ったことになりますか？　あれじゃあ、まるで――」

「罰せられることを望んでいた。とか？」

私が続けようとした言葉を、椎崎は要約して口にした。

「あの、椎崎さんが感じている明確な意思って、破滅願望だったりしませんか」

「ああ……。うん、そうかもしれない」

だとすれば、私たちは同じ結論に向かっているのではないだろうか。

「想護がとった行動からも、私はその意思を感じました」

「どういうこと？」

「調査内容を無断で公表することは、弁護士倫理違反なんですよね。もし、私が原自物語を書き上げていたら、想護は懲戒処分を下された。違いますか？」

非難の矢面に立たされたのは、二階堂紡季だろう。けれど、閉じた社会での出来事なので情報提供者の存在が疑われたはずで、そうすれば恋人のスクールロイヤーに行き着いたかもしれない。何より、私が想護を道連れにする可能性だってあったのだ。

「あいつは、何を考えていたんだろう」

疑問というよりは嘆きの声が、珍しく椎崎の口から漏れた。

破滅願望なんてものは、響きが仰々しいだけで、きっと多くの人間が内心に抱えている。

想護のプロットで描かれている自殺志願者の「佐渡琢也」も、その一人だ。

そして、私も――、彼らと同じなのかもしれない。

6

北高を出てから携帯を見ると、複数の編集者からメールが届いていた。

二階堂紡季が三年以上隠し通した秘密を記事にしたのは、小規模の出版社が管理しているウェブメディアだ。ストーリーを提供した人物の存在を仄めかすに留まらず、遊佐想護との関係性まで詳細に書かれていた。

タクシーの後部座席に座りながらもう一度記事を読んで、どれくらい拡散されているかを確認した。ＳＮＳには詳しくないが、編集者をざわつかせるほどの数ではあるのだろう。

作家も人気商売の一つだ。もう後戻りはできない。

オフィス街の中心でタクシーを降りて、マップアプリで調べた建物に入った。受付らしき場所は見当たらなかったので、入り口の近くにいた黒髪ボブの女性に名刺を渡した。前もっての連絡はしていない。おそらく、マナー違反だ。

「作家の二階堂紡季です。今朝の記事の件で、担当者と話したいのですが」

目をぱちくりさせた女性を見て、用件は伝わったらしいと理解する。数分待たされてから別の男性がやってきて、別室に通された。

部屋の片隅にあるブックラックには、さまざまなジャンルの本が並んでいた。

実用書、ビジネス書、エッセイ、小説。この出版社で手掛けた本が展示されている。目に留まったエッセイを手に取り、ぱらぱら捲ってみた。

紙の匂いが、少し懐かしかった。

改稿、装丁、装画、校閲、営業、製本。多くの時間と工程を掛けて、一冊の本が作られる。毎日、何百冊という新刊が世に出て、数ヵ月後には、そのほとんどが書店の棚から姿を消す。誰の目にも留まらず、倉庫に眠る本だってあるかもしれない。

そんなことは周知の事実で、それでもなお本は作られ続ける。

ビジネスと割り切って書く作家がいる。思想や価値観を伝えたいと望む作家がいる。書かないと生きていけない作家がいる。承認欲求を満たすために書く作家がいる。

何だっていい。書く理由も、読む理由も。

言語化する意味はない。

私は、自分に失望したくなかったから、物語を紡いだ。そこにしか、存在理由を見いだせなかった。他人のアイディアにすがってでも、書き続けなくてはいけなかった。

近づいてくる足音が聞こえて、ドアが開いた。

「急に乗り込んでくるなよ。みんな、びっくりしてたぞ」

少し離れた椅子に、東條忠嗣が座る。マンションで話したのは、五日前のこと。

東條が、二階堂紡季のネット記事を書いた。

「事情は説明してないんですか？」

「説明した方が大騒ぎになる。記事の内容に文句があるなら聞くけど」

「さすがの文章力でしたが、ゴーストライターは不正確かと」

「ゴーストは、市川の方」

「ああ。なるほど」

「冗談だから、納得するな」

足を組んだ東條は、髭が伸び、疲れているように見えた。

「ここは、どんな本を作ってるんですか？」

「大衆じゃなくて、一人に刺さる本」

「良いテーマですね」

ブックラックに並ぶ本を眺めながら言った。

「大手と比べたら、部数は刷れないしマーケティングにも限界がある。その分、惚《ほ》れ込《こ》んだ作家に依頼して、書きたいものを自由に書いてもらってる。売れなくても仕方ない、売れたらお祭り騒ぎ。そういうスタンスだから、気が楽だよ」

エス研で機関誌を作ったときのことを思い出した。趣味とビジネスに大きな隔たりがあるのは理解しているが、学生なりの熱量を込めて作った本だった。

「でも、利益が出てるから成り立ってるんですよね」

「リスクを分散するために、いろんな分野に手を出してる。ウェブメディアもその一つで、文芸は一発逆転を狙う宝くじ」

「そのくじ、当たりは入ってますか」

「なかったら詐欺《さぎ》だよ」

本題に入る前に、もう一つ訊きたいことがあった。

「小説は、もう書いてないんですか？」

「そんな余裕ないよ。寝て飯食って仕事したら、一日が終わる」

「へえ。社会人の鑑《かがみ》だ」

「三十過ぎで子供もいるんだ。ガキが子供を育てちゃまずいだろ」

「そっか……。もう父親なんですね」

東條が大学を卒業してから、まだ十年も経っていない。

歩んできた道の差で、身を置く世界も、浮かべる表情も、ここまで変わってしまうのか。

エス研で小説を書いていたときは、同じ地点を目指していたはずなのに。

「想護と市川のおかげで、俺は小説を諦められた」

「どういう意味ですか、それ」

「投稿サイトの小説はそれなりに読まれてたし、新人賞も、ある程度の選考までなら残ったことがある。いつかデビューできるんじゃないかと思って、だらだら書き続けてた」

「続けてたら受賞できましたよ、東條さんなら」

私には、小説しかなかった。東條には、他にも道があった。それだけの違いだ。

だが、首を横に振って東條は続けた。

「自分の小説は客観視できない。自分が好きで面白いと思うストーリーを書くわけだから、贔屓目に見て評価する。それなのに、あらすじを知った上で読み返すと、途端につまらなく感じる。現在地がわからないから、ゴールまでの距離を見誤って脱落する機会を逃すんだ。スタートも切っていなかった二人が、凄いスピードで追い抜いて行った。しかも、その先はまだまだ険《けわ》しそうだって、戻ってきた市川に教えられた」

「私は、並走してるつもりでした」

「伝えたいことを伝えて、勝手にフェードアウトさせてもらった。市川がデビューするって聞いたときは、本当に嬉しかったよ。悔《くや》しさなんて、一切なかった」

「…………」

「なのに、残酷じゃないか」

「東條さん」

私の目をまっすぐ見て、「あんな記事、書きたくなかったよ」

「……すみません」

マンションで二階堂紡季の秘密を指摘されたあと、私は語った内容を記事にしてほしいと頼んだ。ウェブメディアを運営する出版社で働く東條なら、それができると思った。

「あれで満足してるのか」

「東條さんには、これ以上の迷惑は掛けません」

「答えになってない。ちゃんと説明するって約束だったよな」

この展開は、私が望んで引き起こしたものだ。

「けじめをつけるためです」

「誰が、何の？」

「このまま書き続けるなんて、許されるわけないじゃないですか。『ＩＦの神様』を書いた時点で、打ち明けるべきだったんです。それを先延ばしにして、想護が考えたストーリーを自分のアイディアみたいに発表しました。いろんな人を騙して不幸にしていたことに、ようやく気付いた。だから、手遅れだとしても、公表しなきゃいけないって」

冷たい視線を向けられる。目を背けることはできない。

「想護の意識が戻るまで待てなかったのか」

「今回の事件とは別に、いろいろあって……、信用できなくなっていました」

原自物語のプロットについては東條に説明していない。大切なことは打ち明けないまま、一方的に記事の作成を依頼した。

「そういうときこそ話し合うべきだろ」

「きっと想護は、優しい言葉で誤解を解いてくれる。信じ切れないと思うけど、きっと私は追及しないで受け入れようとします。……わかるんです。その積み重ねで、私たちの関係性は歪んでいったから。想護を解放するなら、今しかないと思いました」

「市川。お前、卑怯《ひきょう》だよ」

「卑怯？」

「想護が何も言えないときに、既成事実を作ってさ。それらしい理由をこじつけて、小説を書くことから逃げたかったんだろ」

「違う。私は……」

否定しなければいけないのに、それ以上の言葉が出てこない。

「自分からやめるとは言い出せなかった。でも、時間が経てば、書きたい気持ちが、物語を創りたい気持ちが、また芽生えてくる。それが怖かったんじゃないのか？　過去を明らかにして、批判に晒されたら、そのまま筆を折ることができる。そう考えたんじゃないのか？けじめなんてその場しのぎの言葉を、作家が使うなよ」

「逃げちゃいけないんですか」

「誰かに背中を押させるんじゃなくて、自分の足で逃げるべきだった」

破滅願望に駆られて、私は東條を巻き込んだ。

いつものように、相手の善意に付け込んで、安全圏に閉じこもって……。

卑怯って、そのとおりだ、何も言い返せない。

「わかっていたのに、どうして？」

「見てられなかったんだよ。この世界に引きずり込んだのは俺だし、想護と引き合わせて、逃げ道を奪ったのも俺なんだと思う。ここ数年の市川の小説、読むのが辛《つら》かった。どんどん自由じゃなくなって、何かに縛られているように見えた」

「想護の才能に、私が追い付けなかったんです」

「真っ先に抜け出した俺には、市川が抱えてる苦しみは理解できない。多分、わかるなんて言っちゃいけないよな。もう書きたくないって望むなら、逃げ出したいって望むなら……、その手助けくらいはできると思った」

「ありがとうございます。いや……、すみませんでした」

最初から本心を晒していれば、東條は受け入れてくれたはずだ。それなのに私は、正直な気持ちを偽って正面から向き合おうとしなかった。

冷たい視線も、厳しい言葉だって、すべて東條の優しさだった。

「謝らなくちゃいけないのは、俺も一緒だよ」

「え？」

「市川の部屋に行って、『ＩＦの神様』のストーリーは、想護が考えてたんじゃないかって訊いただろ。あのとき、はっきりとした理由は伝えなかった」

「癖を知ってたからじゃないんですか？」

私と想護のファンだから気付いたと、東條は言っていたはずだ。

「可能性は疑ってた。でも、想護と話して確信したんだ」

「いつのことですか？」

「一ヵ月くらい前」

想像していたよりも直近のことで、私は身を乗り出した。

「あの、どんな話をしたのか……訊いて大丈夫ですか」

「言わない方がいいと思ってた。想護というより、市川のために」

「私と別れる相談とか？」

「違うよ。本の作り方を教えてほしいって、ここに来たんだ」

「……作り方？」

「本にしたい小説があるから、必要な作業を知りたい。そう頼んできた」

一瞬、思考が停止した。だが、すぐに一つの可能性が思い浮かぶ。それは、まだ抽象的で明確な形はなしていなかった。どうにかして手繰《たぐ》り寄せなければならない。

「そんなの、私に訊けば――」

「だから、言わない方がいいと思ったんだ」

そういうことか。「その頼み方だと、自費出版を考えてるみたいですよね」

「ああ。新人賞を獲《と》って華々しくデビューしないと、どれだけ面白い本でも売るのは難しい。市川に相談するように説得したよ。でも、本にできればいいって首を振られた。正直、意味がわからなくてさ」

「小説の内容は、何か話してましたか？」

「本格ミステリなのか、リーガルサスペンスなのか。十年くらい、想護が物語と向き合うのを待ち続けてたから、興奮していろいろ訊いたよ。でも、まだ書き上がってないって繰り返すだけで、何も教えてくれなかった」

私がプロローグと第一章のプロットを受け取ったのも、同じ時期だ。想護は、原自物語を本にするために、東條のもとを訪ねたのだろうか。

「それで、どうなったんですか？」

「一応、付き合いがある製本業者を紹介した。書き上がった原稿を持ってきたら、俺が編集者として売り出す。そう伝えたけど、売るための本は今も創ってますって苦笑された。それを聞いて、市川と想護の関係性に気付いたんだ」

商業出版ではなく、自費出版。いや……、本にするだけなら、出版とも呼べない。

想護が作ろうとした本。そこに書かれていた内容は？

「そのあと、また連絡があったりは」

「いや、それっきりだよ」

頭の中が混乱する。私にプロットを渡しながら、想護は本を作る準備を進めていた。売ることが目的ではないとしたら、やはり、調査内容を公表するためだったのか。

だが、内部告発をして記事を書かせれば済む話なのに、どうして物語に拘ったのだろう。

弁護士が書いたミステリー仕立ての小説。現実に起きた事件を題材にしていると気付かず、フィクションと理解する読者も一定数いたはずだ。

帯やホームページで意図を説明しても、多くの者の目に留まるとは思えない。

「市川。何か心当たりがあるのか？」

「…………」

遊佐想護には、作家としての実績がなかった。

でも、二階堂紡季なら――、だから私に書かせた？

これまで、その発想は持てていなかった。遊佐想護が考えたストーリーを、市川紡季が物語に紡ぎあげる。作家としてのスタイルは何も変わっていない。

『二階堂紡季』を利用する人間が、変わっただけだ。

裏切られた？　そうじゃない。私だって、同じことをしてきた。

「……東條さん」

「なに？」

「小説でしか伝えられないことって、何だと思いますか？」

突然の問いに対し、東條は少し考えてから、「過程じゃないかな」と答えた。

「過程？」

「一つの物語に込めるメッセージって、そう多いものじゃないだろ？　結論だけを伝えたいなら、あんなに膨大な文字を打ち込む必要はないはずだ。ニュースや新聞は、客観的な事実をメインに伝える。心情まで詳細に盛り込んだら、放送枠も紙面も足りなくなるし、過度なバイアスがかかった記事は、それだけで批判の対象になるから」

前のめりになりながら、熱っぽい口調で東條は続けた。

「だけど、小説は違う。一見すると不合理な結末でも、登場人物の内面とか、そうせざるを得なかった事情を丁寧に描写していけば、納得が得られるかもしれない。絶対とは言い切れなくても、そういう小説を何冊も読んできた。読者が求めているのは、結末じゃなく、そこに至る過程への共感だと俺は思ってる」

物語が持つ力。いつの間にか、私は見失ってしまっていた。

想護は、どうだっただろう？　過程を描くことで、不合理な結末に納得や共感を与える。その可能性に賭《か》けて、物語にすがったのだとしたら？

佐渡琢也の死。彼が殺そうとした【彼女】の正体。朝比奈憂の過去。永誓沙耶の破滅願望。スクールロイヤーとしての調査。二度目の転落事故。目撃された女子高生。

未完成だった物語のプロットが、脳裏に浮かび上がる。

息を吸って目を瞑る。その結末は、不合理であるが故に正しさを証明していた。

第七章　原因において自由な物語

1

前傾姿勢を保てる角度に、リクライニングチェアを固定する。前髪をヘアピンでとめる。靴下を脱いで、オットマンに足を載せる。部屋の照度を少し落として、その分ディスプレイの輝度を高くする。シュガーレスのタブレットを口の中に放り込む。

身体に染み付いた、ある種のルーティン。

天気予報は曇りだったはずだが、ぱらぱらとフライパンでチャーハンを炒《いた》めているような音が、窓の奥から聞こえてくる。生活音は排除できても、雨音の対策までは施していない。耳栓を付けたら、それほど気にならなくなった。

没入感。キーボードの打鍵《だけん》音に、意識を集中させる。

カタカタ、カタカタ。

キーボードを叩いているとき以外に、私は手の指が十本ある必要性を感じたことがない。もちろんそれは、指が九本以下になった経験がないからで、ヤクザに指を詰められたら途方に暮れると思うし、ノミを取り出した時点で小指の重要性を叫び出すかもしれない。こういう状況を指す言葉があったな。ないものねだりじゃなくて——、大切なものは失ってから気付く？　いや、そのとおりだけど。

切羽詰まっていると思考に余裕は生まれない。集中できていれば、無意識に作業できる。取り留めのないことを考え出したのは、メモリを節約して文章を打ち込めているから。暇を持て余した未使用の意識が、好き勝手に暴走を始める。

無駄なことはやめろと歯止めをかけようとする。

想護の意識が回復すれば、真相を語ってくれるかもしれない。

数日待てば、椎崎が依頼した業者がパソコンの解析を終えるだろう。そこに一連の答えが書かれているかもしれない。空振りに終わっても、結果が出るのを待つべきだ。

それなのに、どうして原自物語の原稿データを開いている？

最終更新日時を上書きして、文字数を増やして。

逃げ道をなくすために、東條まで巻き込んだ。もう書く必要なんかない。完成させても、発表の機会は与えられない。居場所を失うことを望んでいたはずだ。

自分に失望することが怖くて、必死に、見苦しく……、書き続けていた。

期待がなければ、失望も生じない。想護のおかげで、自分の平凡さに気付けた。

物語の結末は、既に見えている。

目を背けたくなるほど、不合理な結末が。

もう一度、佐渡琢也に同じ道を歩ませるつもりなのか？　その先に待ち構えているのが、救いのない破滅だとわかっているのに。

カタカタ、カタカタ。それでも、私はキーボードを叩き続ける。

読者が求めているのは、結末ではなく過程に対する共感だと、東條は言った。

その言葉に私は頷きを返したし、補足の必要性も感じなかった。けれど……、そうであるならば、作者は初めから結論に至る過程を完璧に把握していて、整理された道を文章で追いかけているにすぎないのか。

少なくとも、私は違う。スタートとゴールが決まっていても、プロットの時点で思い浮かべたルートには、靄《もや》がかかった場所がいくつもある。踏み出してみなければ、そのルートの正しさは確かめられない。思わぬ近道が見つかったり、遠回りせざるを得なかったり、迷子になって現在地を見失ったり。そうやって、少しずつ進んでいく。

手を止めて、ディスプレイに表示されている文章を眺める。

これも答え合わせなんだ。誰かに伝えるためではなく、私自身が正しいルートを知りたいと願っている。途中の分岐点までの進み方は想護から地図を受け取った。それがダミーではないことを信じて、さらに先へと一歩を踏み出す。

手探りで進むんじゃない。ちゃんと導いてくれている。


〝佐渡琢也が、永誓沙耶の顔写真を手に入れた理由〟

数年前まで、人物の盗撮は、対象者が著名人の場合を除くと、性的な目的で行われることがほとんどだった。だが、ルックスコアが流行したことで、顔面偏差値を盗み見るという主要な目的が新たに加わった。

恵まれた容姿の美人女子高生。調べるまでもなく、沙耶のスコアが高いことは明らかだ。それでも琢也が一芝居打ったのは、疑念を抱くきっかけがあったからではないか。

専門的な編集ソフトを使って顔の左右対称性を崩す手法を編み出した琢也は、顔面偏差値について一定の知識を有していた。一方で、故意恋に登録された写真は、特殊な処理が施されているため、他のユーザーのスコアを調べることはできない。

けれど、沙耶の顔面偏差値は、一年の時の文化祭のミスコンで公表されていた。

前評判では圧倒的だったが結果は三位。客観的なスコアを基準に順位を決めているので、不正を訴えた者はいなかっただろう。

スコアを故意に上げることは難しい。でも――、
沙耶がミスコンで提出したのが、顔面偏差値を下げる加工を施した写真だったとしたら?

シンメトリーの顔立ちを崩せば、スコアは下がる。……何のために？　たとえば、推薦者の圧力に屈して出場したが、目立ちすぎるのは危険だと判断した。

　顔写真の加工方法を探っていた琢也だけは、ミスコンの結果――沙耶の顔面偏差値――に疑念を抱くことができた。当時は不審に思う程度だったが、実際に確認しなければならない状況に追い込まれた。だから、本来のスコアを調べるために顔写真を手に入れた。

　その結果を見て、琢也は沙耶の裏切りを確信した。


〝永誓沙耶が、顔面偏差値の偽装の罪を被った理由〟

沙耶は、教室で苦しんでいる琢也には手を差し伸べなかったのに、死後になって急に彼が残した爆弾をクラスにばら撒いた。琢也の弔《とむら》いにもなっていなければ、復讐を代行したわけでもない。ただ、自爆しただけだった。

爆発に巻き込む標的がいたわけではない。自分が傷つけば、それでよかった。

その破滅願望は、立場が変わったことにより生じたものだろう。言葉を換えれば、沙耶は罪人になった。だから、罰を受けなければならないと考えた。

琢也が死亡した直後の変化。ならば、転落に関わっていたとみるのが妥当だ。

どのように？　間接的か、あるいは直接的か。

何らかの裏切り行為に及んで、絶望した琢也を死に追いやった。深い繋がりがあった沙耶には、それができたかもしれない。物理的にではなく、精神的に背中を押した。自分のせいで琢也は自殺した。そう考えたとしたら、償いとしての自爆と理解することができる。教室での居場所を自ら放棄して、今も罰を受け続けている。

だが、二つの点で違和感を覚える。

一つは、琢也を実質的に追い詰めたのは、その他大勢のクラスメイトだということ。最後の一押しになったのが沙耶の裏切りだったとしても、彼女だけに責任があるわけではない。ただ、冷静な判断ができずに暴走した可能性はなお残る。

もう一つは、想護が、物語で過程を伝えようとしたこと。

私の考えが正しければ、沙耶は、直接的に――自らの手で、琢也を殺したことになる。

〝遊佐想護が、物語に拘った理由〟

いじめを苦にした投身自殺が真相なら、その事実を公表すればよかったのでは?

違う。物語を選んだのは、過程まで伝える必要があったからだ。結末のみを明らかにすると、受け入れられない可能性が高かった。伏線をちりばめて、登場人物の心情を描写して、不合理な結末に納得と共感を与えようとした。

死者の無念を晴らしたいなら、内部告発をして記事にすればよかったのでは?

これも違う。物語を完成させようとしたのは、守るべき人間と、救うべき人間と、伝えるべき人間がいたからだ。死者ではなく、生者に対して、物語を届けようとした。想護は、物語の力を借りて、すべてを成し遂げようとしたんだ。

〝佐渡琢也の死の真相〟

琢也は、【彼女】を殺そうとして、【彼女】に殺された。

――【彼女】は、永誓沙耶だった。

カタカタ、カタカタ。ぱらぱら、ぱらぱら。

耳栓の奥から、キーボードの打鍵音と雨が窓を打つ音だけが聞こえてくる。三時間くらいだろうか。ただ、ひたすらに、文字を打ち込み続けた。靄は、ほとんど取り払われていた。踏み出してみれば、足が勝手に前に進んだ。

エンターキーを押す。マウスをスクロールして、目的の場所まで戻る。リラックスした方が間違いに気付きやすい。耳栓を外して、大きく伸びをする。

そのときだった。リビングから、携帯が振動する音が聞こえてきた。

集中の妨げになるのでリビングに置いてきたのだが、マナーモードの設定が変わっていたらしい。一段落ついたこともあって、通知の内容を確認しようと思った。

ずっと座っていたので、ふくらはぎに違和感がある。断続的な振動音が止まらない。電話がかかってきたようだ。画面には、見知らぬ携帯の番号が表示されていた。

「はい」

「よう。ニコチン女か」

「……後藤さん？」

前回会ったときに、本名と連絡先を記した名刺を渡していた。

「今、屋上にいるんやけどな……、月が来とるで」

「え？」

「どうするか、お前さんが決めろ」

視線を動かした。

壁掛けのカレンダー。第四週の水曜日。

「二十分で着きます。それまで引き留めてください」

電話を切って、部屋を飛び出す。

四月二十二日――。今日は、佐渡琢也の命日だ。

2

マンションのすぐ前で、タクシーを捕まえることができた。

「霜月総合病院までお願いします」

「え？　かなり前に潰れた病院ですよね？」

「はい。その近くに住んでいるんです」

訝《いぶか》しげにバックミラーを覗き込む運転手と目が合ったが、微笑みを返すとタクシーは動き出した。少しでも早く病院に着かなければならない。急いでほしいと言っても、無駄なやり取りに終始するだろう。青信号を願うくらいしか、今できることはない。

窓に顔を寄せて、過ぎ去る光景を眺める。

雨は降りやんでいない。傘を持ってくるのも忘れてしまった。

必要以上に話し掛けてくる運転手ではなかったので、ラジオの音に耳を傾けて、気持ちを落ち着かせようとした。地域のニュースが紹介されていたが、一年前に起きた転落死事件に触れる気配はない。週末も、天気は荒れ模様らしい。

部屋を出るときに、タブレットを入れた鞄を持ってきた。クラウドに接続して、データが更新されていることを確認する。咄嗟《とっさ》の判断だったが、何かの役に立つかもしれない。

「着きましたよ」

「ありがとうございました」

タクシーを降りて、廃病院を見上げる。頬に当たった雨粒が、顎を伝った。

帳簿に何かを記入している運転手が去るのを待つ余裕もなく、黄色いテープが張られた門扉をくぐって敷地の中に入った。不審に思った運転手に通報されても仕方ない。言い訳は、あとで考えることにしよう。

右手には中庭だったと思われる空間、左手には運動場だったと思われる空間が、それぞれ続いている。中庭の方から回り込めば、駐車場に出られるのだろう。

ちょうど一年前。佐渡琢也も、この場所に立っていた。

教室をカラースプレーで染め上げて廃病院にやってきた。そして、屋上から転落した。埋める必要があるのは、その行間だ。

わずかに開いた自動ドア。ぞくりと背筋が震える。

視界と思考が組み合わさって、佐渡琢也の行動——、ストーリーが浮かび上がる。

一年前の今日、琢也の身に何が起きたのか。

彼自身の視点で、過程を明らかにしなければならない。

＊

死を求めて、僕はここに来た。

顔写真の加工も、教室の色分けも、やり残したことはない。

稼働していない自動ドアは、力を込めれば手動で動かすことができる。右側を動かせば、等しく左側も動く。ぎりぎり人が通れるくらいの隙間を確保して、手を放した。

身体を斜めにして、隙間から中に入る。

埃っぽい臭いが漂っている。不気味なほど静かだ。

玄関ホールに踏み込んだ瞬間、背後にいつもの気配を感じた。振り返らなくともわかる。そこには、ドッペルゲンガーの追跡者が立っている。

この場所に来たときは、いつも追いかけっこをしていた。都合が悪いときだけ存在を消すなんて許さない。そんな無言の主張をしているように思えた。

軽く屈伸してから、一気に走り出す。

埃が舞い、静寂が途切れる。

玄関ホール、受付カウンター、薬品室。辿るべきルートは、すべて頭の中に入っている。障害物が現れれば、自然と身体が反応して最適な技を選択することができる。

追い付かれるはずがない。薬品室の壁を蹴り上げて一回転する。

制服を着ているので、動きやすくはない。でも、失敗する不安はなかった。頭の中にあった雑念が消え去り、驚くほど思考がクリアだ。

非常階段を一段飛ばしで駆け上がる。自分の呼吸以外の物音は、何も耳に入ってこない。このままどこまでも上り続けられるような、経験したことがない高揚《こうよう》感を覚える。

そして、屋上に辿り着いた。

室外機も貯水タンクも無視して、まっすぐ走った。
夜風を切り裂き、さらにスピードを上げる。
勢いを殺さずに跳躍すれば、飛び降りることができるかもしれない。
そう考えたからだ。
だが――、駄目だった。
屋上の端が近づくにつれて、心臓の高鳴りが激しくなる。
疲れを感じているわけでもないのに、次第にスピードが落ちていく。
完全に停止してしまい、膝から崩れる。
「なんで……」
何もない前方の空間を見つめて、言葉が漏れた。
どうして、たった数歩が踏み出せないんだ。
口先だけで死を願う人間とは違う。
躊躇い傷ばかりを増やし満足している人間とは違う。
死ぬための準備を、本気で進めてきた。
顔写真を加工した犯人も、教室を色分けした犯人も、すぐに明らかになる。
退路を絶った。今日を生き延びても、明日に希望はない。
もう死ぬしかないんだ。

それなのに、どうして……。

何かで固定されたように、一歩も足を動かすことができない。

やはり、一人では駄目なのか。

どれくらい、地上を見つめたまま固まっていただろう。

何も考えることができず、誰かが背中を押してくれるのを待っていた。

背後に気配を感じて、ゆっくり振り返る。

視線が衝突して安堵する。ドッペルゲンガーじゃない。実体を伴った人間だ。

沙耶が、背中を押しにきてくれた。

＊

琢也の影を追って階段を上っただけで、すっかり息が切れてしまった。

非常階段を上り切った先。風が強い。雨雲に隠れて月明かりは途絶えている。それでも、地上の街灯のおかげで、暗闇に包まれているわけではない。

二つの人影が、向かい合っている。

「……やっと来たか」作務衣姿の後藤が、私を見て言う。

礼を言わなければならないが、その前に声をかけるべき相手がいる。

「永誓さん。ここで何をしてるの？」

ブレザーを着た女子高生が、花束を持って立っている。表情までは確認できない。にじり寄るように、少しずつ距離を縮めていく。

「佐渡くんに、謝りたくて」

初めて聞いた永誓沙耶の声は、思い描いたとおり透き通っていた。

3

「あとは、二人で楽しめや」

私の横を通り抜けようとした後藤に、「どうやって引き留めたんですか？」と訊いた。

「ガキと弁護士を見つけたときのことを話しただけよ」

「……助かりました」

「金は、あとで請求するからな」

そう言い残して、後藤は屋上を後にした。せせらぎ橋の下に帰るのだろうか。それとも、裏口の近くにある倉庫に住処を戻したのだろうか。

「こんばんは。私のこと覚えてる？」

「遊佐先生の恋人ですよね」

沙耶が立っているのは、屋上の端から数歩分離れたところだった。

頬に貼り付いた、濡れた黒髪。雨を吸ったブレザーは重そうで、手に持った白色の花から水滴がぽたぽたとアスファルトに落ちている。

「もう少し、近づいてもいいかな？」

「このままでも喋れますよ」

手を伸ばしても届かない距離。掌《てのひら》に滲みだした汗が雨粒と混ざる。

「やっと、あなたの声が聞けた」

「もう、いいかなって。椎崎先生にも謝っておいてください」

「そういう言葉は、本人の口から伝えないと」

「飛び降りると思ってますか？」

「思ってないけど、足を滑らせないか心配してる。ほら……、雨も降ってるし」

そこで、沙耶は空を仰ぎ見た。

「どうして、私はここにいるんですかね」

いくつかの答えが思い浮かぶ。その場しのぎの綺麗事、時間稼ぎの世間話、あえての直球。試されているのだとしたら、選択を間違えることは許されない。

「佐渡くんの死に責任を感じているから」

沙耶は足元に視線を落として、「フリーランニングの練習中に足を踏み外した。それが、担任の先生の説明でした」と言った。

「いじめが原因で、彼は死を願うほどに追い詰められていた」

「じゃあ、自殺って考えてるんですか」

この数日の間に、同じようなやり取りを何度繰り返しただろう。

「少し前までは、そう思ってた」

「今は？」

沙耶の考えを読み解こうとする。——佐渡琢也の命日に、後を追うつもりだったのか？

同じ時間帯に、同じ場所から、同じ方法で。

「私は、想護に……、あなたのことを託されたの」

「答えになっていません」

想護は、私を頼ってくれなかった。でも、彼の意志は理解しているはずだ。

「辛い思いをさせたし、気付くのが遅かったよね。ごめんなさい。佐渡くんの死に、あなたが責任を感じる必要はない。想護は、それを伝えようとしたんでしょ？」

「誰も、私のせいなんて思っていないはずです」

「他の生徒や先生が責めなくても、あなた自身が許そうとしなかった」

「……………」

わずかに口を開けて、沙耶は私の目を見た。

「きちんと学校が調べなかったせいで、あるべき事実が捻《ね》じ曲がった。あなたは罰せられると思っていたのに、誰も気付かないまま日常が戻ろうとした。罪悪感に押しつぶされそうになって、それでも本当のことは言えなかった」

「遊佐先生から、何か聞いたんですか？」

「話そうとしていたはずだけど、その前に想護もここから落ちた。私の手元には細切《こまぎ》れの情報しかなくて、繋ぎ合わせるのに時間が掛かった。ようやく、全体像が見えたの」

大見得を切ってしまった。もう引き返せない。

「嘘です」

「それは、私の話を聞いてから判断すればいい」

「遊佐先生も、私を見限った」

ああ……、そうか。想護の転落も、沙耶を追い詰める要因になっていたんだ。

「違う。想護が落ちたのは、佐渡くんや永誓さんの件とは関係ない」

「じゃあ、どうして？」

「順を追って話す。だから、少しだけ時間をちょうだい」

「……わかりました」

いじめはウイルスのようなものだと、椎崎は話していた。ワクチンが投与されたり宿主の免疫力が高まれば、ウイルスの保有者は変わる。どこに元凶があったのかは、簡単に辿れる道筋ではない。きっとその性質は、想護の転落とも関係している。

ダメだ。不安げな表情を見せるべきじゃない。

「永誓さんは、故意恋が嫌い？」

「はい」

「私は一ヵ月前までは、そんなサービスがあることも知らなかったの。最初は、取材のつもりで情報を集めた。新しい恋愛観が生まれたこと、容姿の評価が数値化されたこと、そこに生きづらさを感じる人がいること……。もっと多くの変化が生じてるんだと思う」

「故意恋がなかった時代が、羨ましいです」

「理不尽な思いをしている人ほど、そう考えるのかもしれない」

「佐渡くんは、被害者でした」

被害者と加害者は、光の当て方次第で切り替わる。

「クラスメイトの顔面偏差値を偽装したのは、佐渡くんだよね」

「そうです」

「永誓さんは、それに気付いて止めようとした」

「本当に、お見通しなんですね」

「いじめが悪化することを心配したから？」

「あの加工なら気付かれないって、佐渡くんは考えたんだと思います。確かに、左右対称性を崩す方法は盲点かもしれないけど、受け取った子がスコアを確認した瞬間に見抜かれる。放っておいたらどうなるか、簡単に想像できました」

朝比奈憂も、スコアの比較で偽装は露見したはずだと言っていた。

「気付いたのは、いつ？」

「一年生のときから、佐渡くんは部室のパソコンを使って顔写真の加工の方法を模索していました。消し忘れたデータを見つけて……、私も編集の知識はあったので」

「ああ、そっか。ミスコンに提出した写真は、その加工を真似したのね」

「そんなことまで、どうやって調べたんですか？」

「地道な聞き込みの成果」それと、大胆なカンニング。「一位になりたくなかったの？」

「目立ちたくなかったんです」

「それなのに出場したのは、断れなかったから？」

「空気が読めない。そう思われたら終わりなんですよ」

ミスコンについて、これ以上追及する必要はないだろう。重要なのは、当時の沙耶の内心ではなく、それを知った琢也がどう思ったかだ。

「話を戻すけど、あなたは、佐渡くんの暴走を止めようとした。そのときに、面と向かって話し合うんじゃなくて、脅すとか騙す——、そんな方法を選択したんじゃないかな」

「凄いですね」

「すれ違いが生じたのは、そこだと思って」

「それなりに長い付き合いなので、私が説得しても聞く耳を持たないってわかったんです。プライドが高いし、昔のこともあったから」

「交通事故のこと？」

そこで生じた容貌の差が、二人の学生生活の明暗を分けた。

「はい。やっぱり負い目があったし、いじめも止めたかったんですけど……、憐《あわ》れむなって睨まれました。それでも、あれ以上酷くなるのは見てられなかった。だから、故意恋で匿名のアカウントを作って、メッセージを送りました。加工した画像の削除に応じなかったら、お母さんの秘密をみんなに教える。そんな内容です」

「お母さんって、佐渡くんの？」

「佐渡くんのお母さんは、カルト宗教にのめり込んで家を出て行ったんです。複雑な関係性だったのは知っていたので、一番嫌がるんじゃないかと思って」

ＩＦではなく現実と向き合えと教えた母親は、カルト宗教に救いを求めて家族を捨てた。その相反する行動が、琢也にある種のトラウマを植え付けたのかもしれない。

「永誓さんの名前は出さずに、匿名の脅迫を装ったんだよね」

「そうです。私たちが引っ越したあとに起きたことだし、東中の子に教えてもらったから、ごまかせるんじゃないかなって――」

おそらく、このメッセージが凶行の引き金になった。

本気で暴露するつもりはなかったはずだ。だからこそ、抑止力があると考えた脅迫文言を躊躇せずに選択して、琢也の暴走を止めようとした。

「佐渡くんは、送信者が永誓さんだと見抜いた」

「私は、失敗したんです」

「その理由もわかってる？」

「ミスコンのデータですよね。遊佐先生が、教えてくれました」

加工後のデータにアクセスする権限を持っていて、顔面偏差値の偽装を見抜ける。二つの条件を満たした者だけが、琢也にメッセージを送信することができた。

沙耶でも憂でも……、つまり写真部の部員であれば、編集ソフトが入ったパソコンを自由に使えた。だが、左右対称性を崩した事実とその意味を理解するには、特殊な編集の知識が必要だった。そこで琢也は、ミスコンで抱いた違和感を思い出したのだろう。

「メッセージの内容じゃなくて、誰が送信者になり得るのかを彼は重視した」

「佐渡くんのカメラに、暗室で撮った私の写真が残っていて……、気付いたのは、すべてが手遅れになったあとでした」

スコアを比較するために顔写真を手に入れた。その結果を見た琢也は、沙耶がメッセージの送信者だと確信して――、彼女と一緒に死ぬことを決めた。

「返信はあったの？」

「カラースプレーで染まった教室の写真が、私のアカウントに送られてきました」

「それだけ？」

「ここで待ってるって……、廃病院の位置情報が」

「それまで、この場所に来たことは？」

「ありません」

「誘いに応じたんだよね」

沙耶のアカウントに送信したのは、匿名の正体を見抜いていることを伝えるためだろう。

教室の写真は……、覚悟の証明。机も、プリントも、元に戻すことはできない。

「私が、佐渡くんを殺したんです」

雨は止《や》んでいた。沙耶の表情には悲壮感が漂っている。

「どういう意味？」

「他に、なんて答えればいいんですか」

否定するのは簡単だ。でも、理由を説明しなければ押し問答になる。

「彼は、死を決断して永誓さんを呼び出した」

「何を考えてたかなんて、わからないじゃないですか」

「そうだね。でも、佐渡くんと最後に話したのは、あなたでしょ」

「……だから？」

「ちょうど一年前、ここで向かい合ったはず。立っている場所も一緒だったんじゃない？　違ったのは二人の立場。引き止めるために、あなたは来た」

入り口に背を向けていたのが沙耶。駐車場に背を向けていたのが琢也。

そして、琢也の背後には――、

「やっぱりわかってない。説得できなかったとか……、そういうことじゃないんです」

「何があったの？」

「放っておいてください。理解なんて求めてません」

「じゃあ、一緒に死んであげようか？」

沙耶が私の顔を見る。驚いたように、困惑したように。

「なに言ってるんですか」

「あなたが後悔しているのは、佐渡くんを一人で死なせてしまったから」

「違う。私は――」

「佐渡くんは踏《とど》み止まれなかったけど、永誓さんはこらえた。その心の強さが生死をわけて、一年経った今もあなたは痛みに耐えているし、罰を受け続けてる」

「何も……、知らないくせに」

距離を詰めるべきか。でも、腕を掴む前に後ろに飛ばれるかもしれない。それに、今日を生き延びさせても、明日に希望を持たせることはできない。

「楽になりたいなら、機会は何度もあったはず。責任を感じながら、それでも踏み止まったのは、想護が手を差し伸べたからだよね。痛みも苦しみも理解して……、あなたを助けると約束したんだと思う」

「……………」

「だけど、想護まで屋上から転落した」

「もう、考えたくないんです」

俯いた沙耶の口元から、言葉が漏れる。顔を上げさせるために、息を吸った。

「想護を信じたように、私のことも信じてくれないかな」

「あなたに、何ができるっていうんですか」

「私は、小説家なの」

「知ってます」

「私が書いた物語で、あなたの手助けができるかもしれない」

「意味がわかりません」

最後まで見届けられない可能性を、想護は想定していなかったのだろう。だから、全容を打ち明けるのを先延ばしにしてしまった。私に対しても、沙耶に対しても——。

「想護は、北高で調査した内容を小説にまとめようとしていた」

「……遊佐先生が？」

「そのメモを私が受け取って、もう少しで完成する」

「見世物にするつもりなんですか」

「ううん。物語でしか伝えられない過程があるからだよ」

鞄から取り出したタブレットを、沙耶に向かって差し出した。

「何ですか、それ」

「読んでもらいたい小説がある」

「自己満足に付き合わせないでください」

画面を点灯させる。雨は止んだので、誤動作の心配はない。

「スクールロイヤーは、場の法律家って呼ばれてるの。北高で起きている人権侵害をなくすために、想護は動いていた。その一つが、永誓さんが抱える問題だった。憂ちゃんの視界を個性と受け入れさせたように、あなたにも手を差し伸べた。でも、いじめをなくすだけでも大変なのに、さらに根深い問題があった」

沙耶は私の手元を見ているが、タブレットを受け取る気配はない。

「本人が、前を向くことを望んでいなかった。自分から居場所を手放して、クラスメイトの嫌がらせを罰として受け入れてしまった。その破滅願望が残っている限り、周りに働きかけても意味がない。だから、想護は同時に解決する方法を探った」

「そんなの、無理です」

否定ではなく、可能性の排除。私の声は、沙耶に届いている。

「確かに、どこから手を付ければいいのか迷うくらい、あるべき事実が捻じ曲がっていた。佐渡くんの死因、顔面偏差値を偽装した犯人、教室で何が起きていたのか、関わった人たちの過去も、確執も……。そのすべてを説明する必要があって、点と点を正しく繋げないと、誤解を解くことはできなかった」

「真相なんて、誰も知りたがってない」

「それは、現状の不合理さに気付いていないからだよ。佐渡くんは事故死だから自分たちは無関係だし、裏切り者の永誓さんは攻撃しても許される。そうやって現実から目を背けて、都合がいいように解釈している」

「多数派の解釈が、そのまま答えになるんです」

マジョリティが正しさを決めて、その定義から外れたマイノリティは排除される。経験に裏打ちされているはずの沙耶の指摘は否定できない。

「今回の件に積極的に関わった人は限られていて、大多数は見て見ぬ振りをし続けた傍観者だった。それなら、傍観者を動揺させれば多数派は入れ替わる」

「簡単なことみたいに言いますね」

朝比奈憂と向き合ったときも、想護は同じ方法で問題を解決した。憂の髪を切り落として、視界で色分けする不合理さをクラス全体に訴えた。

「当事者として事情を把握していた佐渡くんは、もうこの世にいない。想護は、関係者から話を聞いて、集めた情報を整理して、ばらばらのストーリーを線で繋げた。クラスメイトの誤解を解いて、永誓さんに前を向かせる。そのための物語を私に託したの」

「ただの作り話じゃないですか」

「自惚れてるわけじゃないよ。あなたや佐渡くんが辿った道のりは、それくらい壮絶なものだった。私は、それを文章で追いかけただけ。結論だけを伝えようとしても、共感は得られないかもしれない。だけど……、悩んで、誰にも相談できなくて、それでも決断するしかなかったんでしょ。その過程を知ったら、見て見ぬ振りは続けられない。ううん。私が直視させる。目を背けることは許さない」

あとは、沙耶の言葉を待つしかない。

想護だったら、どんな表情を浮かべているだろう。なぜか思い浮かんだのは、目を細めて煙草の煙を追いかける……、何度も隣で見てきた横顔だった。

「データは、その中に?」タブレットを指さして、沙耶は言った。

「うん。読んでくれる気になった?」

「信じたわけじゃありません」そう前置きをしてから、「でも……、的外れなことを書かれても困るなって」と沙耶は続けた。

「そうだね。あなたによく似た女子高生も出てくるから、確認しておいた方がいいと思う」

一歩前に出た沙耶を見て、息を吐く。その分、地上が遠ざかった。

「ここで読まなくちゃいけないんですか」

「ううん。持ち帰っていいよ」

右手に花束を持ったまま、沙耶は左手でタブレットを受け取った。

「誤解させたのかもしれませんが、飛び降りようなんて最初から考えてません」

「そっか。心配性なんだ、私」

「命日だから、会いに来ただけです」

そう言って振り返った沙耶は、花束を前に放り投げた。

沙耶の身体に隠れて、軌道を目で追いかけることはできなかった。けれど、花束が着地したのは、屋上のアスファルトでも、地上のコンクリートでもない。

たった一人だけが着地に成功した秘密の足場。

その予想は、きっと当たっている。

＊

屋上の端から三歩分離れた場所。あらかじめ決めておいた定位置に、僕は立っていた。

後ろに向かって飛べば、地上への落下を開始する。

「――佐渡くん」

「夜遅くに呼び出してごめん」

非常階段から現れた沙耶を、会話ができる距離で立ち止まらせた。制服ではなく、私服を着ている。部屋着のまま家を飛び出してきたような、そんな格好だった。

息を整えてから、沙耶は口を開いた。

「教室は、今もあの状態なの？」

艶やかな長い黒髪が、夜風でなびいている。

「直すわけないじゃないか」

「戻って片付けよう。私も手伝うから」

「プリントには塗料がついてる。教科書だって、誰のものかわからなくなってる。元通りにするのは、どれだけ時間を掛けても不可能だよ」

原状回復する困難さは、僕が誰よりも理解している。

破れたプリントをセロハンテープで繋ぎ合わせて、解読できない教科書のページは図書室で書き写した。そんな無意味な作業を、半年以上あの教室で続けてきた。

「どうして、あんなことをしたの？」

「逃げ道をなくすため」

目元に掛かった髪を払いながら、沙耶は首を傾けた。

「それで苦しむのは、佐渡くんなんだよ」

「明日を迎えなければ、そんな心配もしなくて済む」

「変なこと、考えてないよね」

「うん。飛び降りようとしてるだけだよ」

「ねえ――」

近づこうとした沙耶を右手で制した。僕が動くわけにはいかない。

「完璧な場所だよね。ここなら、誰にも迷惑を掛けない」

「私の話を聞いて」

「このままの人生が続くって気付いたんだ」

「佐渡くん!」珍しく、沙耶が声を張り上げた。

僕は、早口で言葉を連ねた。

「顔を見て笑われて、シャッター音が聞こえて、スコアを晒される。そういう、何となくの暇潰しに付き合わされる。大学でも独りぼっちで、就活でも苦労して、仕事が見つかっても蔑まれる。そんな未来が待ってるなら、ここで終わらせちゃった方がいいじゃん」

「今のクラスがおかしいだけで、ちゃんと理解してる人もいる」

「理解？　自分より不幸な人間を見て、安心してるんだろ。あいつに比べればマシだって。

長く苦しんでほしいから、加勢も手助けもしないで、陰でバカにしてる」

「悲観的に考えすぎだよ」

「僕の気持ちが、沙耶にわかるのかよ！」

どこまでが本心で、どこからが演技なのか、自分でもわからなくなっていた。

「くだらない嫌がらせは、私がやめさせる。だから――」

「裏切っておいて、よくそんなことが言えるな」

脅迫メールの送信者が誰かわかったとき、今回の計画が頭の中で組み上がった。

沙耶で良かった。彼女が唯一の適任者だった。

「違うの。あのメッセージは、佐渡くんを止めたくて……」

「ここまで嫌われてるとは思ってなかったから、さすがに驚いたよ」

続けて、僕は問う。

「被害者面してまとわりつかれるのが鬱陶しかった？　それとも、事故を思い出す醜い鼻を見続けることが苦痛だった？　いなくなった方が、沙耶だってせいせいするだろ」

両手を軽く広げて、口の端を歪ませる。

「説明するから、落ち着いて」

「大丈夫。僕は冷静だよ」

沙耶を呼び出したのは、言い逃れの機会を与えるためじゃない。

追い詰められた姿を見せた。死角への誘導も済んだ。
「お願い。私を信じて」
騙されるな。惑わされるな。信じるな。
これが、最後のチャンスなんだ。
逃げ道を絶っても、たった数歩が踏み出せなかった。
認めろ。受け入れろ。首肯しろ。
僕は、弱い。一人じゃ死に切れない。
そんな人間でも命を絶てる方法を、精神科医は教えてくれた。
死にたいではなく、死ぬしかないと結論づける。
かけがえのない命を奪う。そうすれば死を決断できる。
「ずっと信じてた」
沙耶に憧れていた。
誰にも媚びず、決して弱さを見せない。
近づくほど自分の醜さを思い知らされる。
対等な関係で言葉を交《か》わせれば、それで充分だった。
メッセージを読んで、涙を流して笑った。
底辺にいる僕を嘲笑って、運命を受け入れろと諭された。

他の生徒ならよかった。沙耶にだけは、裏切られたくなかった。
生きる理由を見失い、死ぬ理由を見つけられた。
「佐渡くん。こっちに戻ってきて」
想像力を働かせろ。
沙耶は、僕がどんな行動に出ると予測している？
屋上の端に立っているのは、自分が追い詰めた同級生。
その背後に、落下を防止する柵やフェンスは設置されていない。
ここは地上五階。落下すれば、無事では済まない。
あのときの感覚を思い出せ。距離感は、身体が覚えている。
大丈夫。あとは、実行するだけだ。
「ありがとう。沙耶」
言い残したことはない。やり残したこともない。
目を閉じて、視覚からの情報を遮断する。
派手な動作はいらない。観客の存在を意識する必要もない。
これから行うのは、ただの投身自殺だ――。
「やめて！」
わずかな段差を乗り越えるように、僕は三歩分の距離を飛んだ。

ふわりとした浮遊感。
あるべき屋上のアスファルトは、そこにはない。
目を瞑ったまま、微笑を浮かべる。
沙耶は、どんな表情を浮かべているだろう。
五階の屋上から飛び降りた。その事実に疑いは抱いていないはずだ。
彼女の視界から、間違いなく僕の姿は消えた。
死の一文字が、思考を支配する。
身体の奥底から、恐怖が湧《わ》き上《あ》がってくる。
けれど、着地の衝撃はすぐに訪れた。
屋上に通じる扉と、斜めに傾いたパラボラアンテナを結んだ延長線上。
そこに、壁掛けの室外機と仮設の足場がある。
ぎりぎりまで近づかなければ、屋上からは視認できない。
僕は、その足場に着地した。
屋上のアスファルトから、約二メートル下がったところ。
そそり立つ壁が、僕の身体を隠している。
息を殺し、五感を研ぎ澄ます。
沙耶は、僕が飛び降りる瞬間を見た。

地面に叩き付けられる音が聞こえてこないことを、訝るかもしれない。
足場に着地した音を、聞き逃さなかったかもしれない。
それでも、僕の安否を確認しに来るはずだ。
たった数秒間が、とてつもなく長い時間に感じた。
心臓の鼓動が激しくなり、足場が上下に揺れている錯覚に襲われる。
いっそ、このまま後ろに倒れれば……、と思う。
それが不可能なのは、わかってる。
後ろには、もう足場がない。落ちたら、死んでしまう。
振り返るのが、恐い。死を意識するのが、恐い。
死ぬのが、恐い、恐い、恐い。
でも、死にたい。どうしようもなく、死にたいんだ。
僕を、助けてくれ。僕を、殺してくれ。
一緒に、死んでくれ。
待ち焦《こ》がれた瞬間《ま》――。頭上の月が、視界から消える。
君を信じてよかった。
すがるように、僕は手を伸ばした。

4

再び降り出した雨に打たれながら帰ったら、翌朝には見事に風邪を引いていた。

いい年齢《とし》なのに、柄にもなく感傷に浸って無茶をしてしまった。看病してくれる同居人もいないので、水分をこまめに摂《と》って、ひたすら眠り続けた。

日付が変わり、熱が下がり始めたタイミングで、東條からメールが届いた。

出版社でのやり取りを思い出す。逃げ道を作るために、望んでもいない暴露記事を東條に書かせた。私の本音は見透かされていたし、身勝手な行動に失望しただろう。

三分くらい逡巡《しゅんじゅん》してから、覚悟を決めてメールを開いた。

『この前は、少し言いすぎた。どんな形であれ、市川や想護が頼ってくれて嬉しかったよ。二階堂紡季の行く末は市川が決めるしかないけど、一人目のファンにはそれなりの発言権があるはずだから、俺が惚れ込んだ小説を送る。最後のお節介《せっかい》だと思ってくれ』

単刀直入に書かれた本文と、添付されたPDFのデータ。

『罪と知りて、君を罰せず』というタイトルを見て、本当にお節介だなと苦笑した。

眠りすぎたし、他にすることもない。そんな口実をつけて、遊佐想護が書き切った唯一の小説を少しずつ読み進めていった。まだ、頭がぼうっとしている。

横になったまま、現実と物語を行き来した。

かけがえのない命を奪ったのは、私が愛する君だった。事件の真相を解き明かした後に、私は選択を迫られる。犯した罪を許すのか、罰を与えるのか——。

シンプルなストーリー、使い古されたテーマ。それなのに心が揺さぶられる。

想護の価値観が染み付いて、感情移入しているわけではない。

大学二年生で初めて読んだときは、ただただ面白いと思うばかりだった。でも、あれから十年近くの年月が経って、その間に多くの物語を書き上げた。ある程度は成長した今なら、想護の才能を言語化することができる。

一言で言えば、どこまでも自由なんだ。

決められた結末に辿り着くための予定調和のストーリー、役割と台詞が書いてある台本を演じるだけの登場人物、作者の都合で線引きされた世界……。無意識に、あるいは妥協して作者自身が歯止めをかけている。そんな物語が、世の中に溢れている。

でも、想護が創る物語は違った。

自由奔放に動き回る登場人物が、自分の目で見た世界を、自分の頭で解釈して、自分の足でストーリーを辿っていく。その先に何が待ち構えているのかは、読者だけではなく作者も把握していない。それなのに行き当たりばったりの展開にならないのは、リアリティのある過程が結末の必然性と結びついているからだ。

始まりから終わりまで――、すべてが自由で、何一つ縛られていない。私と想護の差は、どこにあったのだろう。持って生まれた才能とか、教養に裏打ちされた説得力とか、そんな言い訳を並べても意味がないことはわかっている。

仰向けになって携帯を耳に当てる。リズミカルな呼び出し音は、すぐに途切れた。

「こんにちは、東條さん」

「なんか鼻声だな。大丈夫か？」

「そういう気遣いができるから、私みたいな後輩が寄り付くんですよ」

「よくわからんが、気遣いとお節介は紙一重なんだってさ」

ブラインドの影で縞模様《しま》になった天井を見ていたら、甲高《かんだか》い泣き声が聞こえてきた。

「あっ、すみません。いきなり電話しちゃって」

「子供のこと？　泣いてくれる分、わかりやすくて助かるよ。抱《かか》え込《こ》まれるよりずっといい。俺の通話履歴を見た嫁が浮気を疑ったら、一緒に謝ってくれ」

「任せてください」

「それで、なんか用か？」

上半身を起こして、パソコンの画面を点灯させる。

「想護の小説を読んだので、その報告です」

「ああ。どうだった？」

「敵わないなって思いましたよ。私と想護って、何が違ったんでしょう」

「何もかもが違ったから、お互いに認め合ったんだろ」

「でも、私の物語は自由じゃない」

言葉足らずの反論だ。抑揚《よくよう》がある泣き声を聞きながら、東條の答えを待った。

「それは、市川が変わったんだと思うよ」

「私が？」

「だって、エス研では自由に書いてたじゃん。にやつきながらキーボードを叩いてさ」

「そんな気持ち悪いことしてません」

「自覚してなかったのか。まあ、他の部員にも訊いてみろよ」

「そういうことじゃなくて……」

「プロだって、楽しみながら書いていいんじゃないのか」

何か答えようと思ったら、感情を爆発させたような泣き声が聞こえてきた。

「悪い。姫様が、お怒りだわ。また連絡してくれ」

「ありがとうござ――」言い終える前に、通話が終了した。

自由に楽しみながら書けばいい。

枕《まくら》に顔をうずめたまま、しばらく動けなかった。このタイミングじゃなかったら、相手が東條じゃなかったら、知ったような口を利くなと反発していたかもしれない。

自分の感性を信じて、登場人物に自分を重ねて、最初の数年はがむしゃらに書き続けた。そのやり方では芽が出なかったから、生き残る方法を模索したんだ。書きたいものを書いて受け入れられるなんて、そんなのは理想論にすぎない。

でも、本当にそうだろうか。

私を最初に見限ったのが、私だったとしたら——、

ベッドから這い出して、ベランダで煙草に火をつけた。違和感なく煙を吐き出せたので、喉の痛みは治りつつあると勝手に解釈する。

漂った煙が目立つくらい、空は雲一つなく晴れ渡っている。

いくら過去を振り返ってみたところで、結局は現在の問題に行き着く。

難しく考える必要はない。このままやめるか、もう一度足掻《あが》くかを決めればいいだけだ。

きっと、候補を思い浮かべた時点で、自分の中での答えは決まっていた。

私が選べないのは、本心と向き合う覚悟ができていないからだ。

5

ミライ法律事務所に入ると、女性の事務員が現れて応接スペースに案内された。私がこの事務所の弁護士秘書として雇われたことを、椎崎以外の職員は把握しているのだろうか。

「昨日、後藤さんが押し掛けてきたよ」

数分後に現れた椎崎は、苦笑しながら座った。

「法律相談をするために？」

「いや。女子高生のお助け代として、三万円も請求された」

「ああ……」廃病院の屋上で会ったとき、あとで代金を請求すると言っていた。

「経費で落ちませんか？」

「使途が不明すぎる」

「永誓沙耶の引き止め料です」

「まあ、そういうことでいいよ。時間稼ぎをしてくれたのは事実みたいだし」

佐渡琢也の命日に廃病院で何があったのかは、電話で椎崎に報告していた。花束を持った沙耶が屋上で雨に打たれていて、一連の事件について話をしたと。

「三万円は、ちゃんと返します」

「いや、面白い話を聞かせてもらったから元は取れた」

「面白い話？」

「七年くらい前に、かなり話題になった殺人事件の裁判があってさ」

事件の概要を教えられたが、新聞やニュースを見ないのは昔からなので、やはり聞き覚えがなかった。とあるロースクールで行われた私的裁判がどうとか――、

「物騒な事件ですね」

「その裁判に、後藤さんも関わっていたんだ」

「被告人として？」

半分冗談、半分本気で訊いた。

「いや……、証人。そのときは別の名前を名乗ってたけど、どっちが偽名かはわからない。裁判官を騙したなら、たいした度胸だよ」

「へえ。その裏話を聞かせてもらったとか？」

ホームレスの後藤が、どんな立場で証言をしたのだろう。

「裏話というか、舞台裏の与太話。あの裁判は、俺の人生観を変えてくれたから。追加料金を払ってもいいくらいの巡り合わせだった」

熱っぽく語る椎崎を見て、どんな事件だったか調べてみようと思った。

「椎崎さんは、どうして弁護士になったんですか？」

「それ、就活で飽きるほど訊かれた質問」

「人生相談なので、建て前じゃなくて本音で答えてください」

「市川さん、人生に迷ってるわけ？」

「作家と弁護士秘書を兼業するくらい迷走してます」

「はは。間違いない」そして、少し考える素振りを見せてから、「本音で答えると、欠点を肩書で相殺するためじゃないかな」と椎崎は言った。

「あの……、意味がわかりません」

「俺は、人間性に若干難があるらしくてさ」

「それはわかります」

余裕たっぷりの笑みを浮かべられて、そういうところだと言いたくなった。

「無自覚なら幸せだけど、自覚した瞬間に二択を迫られる」

「友達を失うか、一人で生きるか？」

「惜しい。自分を押し殺して無難《ぶなん》に振る舞うか、批判を覚悟で我が道を貫くか」

「後者を選んだんですね」

少なくとも、自分を押し殺しているようには見えない。

「とはいえ、波風を立てるのは必要最小限に抑えたかった。それなりの肩書があれば、ある程度の欠点はカモフラージュできる。実際に弁護士になって仮説の正しさを実感してるよ。特に、初対面の相手だと抜群の効果がある」

肩書がないと欠点が前面に出るが、肩書があれば意外性やギャップと好意的に解釈される余地がある。おそらく、そういう話だろう。

「……不純すぎませんか？」

「始めるまでは霧に包まれていて当たり前なんだから、スタートラインを切る動機は適当でいいんだと思う。大事なのは、続ける理由だよ。先が見通せるところまで進んで、それでも引き返そうとしないなら、そこで初めて積極的な決断をしたことになる」

「じゃあ、弁護士を続ける理由は？」

「やりがいがある仕事だし、俺にしかできないことがあると信じてるから」

即答した椎崎を見て、ずるいな――、と思う。これもギャップか。始める理由ではなく、続ける理由。それは、私が探し求めているものだ。

「参考になりました」

「今の説明で納得した？」

「ええ。椎崎さんらしいなと」

「普段はここまでしか話さないんだけど、迷える二階堂先生を勇気づけるために、もう一つの理由を明かしてもいいかな」

そう言って椎崎は、『弁護士　椎崎透』と書かれた名刺を机の上に置いた。

「名刺なら、最初に会ったときにもらいましたよ」

「漢字が珍しいからか、子供の頃は下の名前で呼ばれることが多くてさ」

「トオル。素敵な名前だと思います」

「名付けたのは、ろくでもない母親だった。子供の存在を認めたくなくて、消えてなくなることを願って、透明人間にしようとした」

「えっと、反応しづらいです」

「重い話じゃないよ」険の取れた声で椎崎は続ける。「母親の支配から逃れて、大切な友人に出会えた。楽しくて、かけがえのない日々だったけど、結局離れ離れになった」

「子供のときの関係性なんて、長続きする方が珍しいと思います」

「そうだね。でも、どうしても謝りたいことがあって、何年間も探していた」

「見つかったんですか？」

椎崎は、どこか哀《かな》しそうな笑みを浮かべた。

「法廷で再会したんだ」

「えっ？」

「さっき話した裁判。二人の友人がいて、一人は弁護士、一人は被告人として法廷に立っていた。俺は、傍聴席で眺めることしかできなかった。後藤さんと話してるうちに、いろんなことを思い出しちゃってさ。だから、こんな脈絡のない話をしてる」

椎崎から聞いた事件の内容を思い出す。

「殺人事件って言いましたよね」

「うん」

「じゃあ、被告人は――」

「たくさんの不幸が積み重なって事件が起きた。そのうちの一つは、俺が背負わせた不幸なんだよ。今でも後悔しているし、法廷で見た光景が忘れられないから、弁護士を続けてる。要するに、始める理由も続ける理由も、人それぞれってこと」

「……めちゃくちゃ重い話じゃないですか」

誰かに話したかったのかもしれない。私を見つめる椎崎の表情を見て、そう思った。

「話半分に聞き流すのが吉ってことで」

「学校問題を専門にしているのも、同じ理由ですか？」

「話すと長くなるから、また別の機会に」

裁判や事件の内容を知りたいという気持ちが、先ほどよりも強くなった。

そこで椎崎は、「電話でも伝えたけど、遊佐のパソコンの解析が終わったよ。時間がなかったから一足先に見せてもらった」と話を変えた。

「どうでした？」

「ほとんど、市川さんの予想通り」

「そうですか」それだけ聞ければ充分だ。

「持ってこようか？」

「あとで確認しますが、まずは本人の答えを聞かせてください」

6

五分くらい、他愛もない話をして時間を潰した。この数日の間に椎崎が調べていたことも既に教えられている。あとは、わずかな確認作業を残すだけだ。

「来たみたいだね」

会話が尽きる前に扉をノックする音が聞こえて、受付の女性が顔を覗かせた。

そして、永誓沙耶が部屋の中に入ってきた。

「こんにちは、永誓さん」

私の挨拶に反応して、沙耶は軽く頭を下げた。

「学校帰り？」

座るように促してから椎崎が微笑みかけた。今日も、沙耶は制服を着ている。

「はい、そうです。あの……」

「どうしたの？」

「ずっと黙っていて、すみませんでした」

「無言を貫くのも一つの権利だからね。単純に俺のトーク力不足」肩をすくめて、「でも、こうやって話ができてうれしいよ」と椎崎は続けた。

「椎崎先生の雑談、面白かったです」

「自分語りもしちゃったけど、他言は無用ってことで」

頭を掻いた椎崎に、「どんな話をしたんですか?」と訊いたら、「永誓さん。このお姉さんにも内緒だからね」適当にはぐらかされた。

「わかりました」

「事務所に来たのは、調査に協力してくれる気になったから?」

その椎崎の質問には答えず、沙耶は鞄のファスナーを開けてタブレットを取り出した。

「読み終わったので、お返しします」

「どうだった?」

受け取ったタブレットを操作しながら、私は訊いた。

「小説なのに、北高とか自分のことが書いてあるから……、読んでいて、不思議な気持ちになりました。あと、よく調べたなって」

「登場人物の一人として、直してほしいところは?」

「会話の内容とか生徒同士の関係性で、ちょっとした違和感を感じたところはありました。でも、大きな間違いはなかったと思います」

推測で補ったところはあるし、完璧に再現するのは不可能だろう。

「屋上でのやり取りは?」

「……最後まで書き切ってませんよね」

「うん」仮設の足場に着地した琢也が、頭上に手を伸ばす。クラウドに保存したデータは、そこで入力が途絶えている。「その先は、永誓さんの話を聞いてから埋めたかった」

「本当は、もう答えが出てるんじゃないんですか」

「予想はしてるけど、無責任に書くことは許されないでしょ」

一度俯いてから、沙耶は私の目を見た。

「私が――、殺したんです」

「そう思いたいの？」

「違う。私が手を振《ふ》り解《ほど》いたせいで……」

佐渡琢也は、死を望みながら、生にしがみついていた。

何度も学校の屋上に足を運んで、それでもフェンスを乗り越えられなかった。危険と隣り合わせのフリーランニングにのめり込み、それでも生への執着を断ち切れなかった。

『死にたいではなく、死ぬしかないと考えるようになれば、死ぬことができる』

その精神科医の言葉は、願望だけでは死を決断できず、絶望していた琢也の心を捉えた。

そして、死ぬしかないと自分を追い込むために、きっかけとなる命を探し求めた。

首を吊った女子大生が、自らの手で赤子を絞め殺したように。

命を巻き込むには、それ相応の理由が求められる。社会的に正当化することは困難でも、罪悪感に押《お》し潰《つぶ》されないための大義名分なら、本人の主観で決められる。

親として生を与えた命。裏切り者の罪深き命。

匿名者から届いたメッセージが、命を巻き込む大義名分になった。加工した画像の削除に応じなければ、母親の秘密を暴露する——。過去の交通事故、現在の繋がり。

送信者の正体が判明した瞬間、そのメッセージは卑劣な脅迫状に形を変えた。

琢也は、沙耶に対して特別な感情を抱いていた。

だからこそ裏切りが許せず、だからこそ希望を見いだした。

「佐渡くんは、あなたと一緒に落ちようとした」

それが、佐渡琢也が企てた【彼女】の殺害計画だった。

「小説に書いてあったとおりです」

「廃病院の屋上なんて怪しすぎる場所に呼び出すには、覚悟を示す必要がある。机の天板を染め上げた教室の写真は、引き返すつもりがないことの意思表明。そして、屋上に駆け付けたあなたに、正気を失った姿を見せた」

「死にたがってるって……、私は気付いてました」

「あらかじめ決めていた場所から、佐渡くんは後ろに向かって飛んだ。夜で視界も悪かっただろうし、飛び降りたようにしか見えなかったはず」

距離も角度も、計算し尽くされていた。

琢也がフリーランニングの動画を投稿していることは、沙耶や憂も知らなかった。廃病院でのリハーサルの動画と死亡した高校生の結びつきは、彼の死後に判明した。

「飛び降りの現場に居合わせたら、救急車を呼んだり逃げ出す前に、まず地上の様子を確認しようとする。それは誰もが考える自然な行動だと思うし、近づくことを妨げるフェンスや柵は設置されていなかった。そして佐渡くんも、その瞬間を待っていた」

仮設の足場に着地して、息を押し殺しながら——。

「そうです。ぎりぎりまで近づいたら、足首を摑まれました」

引き上げてもらうために、手を伸ばしたんじゃない。

引きずり下ろすために、手を伸ばしたんだ。

「それで、どうなったの？」

「排水口の蓋が足元に見えて、倒れながらそれを摑みました。何が起きたかわからなくて、引っ張られたから、反射的に……。考える余裕はありませんでした」

琢也の背後には今度こそ何もなかった。二人分の重さで、地上へ落下しようとした。

私が続きを促す前に、「佐渡くんだけ落ちたんだね？」と椎崎が訊いた。

「私が、抵抗して振り解いたから」悲愴感に満ちた口調。

琢也の重心は、後ろに傾いていたはずだ。沙耶の華奢な身体が彼の全体重を支えていた。その不安定な状態が、長く続いたとは思えない。

「本当に振り解いたの?」

「どういう意味ですか」沙耶が椎崎に訊き返した。

「摑まれた足を壁に打ちつけるとか、逆の足で手を蹴るとか。そういう方法で落としたら、発見された彼の身体に、転落しただけでは生じない痕跡が残っていたはず。警察が、それを見落とすかなって」

飛び降りと突き落としの区別は困難な場合があると、以前に椎崎は言っていた。

「……よくわかりません」

「勘違いしてるのかもしれないけど、力尽きた佐渡くんが手を離したとしても、永誓さんが引《ひ》き剝《は》がしたとしても——、君が責任を感じる必要はないという結論は変わらないんだよ。殺される寸前だったんだ。自分の命を守っただけで、何ら非難されることじゃない」

「法律のことは、遊佐先生に教えてもらいました」

「それでも、自分が許せない?」再び椎崎が訊いた。

「責任を問われなかったら、見て見ぬ振りをしていいんですか」

椎崎は頷いた。「道徳や倫理と法律は、そんなに掛け離れてるものじゃない。闇雲に責任を感じて自分を追い詰めるより、どこかで折り合いをつけるべきだ」

しかし、沙耶は首を左右に振った。

「私は、何度も選択を間違った。メッセージで脅すんじゃなくて、ちゃんと自分の口で説得すればよかった。もっと早く、クラスで声を上げなくちゃいけなかった」

「あれなければこれなし、って言ってさ。一つの結果に結びつく行為は、無数に存在する。クラスにいじめがなかったら、教師やスクールロイヤーがしっかり対応できていれば……、突き詰めていったら、膨大な数の関係者に責任があることになる」

「私が、最後のきっかけを作りました」

「最初がなければ、最後の瞬間は訪れなかった」

「そんなの……、屁理屈です」

「理屈が通っていることは認めるんだね」

椎崎が微笑むと、沙耶は何か言い掛けてから俯いた。

どんな言葉を、彼女は望んでいるのだろう。少し待ってから、「そろそろ、自分を許してもいいんじゃないかな」私は声をかけた。

「ローファーが、脱げたんです」

「えっ？」

「急に身体が軽くなって、這いつくばったまま下を見たら、落ちていく佐渡くんと目が合いました。足首を摑まれてから、十秒くらいしか経っていなかったと思います」

「………」

琢也が手放したわけでも、沙耶が引き剝がしたわけでもなかった。

「どんな話をしたのかも、どうして靴が脱げたのかも、はっきりとは覚えていません。でも、最後に見た佐渡くんの表情が、記憶に焼き付いているんです」

肩を震わせながら言葉を吐き出した沙耶に、それ以上の説明は求められなかった。

7

琢也の最期を語った沙耶の口調からは、何かを偽る気配は感じ取れなかった。

「靴は、どうしたの？」

椎崎が、損な役回りを引き受けてくれた。

「非常階段を降りて建物の外に出ました。途中から走って……、ガラスの破片が落ちてたから、靴が脱げた方の足から血が出ていました。その痛みを感じないくらい、早く佐渡くんのところに行かなくちゃって」

門扉から飛び出すのではなく、建物の裏側の駐車場に向かった。

「頭からたくさん血が流れてるのを見て、助からないと思いました。怖くなって、そのままローファーを拾って逃げたんです。救急車も、警察も呼ばずに……」

「疑われたくなかったから？」

「……はい」

「翌朝の学校は、大騒ぎだったろうね」

椎崎は、淡々と事実を確認していった。

「ぎりぎりに登校したので、ざわついてたし教室もそのままだったけど、もう先生が何人も集まっていました。ちゃんとした説明がないまま、手分けして片付けてから……、たしか、指示があるまで自習になったはずです。私は、教室を抜け出して部室に行きました。みんなの話を聞きたくなかったし、パソコンを確認したかったから」

「ああ、そういうことか」何かに納得したように椎崎は呟いた。「そこで、佐渡くんが加工したデータが、既にばら撒かれていることを知ったんだね」

驚いて、隣に座る椎崎の顔を見た。

クラスメイトにデータを送信したのは、沙耶と認識されているはずだ。

「そうです。写真部のメールアドレスがあって、そこから頼んできた子に送っていました。送信日時を見て、あの病院に向かう前だとわかりました」

「それは、加工後のデータだけ？」私は訊いた。

「はい。しばらく考えて、なんとかしなくちゃいけないって……」

「どういうこと？」理解が追い付いていなかった。

「データを受け取った子がスコアを調べて大騒ぎになるのは、時間の問題でした。その犯人が佐渡くんだと疑われるのを避けたかったんです」

顔の左右対称性を崩す加工は、そのデータだけを見て真意を見抜かれる可能性は低いが、スコアを比較すれば偽装が露見する。沙耶と憂は、同じ結論を口にしていた。

「でも、実際に佐渡くんが送信したんだよね」

「だから、事実を捻じ曲げました」

「あっ——」ようやく気付いた。「故意恋のメッセージがあったから?」

「そうです。廃病院の屋上に呼び出すメッセージを、佐渡くんは私に送っていました。捨てアカじゃなくて、私個人のアカウントに」

「故意恋を調べれば、そのメッセージに行き着く……」

クラスメイトに加工したデータが送信されたのも、沙耶にメッセージが送信されたのも、琢也が屋上から転落する直前の出来事だったことになる。

そのやり取りを知られることを、沙耶は恐れた。

「私は、通報もしないで逃げ出した。今さら名乗り出られなかったし、あの場所にいたことは誰にも知られちゃいけないと思いました」

「そこまで考えて、データを送信し直したの?」

「すぐに判断したわけじゃありません。教室に戻ったら、先生が佐渡くんの死を伝えに来て全員早退させられました。その日の夜まで迷ってから、加工前後のスコアの比較表を作ってグループトークに送信しました」

そのデータの衝撃が大きすぎて、前日に送信されたメールも沙耶の仕業だとクラスメイトは考えた。琢也の存在を隠すために、沙耶は自身を裏切り者に仕立て上げたのだ。

「報復されることは、永誓さんならわかっていたでしょ」

「どうなるかは想像できました」

「それなら――」

「同級生の死にショックを受けた振りをして、でも……、すぐに立ち直って、すべて忘れてふざけ始める。だけど、私はもう笑えませんでした。だからちょうど良かったんです。居場所がなくなった方が、気が楽じゃないですか」

「今も、その気持ちは変わらない？」

沙耶は頷いて、「嘘を嘘で塗り固めて……最低ですよね」と言葉を吐いた。

佐渡琢也の死に、彼女は縛られ続けている。周りの大人が、自分を許して前を向くべきだと説得したところで、本人が納得しなければ道は閉ざされたままだ。

「いじめの事実を申告する生徒が現れない間に、廃病院で撮られたフリーランニングの動画が見つかって、事故死と結論づけられた。それであってる？」

「はい。みんな安心してるように見えました」

琢也が廃病院の動画を投稿したのは、結論を誘導するためではなかったはずだ。コメント欄の反応で投身自殺に見えるかを確認して、多くの動画を投稿してきたチャンネルを彼なりに締めくくったのではないだろうか。

「遊佐とは、どんな話をしたの?」椎崎が訊いた。

「三ヵ月間、私は一言も喋りませんでした」

「十日でも心が折れそうだったよ。遊佐は独り言を言い続けてたわけ?」

「週に一回くらい呼ばれて、いろんな話をしてもらいました。法律の雑学、弁護士の仕事、遊佐先生自身のこと、作家の恋人のこと……。部屋を出るときに市川さんの本を渡されて、読んできたなんて言ってないのに、次の面談でネタバレされるんです」

沙耶の表情が、少しだけ柔らかくなったように見えた。

「じゃあ、結末は知ってるんだね」私は言った。

「なんか悔しくて。途中からは、ちゃんと読むようにしました。それでも、私は遊佐先生を無視し続けた。そんな一方通行のやり取りが、二ヵ月くらい続いたと思います。そうしたら、遊佐先生が調査結果を教えてくれるようになりました」

「佐渡くんの事件の?」

「はい。いつから嫌がらせが始まって、誰が何をしていたのか、詳しく把握していました。学校が事故死の結論を出したあとだったけど、諦めずに調べ続けていたみたいです」

「うん。それで?」

手探りで情報を集めながら、慎重に調査対象を見極めたはずだ。

「いじめを見抜いただけじゃなくて、私が佐渡くんの転落に関わっていることも、遊佐先生は気付いていました。文化祭のミスコンとか、故意恋のこととか。私が隠していた秘密を、一つずつ明らかにしていって……。一ヵ月以上かけて逃げ道をなくしてから、廃病院にいたんじゃないかって訊かれました」

　事故死で結論づけた学校が、スクールロイヤーの調査に積極的に協力したとは思えない。それでも想護は、関係者から訊き出した情報を繋ぎ合わせて、事件の全体像を浮かび上がらせたのだろう。以前に椎崎が予想したとおり、佐渡教師が情報を提供したのかもしれない。その時点で、想護は問題を解決する青写真を描いていた。

「うまく言葉にできないけど、気付いてくれて嬉しかったんです」

「わかるよ」自然と言葉が口から出ていた。「私も、ずっと秘密にしていたことがあった。誰にも言えなくて、でも打ち明けて楽になりたいとも思ってた」

　二階堂紡季の正体を東條に指摘されたとき、私は安堵の息を吐いた。

「――だから、私は遊佐先生を信じることにしました」

「沈黙を破ったんだね」

「はい。屋上でのやり取りも話したから、すぐに警察に連れて行かれると思いました。でも遊佐先生は……、何が起きたのかを一緒に考えようと言ってくれました」

「永誓さんは、どうして佐渡くんに足首を摑まれたと思ったの？」

「思い出したくなくて、考えないようにしていました。だけど、目を背けちゃダメだって。佐渡くんの行動を時系列で整理したり、同じ時間帯に廃病院に行ったりして、少しずつ彼の気持ちがわかってきました」

後藤が屋上で見たのは、現場の状況を確認しに来た二人の姿だったのだろう。

「永誓さんが嫌がらせを受けてることも、想護は知ってたんだよね」

「すべて理解した上で、これからどうするかは私が決めなくちゃいけないと言われました。立ち向かいたいなら協力する。打ち明けたいなら機会を与える。遊佐先生は根気強く待ってくれたけど、私はなかなか決断できませんでした」

「……今も？」

沙耶は、首を左右に振った。

「あのとき、私はどうすれば良かったのか。一人じゃ答えを出せなかったから、遊佐先生に訊いてみました。そうしたら、僕じゃなくてみんなに訊くべきだって――」

「みんな？」

「クラスの子や先生のことです。私が置かれた状況とか、目の前にあった選択肢を教えて、間違ったことをしたのか答えさせればいい。そう言われて……、最初から話したら何時間もかかるし、ちゃんと聞いてくれるわけないから、無理だと思いました」

「過程を正しく伝えるのって、難しいことだよね」

　想護も、その方法を模索していたはずだ。

「諦めるんじゃなくて伝え方を一緒に考えよう。やっぱり答えは教えてくれなかったけど、見捨てずに寄り添ってくれた」

「それは、いつのこと？」椎崎が訊いた。

「冬休み明けくらいです。私が実際に経験したこと、佐渡くんが考えていたこと、遊佐先生が調べたこと。一つずつ書き出していって、二人で話し合いました」

「どう伝えるのか、答えは出せた？」

「いえ……。わかりやすく整理した事実をぶつけるしかない。そう思っていたんですけど、遊佐先生は物語で伝えるつもりだったんですね」

「完成するまで教えないって……、まあ、遊佐らしいけどさ」

「あの小説を読んで、やっとわかりました」

　タブレットに原自物語のデータを表示して、私は沙耶に語りかけた。

「何が起きるのか明かさないで、心情描写もしながら、謎を残したまま物語を展開させる。続きが気になって、結末を知りたくて、途中で投げ出すことを許さない。それがミステリーの醍醐味《だいごみ》。『原因において自由な物語』にも、そのエッセンスが詰め込んである。これなら永誓さんの想いを伝えられると思わない？」

　沙耶の未来を守るために、想護は一切の妥協を許さなかった。だから、ミステリー作家の二階堂紡季に、ノンフィクションであることを伏せて物語を紡がせた。

想護は、私を頼ってくれた。そう信じたい。

「わかりません」

「永誓さんが信じた想護が、この物語を創ったんだよ」

「…………」

沈黙が流れる。もう一言、私は付け加えた。

「これから、どうしたい?」

「私は……」何か言い掛けて、けれど下を向いて、数秒後に顔を上げて――、

「遊佐先生が落ちた理由を教えてくれませんか?」

8

永誓沙耶の時間を前に進めるために、想護は動き続けていた。それなのに、彼自身の転落が時間を止めてしまった。

「学校は、まだ何の発表もしてないの?」椎崎が沙耶に尋ねる。

「発表?」

消え入りそうな声で沙耶は訊き返した。

「昨日の今日だしね。結論が出てなくても、おかしくない」

「あの、何かあったんですか？」

どう答えるのか、私は無言で見守ることにした。

「若干のフライングは誤差ってことでいいか」自分に言い聞かせるように、椎崎は頷いた。

「遊佐は、スクールロイヤーとして北高に赴任していた」

「はい」

学校内弁護士。今は、椎崎がその立場を引き継いでいる。

「スクールロイヤーの役割は、学校に根差している人権侵害を排除することなんだ。学校側に働きかけて、教師を通じて生徒の意識を変える。それが、一般的に想定されているやり方だと思う。だけど遊佐は、直接生徒にアプローチしていた」

沙耶は、椎崎の目をまっすぐに見つめている。

「――なんか違うから。それが一番メジャーで厄介ないじめの原因だと、俺は思ってるんだけどさ。違和感を抱いた時点で、既に排除は始まってる。加害者がそれらしく語る理由は、悪意を正当化するためのこじつけにすぎない」

「面白い考え方ですね」

足を組み直してから、椎崎は続けた。

「いじめられる方にも問題がある。そんな言い訳を認めたくなかったから、原因よりも結果に着目して動くべきだと俺は主張してきた。でも、遊佐は違った。表面的な理由を掘り下げて、本当の原因を除去しようとした」

脱線していると思ったのか、沙耶は椎崎の話を遮った。

「私は……、どうして遊佐先生が転落したのかを知りたいんです」

そこで椎崎は、私の手元のタブレットに視線を向けた。

「市川さんが書いた物語を読んで、おかしいと思わなかった？」

「……おかしい？」

「ちょっと大げさだったかな。佐渡くんの事件と、永誓さんが抱える問題。そのいずれとも関係がない要素が、紛《まぎ》れ込《こ》んでいたはずなんだ」

なるほど。そこから結び付けるのか。

数秒考えて、「もしかして、憂のことですか？」沙耶は答えを導いた。

「正解」

「それが、何だって言うんですか」

原自物語のプロットは、朝比奈憂の回想を序盤に差し込む構成になっていた。理不尽な日々から脱却するために、憂が想護に助けを求めるシーン。それなりのページ数を割く必要があったので、何の伏線になっているのか不思議に思っていた。

「遊佐は、朝比奈さんを助けたことを自慢したかったのかな？」

「そんなことはしないと思います」

「うん。じゃあ、何の意味があったんだろう」

「わかりません」

私は、琢也の事件と関わっている可能性を疑った。でも、その先には辿り着けなかった。

先入観にとらわれて着眼点を見誤ったからだ。

「朝比奈さんは、クラスや部活で居場所を見つけることができた。だけど、いじめっていう厄介なウイルスは、そう簡単には消滅しない。別の宿主を見つけて感染したんだ」

「え？」

「前回の加害者が、次の被害者になる。それは珍しいことじゃないし、自業自得なんて便利な言葉ともなじみやすい。でも、その負の連鎖を断ち切らない限り、いつまでもウイルスは生き延びる」

「樋口翠のことを……、言ってるんですよね」

憂に嫉妬して、心に深い傷を負わせて、正当化できなかった悪意が跳ね返った。

樋口翠は、今もその報《むく》いを受け続けている。

「そう。遊佐は、樋口翠さんにも手を差し伸べた」

「私と同じように？」

椎崎は小さく頷いた。「定期的に呼び出して、問題を解決する方法を共に探そうとした。

佐渡琢也の死の真相、永誓沙耶と樋口翠に対するいじめ。それが、遊佐がピックアップした北高で解決すべき問題だった」

「自分だけが特別扱いされてる。そんな思い違いはしていません」

「時間を掛けて、遊佐は君たちと向き合った。辛抱強く、心を開いてくれるのを待った。調査結果や訊き出した内容をまとめて、物語として過程を伝える。傍観者の共感や理解を得ることができれば、問題を解決に導ける。そう信じていた」

「樋口翠が辿った過程も、あの物語には書いてあったんですね」

椎崎は微笑んで、「頭の回転が速いね」と言った。

つまり、朝比奈憂の回想は、彼女自身が居場所を見つける過程ではなく、樋口翠が居場所を失っていく過程を描くために差し込まれたシーンだった。

「物語の解説を聞きたいんじゃありません」

「永誓さんは、差し出された手を握り返した。でも、樋口翠は違った」

焦《じ》らすように沈黙を挟んでから、椎崎は続けた。

「彼女は、遊佐を憎んでいた。友人だったクラスメイトに無視されて、存在していないように扱われる。幽霊役は朝比奈憂に押し付けたのに。この弁護士が余計なことをしなければ、立場が変わることもなかったのに――。そんなふうに考えたらしい」

「そんなの……、逆恨みじゃないですか」

屁理屈だって理屈は通っている。

同じように、逆恨みも恨んでいることに変わりはない。

「原因は一つじゃないよ。彼女は、悪意を跳ね返した朝比奈さんが、遊佐に好意を寄せていたことに気付いた。そして、クラス替えによって加害生徒の主犯が須藤妃花になった」

「……だから？」

この話が行き着く先が、沙耶にも見え始めているはずだ。

「過程を明らかにして、いじめを根絶する。それが叶えば現在進行形で苦しんでいる生徒を救うことができる。その一方で、佐渡琢也、永誓沙耶、樋口翠に悪意を向けた加害生徒は、糾弾される未来に怯えていた」

想護が、加害生徒の名前も実名で晒すつもりだったのかはわからない。いずれにしても、一部の生徒は喉元《のどもと》にナイフを突きつけられていた。

「須藤さんは、すべての件に関わっています」沙耶が認めた。

佐渡琢也に対しては、ピックと蔑称で呼び、理不尽な要求をして居場所を奪った。琢也がこの世を去った後は、偽装した顔面偏差値を晒した永誓沙耶を許さなかっただろう。

「同じクラスで新たな獲物を見つけた須藤妃花は、樋口翠に選択を強いた。虐げられ続ける一年間をすごすか、利用価値を示すか」

「利用価値って……」

北高で聴取を行った際、私は廊下ですれ違った女子高生から、明確な悪意を感じ取った。その中には、『ひめ』と呼ばれた生徒もいた。

「目ざわりな弁護士を学校から追い出す。冗談のつもりだったと本人は弁解しているけど、誰も信じないだろうね。悲劇が起きたのは事実だから」

呼吸を整えるほどの短い沈黙。

「遊佐がいなくなれば、問題を蒸《む》し返《かえ》そうとする大人は他にいない。でも、その手段までは特定しなかったんじゃないかな。密室に誘い出したところを撮影して、性的な被害を受けたと訴える。そんなやり方なら、俺もドラマで見たことがある」

だが、樋口翠が選んだのは、もっと過激で取り返しがつかない方法だった。

「何をしたんですか」

「多分、想像してるとおりだよ」

沙耶の大きな目が、さらに見開かれた。

「樋口翠が、遊佐先生を？」

「現場で似た女子高生が目撃されていて、本人も認めた」

「そんな――」

目撃者というのは、後藤のことではない。近隣の住民から複数の通報があって、早い段階から樋口翠が捜査線上に浮かんでいたらしい。だが、事件の内容や容疑者の年齢を考慮して警察は慎重に捜査を進めた。

自殺と決めつけて、捜査の手を抜いていたわけではなかったのだ。

「信じられない？」

「…………」

警察の捜査とは別に、北高での聴取結果や原自物語のプロットから椎崎も樋口翠を怪しむに至った。話を訊くために本人を呼び出したところで警察のストップがかかり、捜査情報と事情聴取に立ち会う権利を得た。

「昨日、彼女は逮捕された。近いうちに、何らかの発表があると思う」

「どうやったんですか？　だって……」

女子高生と成人男性。加えて、一年前にも同じ場所で転落事件が起きている。

「佐渡くんが君を騙したのと、よく似たやり方」

「あの足場を……？」

「いや、もっとシンプルな方法」

フリーランニングの経験を積み重ねてきて、自らも命を絶つ覚悟を決めていたからこそ、琢也は仮設の足場に降り立つことができた。

沙耶の反応を待たず、椎崎はその方法を明らかにした。

「一年前の転落事件について話があると口実を付けて、樋口翠は廃病院の駐車場に遊佐を呼び出した。既に遊佐は真相に辿り着いていたはずだけど、不安定な生徒を放っておけなかったんだと思う。時刻は夜で、場所が場所だ。不穏な気配が漂いすぎている」

「屋上じゃなくて、駐車場に？」

「そう……。駐車場に着いた遊佐に、フリマアプリで購入したプリペイド式の携帯で電話をかけて、屋上を見上げるように伝えた。自分は、屋上の端ぎりぎりに立ちながら」

携帯を耳に押し当てたまま、屋上を見上げる。

夜風ではためくスカート。見下ろす視線。耳元で囁かれる言葉。

「クラスでの仕打ち、時間の経過や環境の変化が功を奏さなかったこと。そして、誰のせいで自分が苦しんでいるのかを訴えた。通話が切れたあと、遊佐は非常階段を駆け上がった。でも、屋上に樋口翠の姿はなかった」

呼吸を整えながら、薄暗い屋上を見渡す。

上ってくる途中、非常階段ですれ違う者はいなかった。

「そのあとに遊佐がどうしたか、永誓さんならわかるんじゃないかな」

「飛び降りたか……確認した」

最悪な光景を思い浮かべて、彼女が立っていた場所から地上を見下ろした。

無機質なコンクリートを見て、安堵の息を吐いた。

「樋口翠は貯水タンクの陰に身を潜めていた。そして、身を乗り出した遊佐に忍び寄って、後ろから背中を押した」

「──突き落としたんですか？」

「うん」

樋口翠が犯人だと椎崎に教えられたとき、私は言葉を失った。

怒るべきか悲しむべきか、それすらもわからなかった。

やるせなさと、空虚な実感。

「遊佐先生は、彼女のことも救おうとしてたんですよね」

「偽善って言われたよ」

「須藤さんの言いなりになるなんて……」

理解できないと嘆くように、沙耶は首を横に振った。

「いじめを根絶しようとする遊佐のやり方は、どうしたって時間が掛かる。須藤妃花の提案は、追い詰められた樋口翠には即効薬のように聞こえたと思う。だって、危害を加えてくる張本人が居場所を与えると言っているんだ。そこに、もともと遊佐に対して抱いていた負の感情までごちゃまぜになって、暴走してしまった」

裏切った友人、現在の加害者、あるいは……朝比奈憂。彼ら以上に、想護が憎まれる理由はなかったはずだ。彼らと想護の違いは、手を差し伸べたか否かにあった。

偽善──か。やっぱり、救いがなさすぎる。

落ちていく途中、想護は何を考えていたのだろうか。

「もちろん、須藤妃花のことも学校は把握している。彼女だけ見逃されたりはしない」

自分に言い聞かせるように、椎崎は付け足した。

想護を突き落とすことを具体的に命じていない限り、須藤妃花に法的な責任を問うのは難しいらしい。警察が動けないなら、学校にいる大人が正しさを示すしかない。

軽く息を吸って、私は沙耶に告げる。

「だから、想護の転落に永誓さんが責任を感じる必要はないんだよ。あなたが前に進むことを彼は望んでいた。そのための物語を私は受け継いだ」

「でも」

「何ヵ月も掛けて、一緒に伝え方を模索したんでしょ。クラスメイトに誤解されたままで、不当な扱いを受けたままで、本当にいいの？」

「…………」

「もう一度、勇気を振り絞ってほしい」

伝えるべきことは伝えた。あとは、答えを待つだけだ。

沙耶は、ゆっくりと口を開いた。

「どうして黙り続けていたか、わかりますか？」

「私たちを信用できなかったから？」

「ううん。怖かったからです。佐渡くんも遊佐先生も、私が関わった人は不幸になる。私の我が儘に、これ以上誰かを巻き込むべきじゃない。それに、遊佐先生が理解してくれただけで充分だった。一人で生きていけるって、そう思ったんです」

「でも、こうやって喋ってくれた」

佐渡琢也の命日に、私は初めて沙耶の声を聞いた。

「あの屋上には、三回行きました。そのたびに、一緒にいる人が変わった。最初は、佐渡くんを止めようとして。二回目は、遊佐先生が隣に立ってくれて。最後は……、一人だと思っていました。階段から現れた市川さんが、あのときの私と重なった」

「佐渡くんと向かい合ったときのこと？」

沙耶は頷いた。やはり、すべてを終わらせるために屋上に行ったのだろうか。

「あの小説を読んで、椎崎先生の話を聞いて、わかったことがあります」

答えを促す前に、沙耶は続けた。

「何度も何度も、同じ不幸が繰り返されてる。今回だって、そうです。樋口翠や須藤妃花がしたことが発表されたら、新しく傷つけられる人が出てくるかもしれない。憂のせいとか、別の子が追い詰めたとか……。誰かのせいにして悪者を決めないと、安心できないんです。どうしようもないくらい歪んでるのに、みんな目を背けている」

どんな処分が下されるにせよ、樋口翠や須藤妃花は学校を去る可能性が高い。顕在化した病巣だけを除去して、それで問題が解決に向かうと考えるのは楽観的すぎる。

「止めることはできないのかな？」

「リセットするしかないと思うんです。それは、なかったことにするんじゃなくて、現状を正しく理解した上でゼロに戻す……。だって、簡単に意識を変えられるなら、いじめなんて起きない。当たり前のことだけど、やっと気付けました」

「誰かが動いてくれるのを待つの？」

決意が伝わってきたからこそ、あえて訊いた。

「一人じゃ、何もできません。私は、そこまで強い人間じゃない。でも、遊佐先生が残した物語があって、市川さんや椎崎先生が協力してくれるなら、私でも声を上げられます」

痛みに気付かないから、平気な顔をして相手を傷つける。

痛みを訴えても、耳を傾けようとしない。

自分が傷つけられて初めて、本当の痛みを知る。

居場所を取り戻した朝比奈憂、命を絶った佐渡琢也、自分を責め続けた永誓沙耶、凶行に走った樋口翠——。結果は違っても、向けられた悪意の一部は共通していた。

伝えなければならないのは、結果じゃなく過程なんだ。

「スクールロイヤーのご意見は？」

椎崎に視線を向けて訊いた。

「原自物語には、多くの問題がある。個人情報が書かれすぎてるし、これを学校で公開することで別の被害者が生まれるかもしれない。だけど、どれも工夫次第で解決できると思う。まずは……、教師の説得からだろうね」

「――ありがとうございます」沙耶の目には、涙が浮かんでいた。

今回の件をプロットに反映させる必要がある。追加の調査も行わなければならない。

それでも、原自物語を完成させたいという気持ちが湧き上がってくる。

感動や驚きを与えたいわけじゃない。

これは、痛みを痛みとして伝えるための物語だ。

エピローグ

大きく息を吸って呼吸を止める。

肺に空気が入って、胸腔《きょうこう》と腹腔《ふくこう》が広がる。

そのまま、気分を落ち着かせるために秒数を数える。
六、七……。空調の音が強調される。
十、十一……。徐々に鼓動が激しくなっていく。
十九、二十……。肺が酸素を求め出す。
扉をノックする音が聞こえて、慌てて呼吸を整える。

「お待たせしました」

双啓社の会議室。編集者の柊木とライターの栗林が、揃って室内に入ってきた。

「お久しぶりです。二階堂先生」

向かいの席に腰を下ろした栗林に、私は微笑を返した。

「そうですね。しばらく雲隠れしていたので」

「別に、他意はありませんよ――」苦笑しながら、「取材に応じていただいて、ありがとうございます」と栗林は言った。

「こちらこそ、忘れ去られていなくて安心しました」

二階堂紡季の暴露記事を東條が書いてから、半年が過ぎた。

紅葉も見頃をすぎて、ホットコーヒーが手放せない季節になりつつある。この間に多くの出来事があった。その一方で、作家としては一ヵ月前まで沈黙を保っていた。

「どうして、牽制《けんせい》から入るんですか」

柊木が明るい声で割って入る。迷惑を掛けたので、彼には頭が上がらない。

「初のエッセイ、大きな反響を呼んでいますよね」栗林が言った。

「そう言ってもらえるのは嬉しいのですが……、あまり実感が湧いてなくて」

「特に、ネットで話題になってますよ」

ペンを握る栗林の手元を見て、「今回のエッセイに限らず、SNSとかは見ないようにしています。きっと、ネガティブな反応の方が多いんじゃないですか？」と訊いた。

「まあ、ゼロではないです」

「それ以上は、訊かないでおきます」

実際は、賛否両論入り乱れた状態といったところか。

批判の理由も想像がつく。人の不幸を、売名や金儲《かねもう》けに利用するな――。

「もちろん、好意的に受け止めている読者も多くいます。どういった経緯で、執筆することを決めたのですか?」

「私は作家ですから。書くのが仕事です」

「これまでは、フィクションの世界で活躍されてきましたよね」

「納得してもらうには、ちゃんと説明する必要があると思いました」

「誰に対して?」

「二階堂紡季以外の全員です」

東條の記事が拡散されたことで、多くの執筆依頼が白紙に戻った。だが、女子高生が想護の転落を引き起こしたと報道された直後、何件も電話がかかってきた。

「多くの出版社から、想護の事件を本にしないかと誘われました。でも双啓社だけは……、というより、柊木くんは小説の執筆依頼をしてくれた」

「二階堂紡季は、ミステリー作家ですからね」柊木が言った。

「なるほど、それで?」栗林が私に訊いた。

「正直、嬉しかったんです。それが策略なら、すっかり騙されましたが」

柊木は笑った。「そんな器用なことはできません」

「ですが――」栗林は、ペンを指先でくるりと回した。「今回発表したのは、小説ではなくエッセイですよね」

「私や想護について、断片的な情報ばかりが出回っていました」

「断片的？」

「盗作、ゴーストライター、飛び降り、突き落とし……。読者の関心をひく扇情的な単語が並ぶだけで、その繋がりは無視されていた」

「ああ。わかりました」思い当たるところがあるらしい。

「二階堂紡季は、何を考えて物語を紡いできたか。それを説明しないと、もう一度歩き出すことはできないと思ったんです。そのために、辿ってきた道のりを文章にしました」

「次の物語に繋がるプロローグといったところですか？」

ペンを走らせた栗林を見て、発言を要約するセンスを感じた。

「そうですね。かなり長いプロローグですが」

「ミステリー研究会での出会い、市川紡季が一人で書いていた時期、遊佐想護がストーリーを考え始めたきっかけ、二人で物語を書く苦悩。そして、事件の真相が判明するまで……。さすがの文章力に引き込まれましたし、非常に考えさせられる内容でした」

「ありがとうございます」私は微笑んだ。

「半年前の事件は、かなり世間を騒がせました。いじめに苦しんでいた女子高生が、通っていた高校のスクールロイヤーを突き落としたわけですから」

「世間では、そう認識されているんですね」

「間違っていますか?」

「いえ。あってると思います」

一連の事件は、短い言葉で表現できるものではなかった。

彼女たちと正しく向き合えたのだろうかと、今でも考えてしまう。

「学校が抱えていた問題は、解決したんでしょうか?」

「それは、私が答えていいことではないと思います」

もちろん、可能な限り手を尽くした。

永誓沙耶が声を上げて、朝比奈憂も協力を申し出てくれた。そして、椎崎が学校側や教育委員会に掛け合って関係者の了解を得たことで、多くの制約を課されながらも痛みを伝える場が設けられた。原自物語が、北高の教師や生徒の手に渡ったのだ。

沙耶や憂とは定期的に会って話を聞いている。ウイルスが完全に消滅したわけではなく、その結果を見届ける前に彼女たちは卒業してしまうだろう。それでも、学校に流れる空気が少しずつ変わり始めたと、二人は言っていた。

「強い想いがあって、今回のエッセイを書く決断をしたと推察します」

「たくさんの人に助けてもらいました」

「次の物語を書くためのプロローグという話が先ほどありましたが、もう一度筆をとることを決めた理由を改めて教えていただけますか？」

「二階堂紡季なりの答えを、原自物語に書いたつもりです」

「今、仰ったタイトルについてですが――」

二階堂紡季が歩んだ道のりにも、私は『原因において自由な物語』とタイトルを付けた。

エッセイなのに物語。多くの人から、その理由を訊かれた。

自由な意思決定に基づく原因行為が存在する限り、それによって生じた結果行為の責任も負わなければならない。それが、『原因において自由な行為』という法理論だ。

佐渡琢也は、死を望んで、自らの死を招いた。

永誓沙耶は、罰を望んで、自らの居場所を失った。

加害者も、傍観者も、安心や娯楽を欲して他者を傷つける。

それぞれの選択が複雑に絡み合って、連鎖的に不幸が起きた。

誰もが無関係ではないし、誰もが責任を負う必要があった。最終的な結果だけを見ても、問題は解決しない。糾弾すべきは、無責任に積み重ねられた自由な意思決定だった。

ここまでが、私たちが完成させた物語の解釈。

でも、込めた想いは一つじゃない。

「私にとっては、物語こそが自由だった。それだけの意味です」

数メートル先から、煙草の匂いが漂ってくる。

そろそろ、九回目の禁煙に挑戦しようかなと思っている。

私は、何かに依存して安心感を得ようとする人間で、それ自体は悪いことではなくても、本当に大切な物を見極めなくてはいけないと、今さらながら実感しているから。

まあ、八回も失敗している時点で、心の強さはたかが知れている。

コンクリートの上に褐色の落ち葉が積もっている。ブーツで踏むたびに、さくさくと乾いた音を鳴らす。銀杏《いちょう》の木から離れた駐車場にも散乱していて、一ヵ所に集めた形跡はない。

利用者が去って久しい廃病院だからだろう。

永誓沙耶と屋上で向き合って以来、久しぶりにこの場所を訪れた。

途中で白いカーネーションを買ってきた。建物の壁に寄り添うように花束を置き、屋上を見上げて場所を確認する。うん……、おそらくこの辺りに落下したはずだ。

膝を曲げたまま両手を合わせる。

手向ける言葉は浮かばない。安らかに眠れるよう祈るだけだ。

鞄からUSBメモリを取り出して、壁際に置いた花束の隙間に差し込んだ。

「原自物語のデータ？」

立ち上がると、背後から椎崎に声をかけられた。

「個人情報的に問題がありそうなので、エッセイの方ですけど。偽善ですかね」

黒いネクタイを締めた椎崎は、「さあ。偽善を恐れてたら弁護士の仕事なんかできない。市川さんが手向けるべきだと思ったなら、それでいいんじゃない？」と言った。

「椎崎さん。ありがとうございました」

「どうしたの、改まって」

「ここに来たら、いろいろ思い出しちゃって」

「やっぱり似た者同士だなあ」

「え？」

ネクタイを右手で緩めて、椎崎は笑う。

「市川さん、勤務態度が悪いから今日付けでクビね」

「あの雇用契約、まだ有効だったんですか」

「不満があるなら、労基署でも裁判所でも好きなところに訴えていいよ」

椎崎に会うのも久しぶりだった。

「いえ。私も、弁護士の放任主義に耐えきれなくなっていたので」

「利害一致だね。じゃあ、契約書は破棄しとくから」

背を向けた椎崎に「気遣い上手ですね」と言ってみるが、振り向きはしなかった。

「気遣いより気が散る気疲れってやつ。がんばって、二階堂先生」

風が吹いて、落ち葉が舞い上がる。その軌跡を追うように、煙草の煙も左右に揺れ動く。

その場に佇《たたず》む車椅子に近づき、ハンドルを握った。

ひやりとした感触。力を込めて押すと確かな重みがある。

「煙草やめろって先生に言われてなかった？」

「最後の一本」

「じゃあ、私も一緒に禁煙する」

「本当に？」

「うん。さっき決めた」

困ったように笑ってから、想護は「ねえ、紡季さん」と私を見上げた。

「前言撤回は認めません」

「思い出したことがあるんだ。やっぱり、記憶を刺激するのは大事かも」

「何を？」

「——五点着地。転落したときの助かり方を教えてくれたよね」

「ああ……」

身体を一直線にして、まずはつま先から着地する。そのまま身体を丸めて、すね、お尻、背中、肩の順で地面に転がり、着地の衝撃を全身で分散させる。

確かに、リビングでそんな話をした。

「落ちたって思った瞬間、紡季さんの声が聞こえてきてさ」

「嘘だ。着地までに二秒しかないって話したでしょ」

「それでも聞こえたんだよ。実際、僕は助かったわけだし。きっと、咄嗟につま先から着地して……、ええっと、膝とか背中とか……、衝撃を分散したんだよ」

「覚えてないじゃん」思わず、笑ってしまう。

「でも、そういうことにしよう」

「勝手に命の恩人にしないで」

車椅子での生活を余儀なくされても、何気ない会話ができるくらい想護は回復した。

奇跡なんて言葉は好きじゃない。だけど、神様に感謝している。

「ネットニュースとか、エッセイとか、いまだに冷やかしが絶えなくて。ああいうのは、ちゃんと話し合ってから動くべきじゃない？」

「想護だって、私を騙して原自物語を書かせようとした」

「お互い様かあ」想護は二本目の煙草に火をつける。きっと、彼が禁煙に成功する日は訪れない。「なんだろう。傷つけることを恐れて、踏み込めなかったのかな」

「ううん。そんなに格好いいものじゃないと思う。臆病《おくびょう》で、我が儘だったんだよ」

「はは。みっともないね」

もう一度、屋上を見上げる。多くの悲しみを生み、再び忘れられた場所。

「仕事に戻るの、怖くない？」想護に訊く。

「すげー怖い。怖いけど……、僕だから伝えられることがある気がして」

「凄いね。尊敬する」

めったに吐露しない本音。今日くらい本心をさらけ出そう。

「紡季さんは、どうして小説を書くの？」

続ける理由──。椎崎や想護は、彼らなりの答えを持っていた。

「まだ、わからない」

「そんなに難しく考えなくてもいいのに」

「同じ失敗を繰り返したくないの」

東條や多くの編集者に迷惑を掛けた。このままでは彼らに合わせる顔がない。

「原自物語は、理由にならないかな」

「どういうこと？」

「佐渡くんは、永誓さんを巻き込んで命を絶とうとした。その行動が、僕はどうしても受け入れられなかったんだ。調査を進めて、関係者から話を訊いて、プロットを作っても……、納得のいく答えには辿り着けなかった」

「交通事故で鼻の形が変形したことも、永誓さんに裏切られたと誤解していたことも、調べてわかっていたんだよね」

「要素は揃っていたよ。でも、点と点が繋がったのは、紡季さんが書いた原稿を読んだときだった。佐渡くんの内面が描写されて、廃病院の屋上での会話があったから、鈍感な僕でも納得することができた」

　結論に至るまでの過程を描くのが小説の役割だと、東條にも指摘された。

「想像して書いただけで、彼の本当の気持ちはわからない」

「うん。残された人間は、佐渡くんの苦しみを想像しなくちゃいけなかった。それなのに、生徒も教師も揃って目を背けた。問題は学校全体に根差していて、正直、スクールロイヤーとしてはお手上げ状態だった」

「諦めるつもりはなかったんでしょ」

「調査を進めながら考え続けて、ようやく辿り着いたのが今回の方法だった。物語に託そうと思ったのは、紡季さんが書いた原稿に心を奪われたことが何度もあったから」

「大げさだよ」

　煙草を咥えたまま、想護は屋上を見上げる。

「ストーリーを考えていた僕は、特等席で原稿を読むことができた」

「推敲《すいこう》する前の原稿だから、貧乏くじでしょ」

「プロットが頭の中に入ってるからこそ、いつも驚いた。登場人物の行動や考え方が、役割を越えて存在意義として示される。彼らが生き生きと動き回ることで、作中の世界が立体的に広がる。それは、紡季さんだけが見ている世界なんだよ」

「……その世界に価値はあるのかな」

車椅子のハンドルを握る私の手に、想護の手が重なる。

「弁護士は、手を伸ばしてくれた人の手助けができる仕事だと思ってる。でも、永誓さんのように、声を上げられずに苦しんでいる人も大勢いる。弁護士の立場では、彼女に寄り添うことはできなかった」

「作家は違うって言いたいの？」

「物語なら、心を開いて助けを求める勇気を与えられる」

想護の手を握り返すと、私の体温の方が高かった。

「物語を読んで救われる人は、確かにいると思う。私も、父親が貸してくれたミステリーのおかげで不登校を脱したわけだし」

作者は、中学生を不登校から脱却させるために書いたわけではないだろう。特定の依頼者と向き合う弁護士とは違って、作家は不特定多数の読者に向けて物語を書く。

顔が見えない一方通行のやり取り。決断するのは読者だ。

「私の小説で救えるのかはわからない。でも、きっかけなら与えられるかもしれない」

「きっかけ？」

「うん。考えるきっかけ、前を向くきっかけ、助けを求めるきっかけ。私は、小説を通じてその橋渡しがしたい」

——橋渡し。言葉にしてみると、胸にストンと落ちた。

「それが紡季さんの答えなんじゃない？」

振り返った想護に見つめられる。

「いいのかな。また誘導してもらった気がする」

「きっかけを作っただけ」

「何度も立ち直らせてくれて、ありがとう」

「行き詰まったら、いつでも頼ってよ」

「大丈夫。心配しないで」

安心させるために、想護の手を握ったまま微笑みかける。

「書きたい物語が、頭の中に溢れてるから」

複雑な形の雲、ひび割れた外壁、カラスの鳴き声、秋と煙草の匂い。

どこを切り取って、どんな言葉で表現しよう。

何気ない日常だって刺激に満ちている。

この半年間、何度も心が折れそうになった。

悲しんだし傷ついた。それでも前を向くことができた。

伝えたい。絶望からの立ち直り方も、追い詰められた少年少女との向き合い方も。

忘れていた。物語を創り出すときの、ドキドキする感覚。

好きだから……、自分で創りたいんだ。

物語を書いているときは、世界が無限に広がっているような気がした。

ううん。世界を無限に広げられるような気がした。

だから私は――、これからも自由な物語を紡ぎ続けよう。

解説

世界に絶望しそうになったあなたへ

三宅香帆（書評家）

なんでこんな世界になっちゃったんだろうね、と思う瞬間がある。

そんなふうに絶望したくなる時は、ニュースを観《み》たりSNSを眺めたりしていると、どうしようもなくやってくる。たとえば十代の年端もいかない女の子たちが、SNSで自分のうつっている写真を見て絶望してしまうがゆえに、整形や無理なダイエットが流行《はや》っているだとか。あるいは昔から学校に頻発するいじめの問題が、いまだにまったく解決されていないどころかインターネットが入り込んだことによってさらにネットポルノのような悪質な影響を与えるものになっているだとか。あるいは経済格差はどんどん広がり、夢を見ようとしても貧困ゆえ夢すら見られないようになっている若い世代が増えているだとか。――現実でそういう話を聞くたび、「なんでこんな世界になっちゃったんだろう」と絶望したくなる。

本作を読んでいる間中、「なんでこんな世界になっちゃったんだろう」という主人公たちの寄る辺なき絶望の叫びが常に聞こえてきた。なんで。なんでこんな世界に、と。もちろん本作が描く世界はフィクションである。現実ではない。これは物語だ。しかしそれでも私は、現実で聞こえてくる叫びに限りなく近い、彼らの絶望を聞いた。だが同時にそこに響いていたのは、もしかすると祈りにも似た作者の声だったのかもしれない、と読み終わった今は思う。

本作の冒頭、ある高校の写真部の風景が描かれる。２０２６年、若者を中心に、とあるアプリが爆発的に流行していた。それは「ルックスコア」という、顔写真の「顔面偏差値」を判定してくれるアプリだった。ここで判定された顔面偏差値をもとにマッチングをおこなう他のアプリまで開発され、「ルックスコア」は賛否両論生みつつも数年間流行し続けていた。だがその「ルックスコア」偏差値の低さが原因で、主人公の佐渡琢也は、高校入学以来、悲惨ないじめに遭ってしまう。――彼にとって学校生活で唯一安心できるのは、部員がたった七人しかいない、校内の駆け込み寺のような存在の、写真部だけだった。

……と、ここまで冒頭の物語を説明してきたが。実は本作、ふたりを主人公に据えている。もしかすると混乱する読者もいるかもしれないので、先に説明しておこう。ネタバレを絶対に避けたい方は、ここから先は読むのを避けてほしい。

もうひとりの主人公は、実は佐渡琢也たちの物語を綴《つづ》る、小説家である。彼女のペンネームは二階堂紡季。本名は市川紡季。今売れっ子の人気ミステリ作家である。実は彼女には、ある創作にまつわる秘密があった。

そう、実は佐渡琢也の物語も、二階堂紡季がミステリ作家として紡ぎだしている小説なのだった。うわあ、作中作ということか、とここで読者は舌を巻くことになる（もちろん私も驚いた）。

しかし物語は思わぬ方向へ転換する。紡季のパートナーである想護が、屋上から転落したというのだ。実は本作のプロローグは、謎の高校生が、屋上から転落する場面が描かれていた。これはどういうことなのか？　紡季の綴っている物語は、はたして現実なのか？　フィクションなのか？　そしてパートナーであった想護は、いったいなぜ転落してしまったのか？　謎は現実とフィクションを行き来しつつ、解き明かされていく。

本作のどこに魅力を感じるのか、おそらく読者によって異なるのではないだろうか。もっとも多いのは、本作のミステリ小説部分、つまり想護の転落の謎を解こうとする部分だろう。ミステリ小説としての仕掛けに驚く読者は多いはずである。

あるいは、「どんでん返し」を楽しむ小説として読む読者も多いかもしれない（ちなみに本作は、講談社の「さあ、どんでん返しだ。」キャンペーンの対象となっていた）。

　また琢也たちが生きる高校においては、「スクールロイヤー」という学校専門の法律家が存在している。つまりスクールカウンセラーが存在するように、スクールロイヤーが存在しているのだ。たしかに学校のいじめ問題というと、どうしても現状、加害者と被害者の心の問題として受け止められがちである。本作のテーマの根幹にもかかわる部分だが、いじめが起きた時、私たちは「なぜいじめてしまったのか？」「なぜいじめられてしまったのか？」と生徒の精神の問題を問うてしまう。しかし法律家がいれば、「そもそもいじめが起きない仕組みを作ることはできなかったのか？」「いじめの責任を判定するとすればどのようなあり方が可能か？」という問いを引き受けることが可能になる。そのような役割の大人が存在している学校を描いた物語として、つまり「いじめ」という問題を法律家の視点で問い直した物語として読んでも、傑作なのである。

　あるいは、小説家としての苦悩を描いた物語として、心を摑《つか》まれる読者も多いのではないだろうか。大仰な肩書をひとりで背負わなければならない重圧。ゼロからフィクションを作り続けなければいけないのに、同じようなものを作り続けていると途端に飽きられて捨てられてしまう、しかし自分のインプットには限界があることとの、葛藤。横にいる他人の才能に嫉妬してしまう、惨めさ。そもそも物語の持つ力とは何なのか？　という答えのない問いに挑み続ける、その姿勢。――紡季が小説家として苦悩する過程は、読んでいてとても切実であるように感じられ、それゆえに胸に迫る。

とくに作中後半、学校におけるいじめの問題の詳細が明らかになればなるほど、紡季の小説家としての苦悩が痛切に感じられるようになる。つまり、いじめというこれ以上ないほどに現実の痛みがそこにあるのに、小説という虚構で伝えられるもの、救うことができるものとは、いったい何なのだろう？　という問いが浮かび上がってくる。

小説家は、法律家のように、実際に現実の法廷や法律の知識で誰かを救うことができるわけではない。物語は、現実の問題をすぐに解決できるわけではない。しかしそれでも、小説にできることはあるのではないか、と本作は問う。

本作で描かれている、いじめの問題やルッキズムの問題、あるいはインターネットを若い世代が日常で使うようになったことに端を発するSNSの人間関係の難しさを目の当たりにすると、思わず「現実でも同じようなことはよくあるよなあ」と連想し、そして「なんでこんな世界になっちゃったんだろう」と暗澹《あんたん》たる心地になってしまいそうになる。琢也の傷つきは、決して他人事《ひとごと》ではない。同じように容姿の問題を十代のうちから心の傷にしてしまっている学生は、きっと今、大人が想像する以上に多い。

こんなにも十代のうちから容姿や振る舞いをジャッジされ、少しのはみ出した行動も許さないような世界に、なんで私たちは生き続けているのだろう。――そんなふうに絶望したくなる時もある。

しかしそれでも、この小説は「絶望だけで終わらなくてもいい」と何度も読者を諭すのだ。

物語は、決して絶望だけで終わらない。だからこそ、あなたも絶望だけで終わる必要は、決してないのだ、と。

たとえ世界がどれだけ表面上の、目に見えるものだけで他者をジャッジしてきたとしても。結局、人によって見えているものも、見えている景色も、まったく異なるものでしかない。だからこそ目に見えているものだけでジャッジしてくる他者なんて気にしなくていいのだ。手を替え品を替え、作者はそう伝えてくれている。

ひとりひとりが見えているものは違うこと、自分が見えているものがすべてではないこと。当たり前のようだが、意外と誰も教えてくれないことを——この小説は伝えてくれる。どういう意図で他者が動いているのかなんて、意外と分からない。だから他者の心はミステリの謎であり続ける。だとすれば、どれだけ世界や時代や他人に絶望しそうになったとしても、「でもやっぱり、絶望するには早すぎるのだ」と本作は説いている。

絶望とは未来を決めつけることである。まだまだ、未来を決めつけなくてもいい。私たちが生きている現実は、まだ物語の過程である。あなたはまだ絶望しなくていいのだと、五十嵐律人は、私たちに語り続けているのである。

本書は二〇二一年七月、小社より単行本として刊行されました。

|著者| 五十嵐律人　1990年岩手県生まれ。東北大学法学部卒業、同大学法科大学院修了。弁護士（ベリーベスト法律事務所、第一東京弁護士会）。『法廷遊戯』で第62回メフィスト賞を受賞し、デビュー。他の著書に、『不可逆少年』『六法推理』『幻告』『魔女の原罪』『現役弁護士作家がネコと解説 にゃんこ刑法』『真夜中法律事務所』『密室法典』がある。

原因《げんいん》において自由《じゆう》な物語《ものがたり》

五十嵐律人《いがらしりつと》

2024年6月14日第1刷発行

発行者——森田浩章
発行所——株式会社　講談社
東京都文京区音羽2-12-21　〒112-8001
電話　出版（03）5395-3510
販売（03）5395-5817
業務（03）5395-3615

Printed in Japan

講談社文庫
定価はカバーに表示してあります

KODANSHA

デザイン—菊地信義
本文データ制作—講談社デジタル製作
印刷———中央精版印刷株式会社
製本———中央精版印刷株式会社

ISBN978-4-06-535979-2

講談社文庫刊行の辞

二十一世紀の到来を目睫に望みながら、われわれはいま、人類史上かつて例を見ない巨大な転換期をむかえようとしている。

世界も、日本も、激動の予兆に対する期待とおののきを内に蔵して、未知の時代に歩み入ろうとしている。このときにあたり、創業の人野間清治の「ナショナル・エデュケイター」への志を現代に甦らせようと意図して、われわれはここに古今の文芸作品はいうまでもなく、ひろく人文・社会・自然の諸科学から東西の名著を網羅する、新しい綜合文庫の発刊を決意した。

激動の転換期はまた断絶の時代である。われわれは戦後二十五年間の出版文化のありかたへの深い反省をこめて、この断絶の時代にあえて人間的な持続を求めようとする。いたずらに浮薄な商業主義のあだ花を追い求めることなく、長期にわたって良書に生命をあたえようとつとめるところにしか、今後の出版文化の真の繁栄はあり得ないと信じるからである。

同時にわれわれはこの綜合文庫の刊行を通じて、人文・社会・自然の諸科学が、結局人間の学にほかならないことを立証しようと願っている。かつて知識とは、「汝自身を知る」ことにつきていた。現代社会の瑣末な情報の氾濫のなかから、力強い知識の源泉を掘り起し、技術文明のただなかに、生きた人間の姿を復活させること。それこそわれわれの切なる希求である。

われわれは権威に盲従せず、俗流に媚びることなく、渾然一体となって日本の「草の根」をかたちづくる若く新しい世代の人々に、心をこめてこの新しい綜合文庫をおくり届けたい。それは知識の泉であるとともに感受性のふるさとであり、もっとも有機的に組織され、社会に開かれた万人のための大学をめざしている。大方の支援と協力を衷心より切望してやまない。

一九七一年七月

野間省一

講談社文芸文庫

中上健次
異族
共同体に潜むうめきを路地の神話に書き続けた中上が新しい跳躍を目指しながら未完のまま封印された最期の長篇。出自の異なる屈強な異族たち、匂い立つサーガ。
解説=渡邊英理
なA9
978-4-06-535808-5

石川桂郎
妻の温泉
石田波郷門下の俳人にして、小説の師は横光利一。元理髪師でもある謎多き作家が、「巧みな嘘」を操り読者を翻弄する。直木賞候補にもなった知られざる傑作短篇集。
解説=富岡幸一郎
いAC1
978-4-06-535531-2

石川智健　60《ロクジュウ》〈誤判対策室〉
石川智健　20《ニジュウ》〈誤判対策室〉
石川智健　第三者隠蔽機関
石川智健　いたずらにモテる刑事の捜査報告書
井上真偽《まぎ》　その可能性はすでに考えた
井上真偽　聖女の毒杯〈その可能性はすでに考えた〉
井上真偽　恋と禁忌の述語論理《プレディケット》
泉　ゆたか　お師匠さま、整いました！
泉　ゆたか　お江戸けもの医　毛玉堂
泉　ゆたか　玉《たま》の輿《こし》猫〈お江戸けもの医　毛玉堂〉
伊兼源太郎　地検のS
伊兼源太郎　Sが泣いた日〈地検のS〉
伊兼源太郎　Sの幕引き〈地検のS〉
伊兼源太郎　巨悪
伊兼源太郎　金庫番の娘
逸木　裕　電気じかけのクジラは歌う
今村翔吾　イクサガミ　天
今村翔吾　イクサガミ　地
入月英一　信長と征《ゆ》く　1・2〈転生商人の天下取り〉

磯田道史　歴史とは靴である
石原慎太郎　湘南夫人
井戸川射子　ここはとても速い川
五十嵐律人　法廷遊戯
五十嵐律人　不可逆少年
一色さゆり　光をえがく人
石沢麻依　貝に続く場所にて
一穂ミチ　スモールワールズ
伊藤穰一　〈増補版〉教養としてのテクノロジー〈AI、仮想通貨、ブロックチェーン〉
市川憂人　揺籠《ゆりかご》のアディポクル
内田康夫　シーラカンス殺人事件
内田康夫　パソコン探偵の名推理
内田康夫　「横山大観」殺人事件
内田康夫　江田島殺人事件
内田康夫　琵琶湖周航殺人歌
内田康夫　夏泊殺人岬
内田康夫　「信濃の国」殺人事件
内田康夫　風葬の城
内田康夫　透明な遺書

内田康夫　鞆《とも》の浦《うら》殺人事件
内田康夫　終幕《フィナーレ》のない殺人
内田康夫　御堂筋殺人事件
内田康夫　記憶の中の殺人
内田康夫　北国街道殺人事件
内田康夫　「紅藍《くれない》の女《ひと》」殺人事件
内田康夫　「紫《むらさき》の女《ひと》」殺人事件
内田康夫　藍色回廊殺人事件
内田康夫　明日香の皇子
内田康夫　華の下にて
内田康夫　黄金の石橋
内田康夫　靖国への帰還
内田康夫　不等辺三角形
内田康夫　ぼくが探偵だった夏
内田康夫　逃げろ光彦〈内田康夫と5人の女たち〉
内田康夫　悪魔の種子
内田康夫　戸隠伝説殺人事件
内田康夫　新装版　死者の木霊
内田康夫　新装版　漂泊の楽人

講談社文庫　目録

江上　剛　東京タワーが見えますか。
江上　剛　慟哭の家
江上　剛　家電の神様
江上　剛　ラストチャンス　再生請負人
江上　剛　ラストチャンス　参謀のホテル
江上　剛　一緒にお墓に入ろう
江國香織　真昼なのに昏《くら》い部屋
江國香織他　100万分の1回のねこ
円城　塔　道化師の蝶
江原啓之　スピリチュアルな人生に目覚めるために〈心に「人生の地図」を持つ〉
江原啓之　トラウマ　あなたが生まれてきた理由
円堂豆子　杜《もり》ノ国の神隠し
円堂豆子　杜ノ国の囁《ささや》く神
NHKメルトダウン取材班　福島第一原発事故の「真実」〈ドキュメント編〉
NHKメルトダウン取材班　福島第一原発事故の「真実」〈検証編〉
大江健三郎　新しい人よ眼ざめよ
大江健三郎　取り替え子《チェンジリング》
大江健三郎　晩年様式集《イン・レイト・スタイル》
小田　実　何でも見てやろう
沖　守弘　マザー・テレサ〈あふれる愛〉
岡嶋二人　解決まではあと6人〈5W1H殺人事件〉
岡嶋二人　99％の誘拐
岡嶋二人　クラインの壺
岡嶋二人　ダブル・プロット
岡嶋二人　新装版　焦茶色のパステル
岡嶋二人　チョコレートゲーム　新装版
岡嶋二人　そして扉が閉ざされた〈新装版〉
太田蘭三　殺《さっ》・風《ぷう》景《けい》〈警視庁北多摩署特捜本部〉
大前研一　企業参謀　正・続
大前研一　やりたいことは全部やれ！
大前研一　考える技術
大沢在昌　野獣駆けろ
大沢在昌　相続人TOMOKO
大沢在昌　ウォームハート　コールドボディ
大沢在昌　アルバイト探偵《アイ》
大沢在昌　調毒師を捜せ《アルバイト探偵》
大沢在昌　女王陛下のアルバイト探偵《アイ》
大沢在昌　不思議の国のアルバイト探偵《アイ》
大沢在昌　拷問遊園地《アルバイト探偵》
大沢在昌　帰ってきたアルバイト探偵《アイ》
大沢在昌　雪　蛍
大沢在昌　夢の島
大沢在昌　新装版　氷の森
大沢在昌　暗黒旅人
大沢在昌　新装版　走らなあかん、夜明けまで
大沢在昌　新装版　涙はふくな、凍るまで
大沢在昌　語りつづけろ、届くまで
大沢在昌　罪深き海辺（上）（下）
大沢在昌　やぶへび
大沢在昌　海と月の迷路（上）（下）
大沢在昌　鏡の顔〈傑作ハードボイルド小説集〉
大沢在昌　覆面作家
大沢在昌　ザ・ジョーカー　新装版
大沢在昌　亡命者〈ザ・ジョーカー　新装版〉
大沢在昌／藤田宜永／堂場瞬一／井上夢人／今野敏／月村了衛／東山彰良　激動　東京五輪1964
逢坂　剛　十字路に立つ女
逢坂　剛　奔流恐るるにたらず〈重蔵始末（八）完結篇〉

講談社文庫　目録

逢坂　剛　新装版カディスの赤い星(上)(下)
オノ・ヨーコ　飯村隆彦編　ただの私《あたし》
オノ・ヨーコ　南風椎訳　グレープフルーツ・ジュース
折原　一　倒錯の帰結
折原　一　倒錯のロンド〈完成版〉
小川洋子　ブラフマンの埋葬
小川洋子　最果てアーケード
小川洋子　琥珀のまたたき
小川洋子　密やかな結晶〈新装版〉
乙川優三郎　霧の橋
乙川優三郎　喜知次
乙川優三郎　蔓の端々
乙川優三郎　夜の小紋
恩田　陸　三月は深き紅の淵を
恩田　陸　麦の海に沈む果実
恩田　陸　黒と茶の幻想(上)(下)
恩田　陸　黄昏の百合の骨
恩田　陸　薔薇のなかの蛇
恩田　陸　『恐怖の報酬』日記〈酩酊混乱紀行〉
恩田　陸　きのうの世界(上)(下)
恩田　陸　七月に流れる花／八月は冷たい城
奥田英朗　新装版ウランバーナの森
奥田英朗　最悪
奥田英朗　マドンナ
奥田英朗　ガール
奥田英朗　サウスバウンド
奥田英朗　オリンピックの身代金(上)(下)
奥田英朗　ヴァラエティ
奥田英朗　邪魔(上)(下)〈新装版〉
乙武洋匡　五体不満足〈完全版〉
大崎善生　聖《さとし》の青春
大崎善生　将棋の子
小川恭一　江戸の旗本事典〈歴史・時代小説ファン必携〉
奥泉　光　プラトン学園
奥泉　光　シューマンの指
奥泉　光　ビビビ・ビ・バップ
折原みと　制服のころ、君に恋した。
折原みと　時《とき》の輝き
折原みと　幸福のパズル
大城立裕　小説 琉球処分(上)(下)
太田尚樹　満州裏史〈甘粕正彦と岸信介が背負ったもの〉
太田尚樹　世紀の愚行〈太平洋戦争・日米開戦前夜〉
大島真寿実　ふじこさん
大泉康雄　あさま山荘銃撃戦の深層(上)(下)
大山淳子　猫弁〈天才百瀬とやっかいな依頼人たち〉
大山淳子　猫弁と透明人間
大山淳子　猫弁と指輪物語
大山淳子　猫弁と少女探偵
大山淳子　猫弁と魔女裁判
大山淳子　猫弁と星の王子
大山淳子　猫弁と鉄の女
大山淳子　猫弁と幽霊屋敷
大山淳子　雪猫
大山淳子　猫は抱くもの
大山淳子　イーヨくんの結婚生活
大倉崇裕　小鳥を愛した容疑者
大倉崇裕　蜂に魅《ひ》かれた容疑者〈警視庁いきもの係〉

2024年3月15日現在